Charlotte Baumann

Am Ende jenes Sommers

Über dieses Buch:

In Kenia lernt Meret den faszinierenden Lorenz kennen. Zum ersten Mal hat die junge Journalistin das berauschende Gefühl, dass alles stimmt – und verliebt sich rückhaltlos! Aber der Dokumentarfilmer ist kein Typ für feste Bindungen: Als Meret nach Deutschland zurückfliegt, lässt er sie ohne Bedauern ziehen. Sie ist am Boden zerstört. Hat er die Einzigartigkeit ihrer Gefühle nicht gespürt? Es fällt Meret schwer, sich ein Leben ohne ihn vorzustellen … Erst als sie Johannes trifft, kann sie wieder an das Glück glauben. Der zuverlässige, liebevolle Jurist gibt ihr Halt und Kraft – bis ein Anruf von Lorenz sie an allem zweifeln lässt, was sie sich aufgebaut hat …
Ein eindringlicher Roman über eine Frau, die zwischen der Liebe zu zwei Männern hin- und hergerissen ist.

Über die Autorin:

Charlotte Baumann ist das Pseudonym der Autorin und Übersetzerin Maria Linke. Die Mutter von zwei Kindern und stolze Großmutter eines Enkels lebt mit ihrer Familie in der Nähe von Köln.

Charlotte Baumann

Am Ende jenes Sommers

Roman

Genehmigte Lizenzausgabe 2017
der Buchvertrieb Blank GmbH, Vierkirchen

Umschlaggestaltung: HildenDesign, München, www.HildenDesign.de
Umschlagabbildung: © HildenDesign unter Verwendung
mehrerer Motive von shutterstock.com
Gesamtherstellung: GGP Media GmbH, Pößneck
Printed in the EU
ISBN 978-3-946012-33-7

»Ganz egal, woran ich gerade denke,
am Ende denke ich immer nur an dich.«
Element of Crime

»I wasn't expecting that.«
Jamie Lawson

Prolog

Gegen den Strom

Bewegungslos stand der Reiher am Ufer, auf einem Bein, den langen, gekrümmten Hals so tief in den grauen, kugeligen Federkörper gezogen, dass er im Zwielicht der Morgendämmerung kaum zu erkennen war. Die Sonne kam gerade erst hinter den Hügeln hervor, und die Nebelschwaden über dem Fluss lösten sich in dem rötlich goldenen Schimmer, den die Sonnenstrahlen über das Wasser warfen, nur langsam auf.

Meret schob das Backbord-Skull in die Dolle und legte sich leise ächzend auf den Steg, um die Halterung zuzuschrauben. Früher einmal hatte sie das mit Leichtigkeit im Stehen erledigt, etwas anderes wäre ihr gar nicht in den Sinn gekommen. Aber wie lange hatte sie nicht mehr in einem Ruderboot gesessen? Zehn Jahre? Oder waren es sogar schon fünfzehn? Mit fast vierzig war man eben nicht mehr so gelenkig, und besonders viel Sport hatte sie in den vergangenen Jahren auch nicht getrieben. Ja, klar, ab und zu waren sie mal Fahrrad gefahren, einmal im Jahr ging es für zehn Tage zum Skilaufen und im Sommer ein paarmal zum Schwimmen, vor allem als Nicolas noch kleiner war. Aber sonst?

»Du kannst zufrieden sein, dass du einigermaßen anständige Gene hast«, murmelte sie leise vor sich hin. »Du könntest auch ganz anders aussehen!«

Einiges an Muskelkraft hatte sich mit Sicherheit schon verabschiedet, die Haut war nicht mehr ganz so straff wie früher, und sie hatte auch etwas zugenommen, aber zum Glück war ihr Gesamteindruck trotzdem nicht übel. Das lag wohl tatsächlich an ihrem Erbteil. Ihre Mutter war achtundsechzig, wirkte aber durchaus zehn Jahre jünger – von Weitem jedenfalls.

Meret war froh, dass sie so früh aufgestanden war. Es war ihr noch nicht einmal besonders schwergefallen. Sie hatte es immer schon belebend gefunden, wenn im ersten grauen Licht der Dämmerung die Vögel anfingen zu zwitschern. Früher war sie dann im Sommer manchmal einfach aus dem Bett geschlüpft und hinaus in den Garten oder auf die Terrasse gelaufen. Lorenz hatte das nie verstehen können. Meistens war er aufgewacht und hatte versucht, sie zurückzuhalten. Oh, wie sie das gehasst hatte! Sie war sich dabei vorgekommen wie im Gefängnis.

»Was willst du denn da draußen?«, hatte er gefragt und verschlafen hinzugefügt: »Bleib doch im Bett. Komm her.« Er hatte dabei ungehalten geklungen, als sei es ein Affront gegen ihn, wenn sie aufstünde. Dabei wollte sie nur diese ganz besondere Stimmung in der Frühe genießen, das feuchte Gras unter ihren Füßen spüren.

Johannes, das musste sie zugeben, war da ganz anders. Eigentlich hatte er sie immer so sein lassen, wie sie war. Er hatte nie versucht, sie zu ändern. Und er klammerte auch nicht.

Aber seit sie niemandem mehr Rechenschaft schuldig war, war seltsamerweise auch das Bedürfnis verschwunden, in aller Frühe auszubrechen und hinauszulaufen, wenn sie aufwachte. Sie schlief in der letzten Zeit einfach nicht mehr besonders gut. Aber war das ein Wunder? Es ging ihr viel zu viel durch den Kopf, und wenn sie mitten in der Nacht aufwachte, kreisten die Gedanken, und sie kam nicht mehr zur Ruhe. Dann stand sie eben auf, eher aus Not als aus dem Bedürfnis heraus, das Erwachen des Tages zu genießen.

Heute jedoch hatte sich das frühe Aufstehen auf jeden Fall gelohnt. Es versprach ein schöner Tag zu werden. In der vergangenen Woche hatte es ständig geregnet, und auch jetzt war noch so viel Feuchtigkeit in der Luft, dass leichter Nebel über dem Fluss lag. Die Bäume, die nun, Ende Juni, üppig grün waren, wirkten in dem blassgoldenen Schimmer der ersten Sonnenstrahlen wie mit einem Weichzeichner versehen. Die Autos auf der Uferstraße fuhren noch mit Licht, und es herrschte kaum Verkehr, sodass alles gedämpft und unwirklich erschien.

Als sie aus der Bucht mit der kleinen vorgelagerten Insel im Fluss hinausglitt, waren die Umrisse der Häuser auf der anderen Neckarseite kaum zu erahnen. Noch war es kühl, beinahe konnte sie ihren Atem sehen, aber wenn die Sonne erst einmal hinter den Hügeln hervorgekommen war, würde es sicher sehr warm werden. Unter anderen Umständen wäre sie vielleicht ins Thermalbad gegangen, wie immer, wenn sie sich in der wärmeren Jahreszeit in Heidelberg aufhielt, aber dazu hatte sie heute keine Zeit.

Schwimmen war keine Option. Sie musste ihr Leben in Ordnung bringen, und das konnte sie nur beim Rudern auf dem Fluss.

Sie saß in Barbaras Skiff, der »Cam«, dem Boot, das sich die Freundin erst vor zwei Jahren gekauft hatte. Meret konnte nur hoffen, dass sie bald wieder Gelegenheit haben würde, es auch zu nutzen. Einer der bekanntesten Bootsbauer Deutschlands hatte sein Werk in der Nähe von Heidelberg, in Eberbach, und dort hatte Barbara den Einer in Auftrag gegeben. Ein schönes, leichtes, schnittiges Boot – aber als Meret sich vom Steg abgestoßen und hineingesetzt hatte, hatte sie gemerkt, wie sehr sie aus der Übung war. Natürlich war Rudern wie Fahrradfahren: Man verlernte es nicht. Doch als sie endlich auf dem Wasser war, war sie trotz der kühlen Morgenluft bereits in Schweiß gebadet.

»Selber schuld«, murmelte sie und verzog das Gesicht. »Wer sich in Gefahr begibt …«

Nach den ersten Schlägen jedoch, mit denen sie stromaufwärts auf die Theodor-Heuss-Brücke zuruderte, hatte sie schon wieder zu ihrem Rhythmus gefunden. Na, geht doch, dachte sie. Sie zwang sich, gleichmäßig zu atmen, und konzentrierte sich auf die Bewegung, als sie langsam vorrollte, die Blätter eintauchte und dann kraftvoll zurückstieß. Ruhe und Kraft, das war in jeder Hinsicht entscheidend.

Sie warf einen raschen Blick über die Schulter. Kein Hindernis in Sicht. Um diese Uhrzeit war es auf dem Fluss friedlich und still. Die Ausflugsflotte war noch nicht in Betrieb, das Solarschiff lag noch vor Anker, und auch die großen Schubschiffe waren noch nicht unterwegs – die Kapitäne schliefen wohl noch.

Ihre Bewegungen wurden gleichmäßig und sicher. Früher war sie immer rudern gegangen, wenn sie den Kopf frei kriegen wollte. Dabei konnte sie am besten abschalten. Das hatte sie schon als Jugendliche so empfunden, und es war ganz egal gewesen, ob ihre Gedanken um Mathearbeiten oder Liebeskummer gekreist waren. Kaum saß Meret im Boot, wurde sie ganz ruhig. Doch obwohl es nach außen so wirkte, als ob sie träumte, war sie äußerst konzentriert, wenn auch auf ihre eigene Weise. Rudern war für sie wie Meditieren. Nur auf dem Wasser war sie Teil eines Ganzen, einer natürlichen, fließenden Harmonie, die sich über die Bewegungen ihres Körpers mitteilte. Es fiel ihr schwer, es in Worte zu fassen, aber nur beim Rudern hatte Meret stets das Gefühl gehabt, eins mit sich und der Welt zu sein.

Und dieses Gefühl brauchte sie jetzt.

Das Boot reagierte sofort, wenn sie nicht in ihrer inneren Mitte war. Sie war nun schon so lange aus dem Gleichgewicht und musste sich klar darüber werden, wie ihr Leben weitergehen sollte. Zu viel hing davon ab, ob ihre Entscheidung richtig ausfiel …

Erneut blickte sie sich um. Der alte Kanutenspruch fiel ihr ein: Kanuten sehen eine nette Kneipe am Ufer schon von

Weitem, Ruderer erst, wenn sie dran vorbei sind. Und es stimmte ja auch: Als Ruderer schaute man in die verkehrte Richtung. Man ruderte gewissermaßen in die Zukunft, während man noch in die Vergangenheit blickte. Aber war nicht so das ganze Leben? Ohne Vergangenheit gab es keine Zukunft. Man durfte nur nicht vergessen, ab und zu auch mal nach vorne zu schauen.

Vor der Alten Brücke fuhr sie in einem Bogen zum Neuenheimer Ufer. Das Schloss war in Dunst eingehüllt, aber oben hinter der steinernen Brüstung der Brücke standen schon die ersten Japaner mit gezückten Kameras. Wer Europa in vierzehn Tagen bereisen wollte, musste früh aufstehen, auch wenn die Motive vielleicht noch gar nicht aufgewacht waren.

Einen Moment lang hielt sie inne und ließ sich ein wenig treiben. Sie liebte den Anblick der Stadt vom Fluss aus. Das zerstörte Schloss, das hoch über der Stadt aufragte, die Heilig-Geist-Kirche und die Häuser der Altstadt auf der einen Seite, am anderen Ufer die prachtvollen Bürgervillen, eingebettet in die grünen Hügel, und die Alte Brücke, die die beiden Seiten verband.

Ihr Blick fiel auf die Villa der Buchwalds. Das Interview mit Professor Buchwald, einem der führenden Neurochirurgen an der Heidelberger Universitätsklinik, war ihre erste journalistische Arbeit gewesen. Meret war damals noch zur Schule gegangen und hatte einen Artikel für die Ruderzeitung über ihn geschrieben. Wie professionell sie sich mit ihrem kleinen Aufnahmegerät und dem Mikro vorgekommen war! Die Pracht der alten Villa am Philosophenweg hoch über dem Fluss, mit ihrer von Säulen umrahmten Terrasse und der Marmorfreitreppe, hatte sie so nachhaltig beeindruckt, dass sie ihn spontan gefragt hatte, ob er dem Verein denn nicht ein Boot stiften wolle. Für jemanden, der in einer solchen Villa wohnte, konnte das doch keine große Ausgabe sein.

Buchwald hatte damals kurz vor der Eheschließung mit seiner zweiten, viel jüngeren Frau gestanden und sich gutmütig auf ihren Vorschlag eingelassen. »Ja«, hatte er gesagt, »wenn du dafür sorgst, dass meine Ruderkameraden bei der Hochzeit Spalier stehen, dann überlege ich es mir.«

Das hatten sie natürlich sowieso getan, und er hatte tatsächlich einen Hochzeitszweier angeschafft – falls noch weitere Vereinsmitglieder heiraten wollten. Das betagte Boot mit der extra breiten Steuerbank für das Brautpaar gab es noch heute, jedenfalls hatte sie es im Bootshaus gesehen. Vielleicht wurde es sogar noch genutzt.

Meret grinste. »Ganz schön frech für eine 17-Jährige«, murmelte sie. Aber Hartnäckigkeit war immer schon eine ihrer hervorstechendsten Eigenschaften gewesen. Sie hatte stets genau gewusst, was sie wollte und wie sie es vermitteln musste.

Seit frühester Jugend hatte sie nicht den leisesten Zweifel an ihrer Besonderheit und ihrer Durchsetzungsfähigkeit gehegt. Ihre Mutter betonte noch heute, was für ein anstrengendes Kind sie gewesen sei. »Es war schlimm mit dir«, sagte sie gerne. »Kaum hattest du eine Sache erreicht, hast du schon das nächste Ziel angesteuert. Du hast dich nie mit dem Erreichten zufriedengegeben, sondern wolltest immer mehr.«

Vielleicht hatte das etwas mit ihrem Namen zu tun. Dufresnes war schon ungewöhnlich genug, selbst in Heidelberg, wo man an französische Nachnamen gewöhnt war, aber dann hatten es ihre Eltern auf die Spitze getrieben und sie nach ihrer Urgroßmutter väterlicherseits Meret genannt. Meret hatte Vor- und Nachnamen immer buchstabieren und vorsprechen müssen (ja, Düfrään, und ja, Meerett), und schon als kleines Kind hatte sie daraus abgeleitet, dass sie wohl etwas Besonderes sein musste. In den Wirren des Lebens hatte sich dieses Bewusstsein jedoch irgendwann abgenutzt. Bald wurde sie vierzig und kam sich weiß Gott nicht mehr besonders vor. Im Gegenteil, sie hatte das Gefühl, in einer Sackgasse angekommen zu sein. Wie sie sich auch drehte und wendete, sie kam nicht weiter. Sie hatte einfach die Richtung verloren, die ihr doch immer so klar vor Augen gestanden hatte.

Sie lächelte, als sie einen Reiher am Ufer entdeckte. Er stand so bewegungslos im Schatten einer Weide, dass sie ihn beinahe nicht gesehen hätte. Stocksteif, den Hals eingezogen, auf einem Bein – vielleicht schlief er, vielleicht lauerte er auf einen Fisch, vielleicht aber stand er auch einfach nur so da. Unwillkürlich fielen ihr die Flamingos im Lake Nakuru ein – völlig überwältigt hatte sie die rosarote Wolke aus unzähligen Vögeln bestaunt, damals, als alles angefangen hatte.

1

Voraus – und los!

(Befehl zum Losrudern)

Das Telefon auf ihrem Schreibtisch läutete. »Meret«, hörte sie die tiefe Stimme ihrer Chefin, »kommen Sie doch bitte mal in mein Büro.«

Seit einem Dreivierteljahr arbeitete Meret in der Redaktion von *Schöner Reisen*, und sie empfand immer noch jeden Tag wie einen Glücksfall. Sie hatte schon, während sie in München Germanistik und Romanistik studierte, ab und zu kleinere Aufträge für das Magazin übernommen. Trotzdem hätte sie nie zu hoffen gewagt, dass man ihr tatsächlich eine Stelle anbieten würde, als sie ihren Magister gemacht hatte. Über fremde Länder als Journalistin zu berichten war Merets Leidenschaft, und wie ein Schwamm sog sie alles in sich auf, was sie in der Redaktion lernen konnte.

Jetzt lief sie den langen Flur entlang, der zum Büro und Vorzimmer ihrer Chefin führte. Fast wäre sie mit Anna zusammengestoßen, der jungen Kollegin, die seit Kurzem im Sekretariat von Oda Frankenthal arbeitete.

»'tschuldigung!«, sagte Meret hastig und fügte erklärend hinzu: »Ich muss zur Chefin.«

Anna nickte. »Ist ja nichts passiert«, erwiderte sie und ging weiter. Die Tür zum Büro stand wie immer weit auf. Oda Frankenthal pflegte einen offenen Führungsstil, wie sie gerne betonte, war allerdings weit davon entfernt, der kumpelhafte Typ zu sein. Im Gegenteil, sie wirkte ziemlich Respekt einflößend.

Ein wenig atemlos stand Meret schließlich vor Oda Frankenthals Schreibtisch. Warum mochte die Chefredakteurin sie gerufen haben? Erwartungsvoll blickte sie sie an.

»Ich will gar nicht lange darum herumreden, Meret«, begann die kühle, dunkelhaarige Frau und zog an ihrer dünnen Zigarette, die in einer goldenen Zigarettenspitze steckte. »Wir haben niemand anderen, und es ist alles schon gebucht und verabredet, deshalb müssen Sie es machen.«

»Was machen?«, fragte Meret verwirrt.

»Na, die Reise für Jochen Spengler antreten. Sie haben doch sicher gehört, dass er sich das Bein gebrochen hat.«

Ja, das hatte sie gehört. Er war auf dem vereisten Bürgersteig vor seiner Haustür ausgerutscht. Und jetzt sollte sie …

Meret riss die Augen auf. Halleluja! »Ich soll nach Kenia fliegen?«, fragte sie. Ihre Stimme hörte sich sogar in ihren eigenen Ohren ziemlich piepsig an. »Sollte das denn nicht jemand anderes machen?«, fragte sie, verbesserte sich aber hastig: »Ich meine, jemand, der mehr Erfahrung hat als ich?«

»Ja, eigentlich schon«, beschied ihr die Chefin ungeduldig. »Aber ehrlich gesagt, ist gerade niemand frei. Und wenn es Ihre Gefühle nicht allzu sehr verletzt, sitzen Sie übermorgen Abend in der Maschine nach Nairobi. Oder haben Sie ein Problem damit, der Notnagel zu sein?«

»Nein, nein«, versicherte Meret schnell. »Nein, natürlich nicht, Frau Frankenthal, äh, Oda«, fügte sie hinzu. Es fiel ihr immer noch schwer, sich daran zu gewöhnen, dass sich in der Redaktion alle mit Vornamen und Sie anredeten. »Nein, ich freue mich riesig. Das ist ja wirklich eine nette Überraschung.«

»Kindchen«, erwiderte ihre Chefin mit grimmiger Freundlichkeit und streifte mit einer nachlässigen Handbewegung die Asche ihrer Zigarette ab, »das müssen Sie noch lernen: Geschäftsreisen sind grundsätzlich kein Anlass zur Freude. Und schon gar keine nette Überraschung. Geschäftsreisen sind Arbeit, und wenn Sie sich freuen, dann nur über gute Reportagen oder interessante Kontakte. Ist das klar?«

»Hmm«, erwiderte Meret renitent. Sie würde sich von der blöden Kuh doch nicht die Freude über die Reise verderben lassen. Sie sollte nach Nairobi fliegen! Morgen würde sie dem Kollegen Spengler einen großen Blumenstrauß ins Krankenhaus schicken. Mindestens. Und sie würde ihn in Kenia würdig vertreten, davon war sie überzeugt.

Afrika – sie flog nach Afrika! Das war der Durchbruch! Sie würde eine Reisereporterin werden, der selbst der große Egon Erwin Kisch kaum das Wasser reichen konnte!

Fragend runzelte sie die Stirn. »Brauche ich irgendwelche Visa? Impfungen? Gegen Tetanus und Polio bin ich geimpft. Und auch gegen Hepatitis A und B. Wie ist es mit Malaria?«

»Sie bekommen ein Notfall-Mittel mit«, erwiderte ihre Chefin. »Um die nötigen Papiere haben wir uns bereits gekümmert. Ihr Flug geht übermorgen Abend um 17.30 Uhr von Frankfurt. Sie fliegen über Amsterdam nach Nairobi. Holen Sie sich in der Buchhaltung einen Vorschuss und das Ticket ab. Ich wünsche Ihnen einen angenehmen Flug und erwarte, dass Sie Ihre Sache gut machen.«

»Ja, Frau Frankenthal, ich meine, Oda. Danke«, fügte Meret hinzu. Beschwingt verließ sie das Büro ihrer Chefin. Es gab viel zu tun.

Meret Dufresnes war gerade erst fünfundzwanzig geworden – und nun durfte sie schon ihre erste große Reisereportage machen! Sie war beinahe vor Stolz und Aufregung geplatzt, als sie in der Buchhaltung das Ticket nach Nairobi in Empfang genommen hatte. Safaris in Kenia erfreuten sich zunehmender Beliebtheit, und jetzt war gerade sie auserkoren worden, darüber zu berichten.

Erst als sie im Flugzeug saß, wurde sie ein wenig ruhiger. Es war aber auch alles zu aufregend. Sie flog zum ersten Mal in ihrem Leben und dann gleich so eine weite Strecke! Elf Stunden, mit Zwischenlandung in Amsterdam. Aber jetzt hatte sie erst einmal alles bewältigt, lehnte sich in ihrem Sitz zurück und kam sich vor wie eine Weltreisende.

Lässig blickte sie sich um. Der Flieger war bis auf den letzten Platz besetzt. Meret saß am Gang, worüber sie sich eigentlich geärgert hatte. Aber dann war ihr aufgegangen, dass es während des Fluges dunkel war; es war sowieso nichts zu sehen. Neben ihr am Fenster saß eine junge Schwarze, die anscheinend zu keinem Gespräch bereit war. Meret hatte sie freundlich angelächelt, als sie im letzten Moment in die Maschine gestürmt war und sich zielsicher neben sie auf den Sitz gestürzt hatte, aber sie hatte keine Miene verzogen, sich angeschnallt und sofort die Augen zugemacht. Jetzt saß sie bewegungslos neben Meret, nur ihre Hände, die in ihrem Schoß lagen, waren pausenlos in Bewegung. Was mochte mit ihr sein? Ob sie wohl einen Krankenbesuch zu Hause machte? Oder war sogar jemand gestorben? Unbehaglich wandte Meret den Blick ab. Ihr wäre es lieber gewesen, sie hätte sich während des Fluges nett mit jemandem unterhalten können, mit jemandem, der ihr vielleicht auch noch ein paar Tipps geben konnte. Na ja, es würde auch so gehen.

Sie lächelte die Stewardess an, die mit dem Getränkewagen vorbeikam. »Ein Wasser und einen Weißwein«, bestellte sie und schob sich das Kissen hinter den Kopf. Sie würde die Nacht schon gut hinter sich bringen.

Die Sonne stach ihr in die Augen, als sie aus der Flughafenhalle trat. Um sie herum war es heiß, hell und laut. Alle Farben wirkten viel greller als zu Hause, und einen Moment lang war sie orientierungslos. Fast wünschte sie sich, noch neben der jungen Schwarzen zu sitzen. Die hatte kurz vor der Landung das erste Mal die Augen aufgemacht, Meret angeschaut, als wäre sie ihr vorher gar nicht aufgefallen, und gefragt: »*You – Maputo?*«

Offensichtlich musste sie in Nairobi nach Maputo umsteigen.

Meret hatte den Kopf geschüttelt. »Nein, ich bleibe in Nairobi«, hatte sie auf Englisch erwidert.

Und jetzt stand sie allein vor dem Flughafen und blickte sich überwältigt um. Niemand hatte daran gedacht, sie abholen zu lassen – Spengler war schon häufig in Kenia gewesen. Er kannte sich aus und wusste genau, was er zu tun hatte, aber Meret hatte natürlich keine Ahnung, zumal es niemand für nötig befunden hatte, sie zu informieren. Doch sie war so berauscht von ihrer neuen Wichtigkeit, dass es ihr gleichgültig war. Sie würde einfach ein Taxi rufen und erst einmal ins Hotel fahren.

Am späten Nachmittag war sie mit einem Reiseleiter verabredet. Sie nahm ihren Rucksack von der Schulter, zog eine Plastikmappe heraus und warf rasch einen Blick in ihre Unterlagen. Ja, genau, Arne Brodersen. Er war der Neffe von Oda Frankenthal und hatte sich angeboten, Meret ein wenig einzuführen. Heute Abend wollte er sie bei einem Abendessen in seinem Haus ein paar Leuten vorstellen.

Pünktlich zur verabredeten Zeit stand Arne Brodersen in der Hotel-Lobby, um Meret abzuholen. Ein netter, schlaksiger, blonder Junge mit Nickelbrille, der nach seinem Ethnologie-Studium zum Glück einen Job als Reiseleiter bei *Universitas*-Reisen bekommen hatte. »Afrika ist mein Spezialgebiet«, erklärte er ihr munter, während er in atemberaubendem Tempo mit Meret durch die Stadt fuhr. Beim

Fahren wies er sie auf allerlei Sehenswürdigkeiten rechts und links der Straße hin – vor allem links, dachte Meret, die sich an den Linksverkehr nur schwer gewöhnen konnte.

»Allerdings eher die nördliche Sahara«, fuhr er fort. »Ich habe meine Magisterarbeit über soziale Strukturen bei den Tuareg geschrieben. Aber Kenia und Tansania sind auch gut. Interessante Länder, tolle Safaris, Serengeti, Kilimandscharo und so. Hast du beim Landeanflug die drei Gipfel des Mount Kenya und den Kilimandscharo gesehen? Beeindruckend, was? Selbst jetzt, im Sommer, haben sie eine Schneehaube.«

»Ja«, erwiderte Meret schwach und hielt sich krampfhaft am Türgriff seines Landrovers fest, als er erneut mit einer weit ausholenden Schaukelbewegung in die Kurve fuhr. »Ende Januar und Sommer … verkehrte Welt!«

»Genau. Der afrikanische Sommer findet im europäischen Winter statt, jedenfalls jenseits des Äquators. Wusstest du das nicht?« Arne war sichtlich stolz auf seinen Wissensvorsprung.

»Doch, doch! Das musst du mir alles noch mal ganz genau erklären, wenn ich ausgeruhter bin«, sagte Meret, der nach der langen Reise ganz schön der Kopf schwirrte. »Schließlich muss ich darüber berichten.«

»Jaja, kein Problem. Ich gebe dir schon genügend Material für Tante Oda mit.« Er lachte. »Sie ist ziemlich furchterregend, was?«

»Ach, es geht«, erwiderte Meret ausweichend. Arne machte zwar nicht den Eindruck, als wollte er sie bei seiner

Tante anschwärzen, aber zu viel wollte sie auch nicht gleich preisgeben, das fand sie unprofessionell.

Mittlerweile waren sie in einer ruhigen Villengegend angelangt. Hinter hohen Zäunen und Hecken lagen große, bewachte Häuser in üppig blühenden Gärten. Sie hielten vor einem Eisentor, an dem ein Wachmann saß. Er hob grüßend zwei Finger an seine zerschlissene Kappe, als Arne vor dem Tor hupte. Die beiden Männer wechselten ein paar Sätze auf Swahili, dann ging das Tor auf, und sie fuhren aufs Grundstück, eine Auffahrt entlang, die zu einem mit Bougainvillea überwucherten Bungalow führte.

Arne stellte den Motor ab und machte eine weit ausholende Handbewegung. »Das ist mein Reich«, erklärte er großspurig. »Nicht übel, was?«

Meret blickte sich mit großen Augen um. »Ja«, sagte sie langsam. »Das ist wirklich irre schön. Und du wohnst hier ganz alleine?« Sie blickte auf den großen, glitzernden Pool seitlich von der Terrasse, die weitläufigen Rasenflächen und die Palmen, die leise im Wind rauschten. Ein älterer Schwarzer mit ausgefranstem Strohhut und verblichenen Arbeitshosen schnitt gerade die Hecke. Er drehte sich um, als sie aus dem Wagen stiegen, und lächelte sie freundlich an. Arne winkte ihm zu.

»Das ist John«, sagte er zu Meret. »Er gehört quasi zum Inventar. Und er tut gerne mal so, als ob er das alles hier besitzen würde.« Er grinste breit in die Richtung des älteren Mannes. »Aber er hält uns die anderen Bittsteller vom Hals.«

»Uns?«, fragte Meret.

»Meine beiden Kollegen wohnen auch noch hier. Jürgen und Gerd. Aber sie sind im Moment beide auf Tour.«

»Und was hast du mit den Bittstellern gemeint?«

»Ach, du glaubst ja gar nicht, auf welche Ideen die hier kommen. Da hat doch jeder einen Bruder, Vetter, Onkel oder was weiß ich, der aus irgendeinem Grund Geld braucht«, erwiderte Arne abfällig. »Und wehe, du lässt dich auf eine Geschichte ein, damit löst du die reinste Lawine aus. Tja, John lebt ganz gut davon, dass er dafür sorgt, dass uns die anderen in Ruhe lassen.«

Meret hatte skeptisch zugehört. »Hmm«, meinte sie schließlich vorsichtig. »Also, ich kann das schon verstehen. Die Schwarzen haben wahrscheinlich den Eindruck, dass alle Weißen reich sind. Und das sind sie im Verhältnis zu ihnen auch.«

»Ja, geschenkt.« Arne machte eine wegwerfende Handbewegung. »Das ist doch noch lange kein Grund, alle über einen Kamm zu scheren. Ich jedenfalls habe nicht so viel Geld, und wenn *Universitas* nicht Haus und Hauspersonal bezahlen würde, könnte ich hier auch kaum existieren. Als Reiseleiter verdienst du doch nichts. Wenn du länger in Kenia wärst, würdest du deinen sozialromantischen Ansatz schnell verlieren. Aber, lass uns darüber nicht streiten«, fügte er versöhnlich hinzu. »Ich zeig dir das Haus und den Garten. Wenn du willst, kannst du noch in den Pool springen. In einer Stunde kommen ein paar Leute zum Barbecue.« Er wies zur Terrasse an der Seite des Hauses, wo über einer Feuerstelle schon ein großer Schwenkgrill aufgestellt worden war. Ein junger Schwarzer in Jeans und buntem Hemd war gerade dabei, die Holzscheite zum Brennen zu bringen. »Das ist Jomo, der Küchen-Boy«, erklärte er. »Und dann gibt es noch John II, den Haus-Boy.« Er lachte. »Wir sind ein reiner Männerhaushalt.«

Meret verzog das Gesicht. War sie heute Abend etwa die einzige Frau? Das konnte ja heiter werden. »Das mit dem Pool verschiebe ich«, sagte sie. »Es reizt mich zwar, aber danach müsste ich mich noch mal umziehen. Ich schaue mich lieber ein bisschen um.«

»Klar, kein Problem«, meinte Arne. »Ich führe dich herum.«

In diesem Augenblick ging das Tor auf, und ein schlammbespritzter, weißer Landrover fuhr die Auffahrt hinauf. Der Kies spritzte auf, als er mit quietschenden Bremsen vor dem Haus hielt. Türen wurden aufgerissen, und fünf Personen quollen heraus, so schnell, dass Meret Mühe hatte, sie zu zählen.

Der Fahrer, ein schlanker, großer Mann Mitte dreißig mit etwas längeren dunklen Haaren, kam mit ausgebreiteten Armen auf Arne zu. »Arne, altes Haus!«, rief er.

Meret verdrehte innerlich die Augen. Was war das denn für ein manierierter Schnösel? Wer sagte denn heute noch »altes Haus«?

Der Mann umarmte Arne und klopfte ihm auf den Rücken. »Ich habe noch ein bisschen Gesellschaft mitgebracht«, meinte er. »Du hast doch nichts dagegen?« Er wies auf die drei Frauen und den Mann, die ebenfalls aus dem Landrover ausgestiegen waren. »Aber erst einmal möchte ich unseren Gast aus Deutschland kennenlernen.« Er wandte sich Meret zu und streckte ihr die Hand entgegen. »Willkommen im Busch. Ich bin Lorenz Fischer.«

Arne ergänzte: »Lorenz ist Korrespondent für die Hamburger Zeitung. Er hilft dir bestimmt gerne bei allen journalistischen Fragen.«

»Und nicht nur da«, mischte sich eine der Frauen, eine hübsche Brünette mit langen Haaren, grinsend ein.

Meret warf ihr einen kurzen Blick zu und schüttelte dann Lorenz Fischer die Hand. »Freut mich, Herr Fischer«, sagte sie unverbindlich. »Ich bin Meret Dufresnes.«

»Oh, ein Name so schön wie die Frau, die ihn trägt«, erwiderte er.

Du lieber Himmel, was war das bloß für ein Typ? Allerdings blitzte es in seinen graugrünen Augen humorvoll. So ganz ernst schien er sich selbst nicht zu nehmen.

»Wir nennen uns hier alle beim Vornamen. Ich bin einfach nur Lorenz.« Er verzog die Lippen zu einem breiten Lächeln und enthüllte dabei einen Schneidezahn, der leicht schräg über dem zweiten stand. Seltsamerweise tat dieser kleine Makel seinem Charme keinen Abbruch, im Gegenteil, es wirkte liebenswert, genau wie das Grübchen auf seiner rechten Wange.

Meret erwiderte sein Lächeln zurückhaltend. Auf so einen Charmeur würde sie auf keinen Fall hereinfallen!

Die anderen Gäste wurden ihr ebenfalls vorgestellt. Die

dunkelhaarige Frau, die mit ihren hohen Wangenknochen und den leicht schräg gestellten grünen Katzenaugen aussah wie ein exotisches Fotomodell, war Giuliana Fontana, eine italienische Fotografin, die ihr hervorragendes Deutsch ihrer deutschen Mutter verdankte. Sie war wirklich eine Schönheit, groß und langgliedrig, mit anmutigen Bewegungen. Und sie schien als Fotografin erfolgreich zu sein, denn Arne raunte Meret zu: »Sie hat schon drei Bildbände über Afrika veröffentlicht. Eine tolle Frau!« In welcher Hinsicht, ließ er offen. Eine der anderen Frauen, Judith Westphal, eine pummelige kleine Blondine mit roten Wangen und kurzen Haaren, war ihre Assistentin. Und die weiteren Freunde von Lorenz Fischer waren ein gut aussehender Schweizer Ingenieur mit seiner Frau, die als Ärztin im Nairobi Hospital arbeitete.

Während sie noch alle dastanden und sich miteinander bekannt machten, kam ein weiteres Auto durch das Tor, eine große Peugeot-Limousine, in der ein älteres Ehepaar saß. Sie trugen beide Safari-Kleidung, der Mann zu Merets Belustigung sogar einen Tropenhelm. Arne stellte sie ihnen als Elias und Daphne Hartmann vor. »Meine Chefs«, verkündete er. »Herr Hartmann hat *Universitas*-Reisen vor fünfzehn Jahren gegründet, und es ist eines der erfolgreichsten Unternehmen für Abenteuer-Reisen mit Komfort in Afrika.«

Elias Hartmann winkte bescheiden ab. »Na, da gibt es wohl noch größere und erfolgreichere als uns«, sagte er. »Aber ich kann wirklich nicht klagen.« An Meret gewandt, fügte er hinzu: »Das passt ja hervorragend, dass wir gerade jetzt hier sind, wo Sie für *Schöner Reisen* über Safaris in Kenia berichten wollen. Wir stehen Ihnen selbstverständlich jederzeit für Fragen zur Verfügung. Wenden Sie sich nur an uns.«

»Ja, gern.« Meret lächelte das ältere Ehepaar an. Es ging alles viel leichter, als sie gedacht hatte. Die beiden mochten skurril wirken, aber sie schienen wirklich sehr nett und hilfsbereit zu sein.

»Na, jetzt sind wir ja vollzählig«, freute sich der Gastgeber. »Was wollt ihr trinken? Bier? Das gute Tusker?«

Es wurde ein lustiger Abend. Meret, die normalerweise nicht so schnell Freundschaften schloss, hatte nach einer Stunde das Gefühl, alle seit einer Ewigkeit zu kennen. Das Bier tat ein Übriges, und als es, ziemlich früh und ziemlich übergangslos, dunkel wurde, waren alle schon ein bisschen beschwipst und unterhielten sich angeregt.

»Hast du gesehen, wie rasend schnell die Sonne untergeht? Als ob sie über den Rand der Schüssel fällt!«

Lorenz hatte es sich, offensichtlich sehr zum Ärger seiner langhaarigen Begleitung, zur Aufgabe gemacht, Meret zu betreuen. Er hatte sich gleich neben sie gesetzt, und unterhielt sie mit Geschichten aus seiner Zeit in Afrika. Er lebte bereits seit zwei Jahren in Nairobi und hatte gerade für zwei weitere verlängert. »Danach muss ich allerdings wieder nach Europa zurück. Daran führt kein Weg vorbei. Eigentlich habe ich gar keine Lust dazu, wenn ich mir vorstelle, dass ich dann wieder jeden Tag in die Redaktion muss! Und mein Landy muss auch hierbleiben.« Er verzog das Gesicht. »Aber noch ist es ja nicht so weit. Na, immerhin haben sie mir noch mal zwei Jahre zugestanden. Und wer weiß, was in der Zeit alles passiert.«

»Wer ist denn dein Landy?«, fragte Meret interessiert. »Dein Haus-Boy?«

Lorenz lachte. »Nein, mein Kraftwagen«, erklärte er.

Meret schluckte. Der Mann hatte anscheinend einen unerschöpflichen Vorrat an altertümlichen Ausdrücken – dabei sah er gar nicht so antiquiert aus. Und trotz seiner merkwürdigen Ausdrucksweise war er unterhaltsam. Meret war fasziniert von seinen Schilderungen der Lebensumstände in Kenia. Sie hätte ihm stundenlang zuhören können, zumal er so lebhaft und plastisch erzählte, dass sie die Szenen förmlich vor sich sah.

Giulianas Assistentin Judith, die ein liebes Lächeln hatte und dabei bemerkenswert schöne Zähne enthüllte, und Arne waren ein Paar, wie Meret feststellte. Die beiden Ehepaare entpuppten sich als äußerst nett und witzig. Vor allem die Schweizer, Carla und Vigo, brachten alle zum Lachen, indem sie erzählten, auf welche Probleme sie stießen, weil bei ihnen die Frau das Geld verdiente und der Mann scheinbar nichts tat.

»Das ist so mühsam, oder?«, erklärte Carla und rollte ihre großen braunen Augen. »Hier ist es einfach nicht üblich, dass der Mann sich um Haus und Garten kümmert und die Frau das Geld verdient. Unsere Boys tun jedenfalls alle so, als würde ich Vigo aushalten.«

»Also, ich hätte nichts dagegen«, erwiderte ihr Mann lachend. »Das wäre doch ein Leben. Du müsstest mir nur genügend Taschengeld geben, und das würde ich dann mit Giuliana verprassen.« Er legte der dunkelhaarigen Schönheit den Arm um die Schultern, aber sie entwand sich ihm ärgerlich.

»Ich fahre nach Hause«, erklärte sie an Lorenz gewandt. »Bestell mir ein Taxi, ich habe Kopfschmerzen.«

Gleichmütig winkte Lorenz dem Küchen-Boy Jomo, der immer noch am Grill stand und die letzten Steaks wendete. Er sagte ein paar Sätze auf Swahili zu ihm, woraufhin der Junge nickte und ins Haus ging.

Oh, oh, dachte Meret, da ist aber jemand sauer. Doch sie war sich keiner Schuld bewusst. Zwar musste sie sich eingestehen, dass ihr dieser unbekümmerte Lorenz Fischer, der ihr anfangs so schnöselig vorgekommen war, überraschend gut gefiel, aber sie hatte sich ihm schließlich nicht an den Hals geworfen.

Also lächelte sie freundlich, als Giuliana sich verabschiedete und sich eng an Lorenz schmiegte, der sie zum Tor brachte.

»Ach, unser Lorenz«, sagte Vigo, der Schweizer. »Alle Frauen lieben ihn. Du doch auch«, fügte er an seine Frau gewandt hinzu, und Meret meinte, einen kleinen bitteren Unterton zu entdecken.

»Nicht mehr als dich, *Chéri*«, erwiderte Carla besänftigend. Sie warf ihrem Mann einen warnenden Blick zu.

Anstrengend, diese Ehepaare, fand Meret auf einmal.

Anstrengend und langweilig. Nach Giulianas Aufbruch war die Stimmung ein wenig abgesackt. Nein, so etwas will ich nie erleben, dachte sie mit der Arroganz einer 25-Jährigen. Um die Situation aufzulockern, fragte sie betont munter in die Runde: »Kann mir denn mal jemand das Kreuz des Südens zeigen? Das wollte ich immer schon mal sehen.«

In der Zwischenzeit war Lorenz vom Tor zurückgekommen. Ehe noch jemand von den anderen antworten konnte, hatte er den Arm um sie gelegt und führte sie an den Rand des Gartens, wo es dunkel war und sie freie Sicht auf den Himmel hatten. Hier zirpten die Grillen besonders laut, und Meret hatte auf einmal das Gefühl, mitten im Busch zu stehen. Sie war sich der Nähe von Lorenz überdeutlich bewusst.

»Da oben«, Lorenz zeigte auf das Sternbild, das am südlichen Himmel stand, »das ist das berühmte Kreuz des Südens.« Er drückte seine Wange an ihre, um ihren Blick in die richtige Richtung zu lenken. »Es sieht ein bisschen so aus wie die Drachen, die wir als Kinder gebaut haben: Vier Sterne bilden ein Trapez, und drei Sterne führen wie eine Schnur hinunter. Siehst du«, er rückte immer näher, »da ist es!«

Er roch gut, stellte Meret fest. Ein kleines bisschen nach Mandeln. Und würzig, nach den französischen Zigaretten, die er rauchte.

Aufmerksam blickte sie zum Himmel. »Ja, ich sehe es«, sagte sie dann leise. »Komisch, ich hatte es mir ehrlich gesagt etwas spektakulärer vorgestellt.« Sie drehte den Kopf, um Lorenz anzublicken. Aber das war ganz offensichtlich ein Fehler, denn jetzt war sein Mund ihrem so nahe, dass sie gar nicht mehr anders konnten, als sich zu küssen.

»Das war aber jetzt nicht meine Absicht«, protestierte Meret schwach, aber es war zu spät. Er hatte warme, feste Lippen, und er küsste gut. Unwillkürlich schlang sie ihm die Arme um den Hals und schmiegte sich an ihn.

»Hey, ihr beiden, was macht ihr da?«, rief Arne von der Terrasse her. »Benimm dich, Lorenz. Meret ist nur zum Arbeiten hier!«

Lorenz löste sich von Meret und schaute sie an. Diese Augen! Ihr wurde ganz schwindlig unter seinem Blick.

»Das sollten wir noch mal wiederholen«, meinte er und lächelte sie an. »Es hat mir gefallen, Bella. Du gefällst mir. Auch wenn das jetzt gar nicht deine Absicht war.« Er lachte leise.

Der Klang seiner Stimme klingt, wie Schokolade schmeckt, ging es Meret durch den Kopf. Und er hat ein schönes Lachen. »Nein, ich küsse normalerweise nicht so schnell«, wehrte sie sich. »Also, ich meine, ich … das ist nicht … Ach, ist ja egal«, stotterte sie überrumpelt, als Lorenz sie weiter nur amüsiert anblickte. Die Sache wuchs ihr ein wenig über den Kopf. Sie war noch nicht ganz zwölf Stunden in Kenia, und es war entschieden zu viel passiert.

Aber das schien Lorenz nicht zu interessieren. »Wie sehen denn deine Pläne aus?«, erkundigte er sich.

»Ich weiß nicht so genau«, erwiderte Meret verwirrt. »Wie meinst du das jetzt?«

»Also zunächst mal hatte ich nur an morgen gedacht.«

Meret wurde rot, aber das sah er ja zum Glück im Dunkeln nicht. »Ich glaube, morgen früh frühstücke ich mit den Hartmanns bei mir im Hotel. Anschließend wollen sie mir die Stadt zeigen. Und übermorgen soll ich mit auf Safari, ins *Samburu National Reserve,* wenn ich mich recht erinnere.«

»Ja, das hört sich gut an«, erklärte Lorenz. »Hast du nicht Lust, in einer Woche mit mir zu kommen? Ich schreibe eine Reportage über die Hominiden-Funde am Turkana-See.«

»Ich weiß nicht«, sagte Meret zögernd. »Ich muss ja meinen Auftrag erfüllen.«

»Ach, das klappt schon. Hier kontrolliert dich doch keiner«, meinte Lorenz. »Außerdem macht es deine Reportage spannender. Das Rift Valley wird dir gefallen. Die Landschaft ist toll, so ursprünglich. Ich hole dich einfach im Samburu ab. Du hast doch gesagt, du bist zwei Wochen hier – das kriegst du schon alles unter einen Hut.«

Entweder lag es an Merets Müdigkeit oder an Lorenz' Überredungskünsten – schließlich willigte sie ein. Arne jedenfalls schien nichts Merkwürdiges daran zu finden, als Lorenz ihm erläuterte, was sie vorhatten.

Erst als Meret im Hotelzimmer in ihrem Bett lag – Lorenz hatte sie im Landrover mit in die Stadt genommen und sich am Hotel eher beiläufig von ihr verabschiedet – und die Ereignisse des Tages noch mal Revue passieren ließ, merkte sie, wie überwältigt sie war.

2

Frei weg!

(Nach einem Manöver weiterrudern)

Schlaflos wälzte sie sich hin und her. Lorenz Fischer beschäftigte sie. Dabei hatte sie ihn doch erst vor wenigen Stunden kennengelernt, und genau genommen war er nicht einmal ihr Typ. Er war fast zehn Jahre älter als sie, und außerdem drückte er sich so komisch aus. Ein bisschen altmodisch, fand Meret. Aber er war witzig, das musste sie zugeben. Sie hatte heute Abend so viel gelacht wie schon lange nicht mehr. Na ja, es konnte sicher nichts schaden, wenn sie mit ihm die paar Tage noch an den Turkana-See fuhr. Danach musste sie sowieso wieder nach Hause. Und er hat schöne Hände, dachte sie schläfrig.

Der Schlaf wollte sich jedoch immer noch nicht einstellen. Schließlich meinte sie, die Ursache gefunden zu haben. Sie stand auf, schaltete die Klimaanlage aus und den Deckenventilator ein. »African Feeling«, murmelte sie befriedigt, und unter dem gleichmäßigen Surren fielen ihr endlich die Augen zu.

Am nächsten Morgen ging es ihr schon viel besser. Zum Frühstück hatte sie sich mit den Hartmanns verabredet, und während sie Rührei, Speck und Würstchen in sich hineinschaufelte, schrieb sie gewissenhaft alles auf, was das ältere Ehepaar ihr erzählte. Trotz ihres eher albernen Aufzugs waren es grundsolide Leute, die sich vor fünfzehn Jahren mit einer Erbschaft den Traum erfüllt hatten, ein exklusives Reiseunternehmen zu gründen. Elias Hartmann war in Deutschland Finanzbeamter gewesen, und seine Frau hatte als Verwaltungsangestellte gearbeitet. Kinder hatten sie keine, und so hatte es keine Probleme gegeben, als sie zu Hause alles aufgaben, um sich in Kenia niederzulassen.

»Wir sind immer schon gerne gereist«, erklärte Daphne Hartmann, »und wir genießen es, unsere Erfahrungen weitergeben zu können. Wir wissen einfach, wo es am schönsten ist und wie man am besten dorthin kommt, und danach haben wir unsere Reisen zusammengestellt. Es ist zwar kein großes Angebot, aber ein besonderes, wie zum Beispiel diese Reise ins *Samburu National Reserve*. Unsere Gäste wohnen in sogenannten *Tented Camps*, in Luxuszelten, und sind mitten in der Natur.«

»Ja, es ist ein großartiges Erlebnis«, fügte ihr Mann hinzu. »Allein die Tiere. Wenn man Glück hat, kann man die Elefanten beim Baden im Fluss beobachten. Am liebsten würde ich jedes Mal mitfahren.«

Zelte? dachte Meret zweifelnd. Im Gegensatz zu einigen ihrer Freunde war sie keine begeisterte Camperin. Schon der Gedanke an Gemeinschaftsduschen und Freiluftküchen jagte ihr Schauer über den Rücken. Aber, tröstete sie sich, Lorenz wird mich ja schon nach einer Woche abholen kommen, und die paar Tage werde ich auch noch überleben. Andererseits gehörte das natürlich auch zum Leben einer Reise-Reporterin dazu. In Luxushotels lernte man ein Land wie Kenia sicherlich nicht kennen. Du schaffst das schon, wiederholte sie innerlich das Mantra, das sie auf dieser Reise begleitete.

Und es fiel ihr noch nicht einmal schwer.

Schon am zweiten Tag der Safari hatte Meret das Gefühl, nie etwas anderes gemacht zu haben. Alles war wundervoll: Die Buschsavanne mit den Schirmakazien, so weit und menschenleer, dass Meret unwillkürlich an den Garten Eden denken musste; die Giraffen, Elefanten, Löwen, alle wilden Tiere aus nächster Nähe, die sie bisher nur im Zoo erlebt hatte; die Sonnenuntergänge, immer wieder von einer kaum zu ertragenden kitschigen Schönheit, die sie im Innersten berührte; und schließlich der von Palmen gesäumte Fluss, an dessen Ufer sich das Zeltlager befand. Ach was, Zeltlager. Luxusunterkunft traf es wohl eher! Ein Zelt wie ein Haus für sie ganz alleine, mit Terrasse und Badezimmer. Schlanke, schöne Massai lasen ihr jeden Wunsch von den Augen ab.

Zusätzlich zu ihren täglichen Sitzungen am Laptop notierte Meret sich jedes Detail in einer dicken Kladde, damit ihr auch kein Eindruck entging und sie alles gewissenhaft für *Schöner Reisen* festhielt. Ihr kam es auf jeden Fall so vor, als ob es keine bessere Art gab, den afrikanischen Kontinent zu entdecken.

»Ich muss aufpassen, dass ich keine Werbebroschüre für *Universitas*-Reisen verfasse«, murmelte sie bei sich, als sie im Schein einer Petroleumlampe auf ihrer Holzterrasse saß und ihre Notizen im Laptop überarbeitete. Dicke Falter flogen im Lichtkreis, und ab und zu zischte es leise, wenn einer in die Flamme abstürzte.

Meret kam sich ungeheuer erfahren vor, weil ihr das alles schon gar nichts mehr ausmachte. Gestern Abend hatte sie sogar einen – wie sie fand – riesigen Tausendfüßler aus der gemauerten Dusche in ihrem Badezimmer entfernt. Das Wasser kam aus einer Tonne, die über dem Zeltdach angebracht war, und Meret war mittlerweile geübt darin, mit der Wassermenge auszukommen. Sie wusch sich sogar die Haare unter der Dusche – zum Glück waren sie kurz.

Sie trank einen Schluck Bitter Lemon und fuhr sich durch ihre dicken, widerspenstigen Locken. In der Schule hatten fast alle ihre Freundinnen lange, glatte Haare und Mittelscheitel gehabt, und sie hatte sie um den Madonnen-Look glühend beneidet. So eine Frisur war für sie nie infrage gekommen. Verschiedene Wirbel sorgten dafür, dass ihre dunklen Locken sich an den unmöglichsten Stellen drehten. Deshalb hatte sie schon früh resigniert und sie kurz geschnitten, weil sie nicht aussehen wollte wie ein Besen. Natürlich hatte sie als Teenager auch mit Glätteisen und Spülungen experimentiert, aber schließlich musste sie erkennen, dass es nichts nützte.

Nachdenklich überflog sie die letzten Zeilen, die sie geschrieben hatte. Gerade wollte sie sich noch ein Glas Bitter Lemon einschenken, als sich plötzlich ein Schatten aus der Dunkelheit löste. Vor Schreck zuckte sie zusammen.

»Guten Abend, schöne Frau. Mein Name ist Lorenz Fischer«, sagte eine weiche Männerstimme.

Meret stand leicht verlegen auf. »Hast du mich aber erschreckt«, sagte sie. »Ich habe erst morgen mit dir gerechnet.« Wie redete der Mann bloß immer?

»Ich hatte Sehnsucht nach dir«, erklärte Lorenz in normalem Tonfall und trat auf sie zu. Ganz selbstverständlich und ohne zu zögern, nahm er sie in die Arme und küsste sie.

Kurz dachte Meret, dass ihr das alles viel zu schnell ging, aber dann dachte sie gar nichts mehr. In jener Nacht schliefen sie das erste Mal miteinander. Der Fluss glitzerte silbern im Mondlicht, um sie herum erklangen die Geräusche des Buschs, und Meret hatte zum ersten Mal in ihrem Leben das Gefühl, dass alles stimmte, alles richtig war und nichts je anders hätte sein können.

Der Weg durch das Rift Valley zum Turkana-See war für die Afrika-unerfahrene Meret ein Erlebnis. Sie kam aus dem Staunen gar nicht mehr heraus. »Die Landschaft ist der Wahnsinn«, sagte sie immer wieder und schaute sich mit großen Augen um. Am Lake Nakuru machten sie halt.

»Wollen wir uns ein bisschen die Beine vertreten?«, schlug Lorenz vor. Er parkte den Wagen am von Akazien gesäumten Ufer. Meret antwortete nicht gleich. Überwältigt stand sie vor der rosaroten Wolke einer Flamingo-Kolonie. Unglaubliche Massen von Vögeln, Flamingos, Reiher, Kormorane, Pelikane – wohin sie schaute. »Das ist ja unglaublich«, sagte sie nicht zum ersten Mal, seit sie in Afrika war.

»Ja, beeindruckend, oder?« Lorenz wirkte eigentlich nur mäßig beeindruckt. »Ich muss zugeben, anfangs habe ich auch so dagestanden wie du, aber man gewöhnt sich dran.«

»Angeber!« Meret knuffte ihn in die Seite. »Das gibt es ja wohl nicht. Mir würde so ein Anblick in zehn Jahren nicht langweilig werden.«

»Na, das sind ja tolle Aussichten. Was ist bis dahin mit deinem Wortschatz? Wir sind jetzt seit zwei Tagen unterwegs, und außer ›unglaublich‹ und ›Wahnsinn‹ habe ich kaum was von dir gehört. Bist du sicher, dass Journalistin der richtige Beruf für dich ist?«

»Blödmann!« Meret knuffte Lorenz erneut. »Ich bin eben begeistert, und dann fehlen mir manchmal die Worte.«

Lorenz lachte gutmütig. »Ja, das habe ich gemerkt. Komm, wir laufen ein paar Schritte. Hier kann uns nichts passieren, und wir sollten uns ein bisschen bewegen. Bis zum Camp ist es noch weit.«

Nur weil Meret mit Lorenz zusammen war, brannte sich ihr die afrikanische Landschaft unvergesslich ein. Sie nahm alles gleichsam überhöht wahr. Die Farben waren leuchtender, der Himmel weiter, die Sterne funkelnder, weil es dieser Mann war, der ihr alles nahebrachte, ihr alles zeigte und erklärte. So einem Mann war sie noch nie begegnet. Die Freunde, die ich bisher hatte, waren anders, nicht so intensiv und auch nicht so klug wie Lorenz, dachte sie. Vielleicht aber waren sie ihr nur nie ebenbürtig gewesen.

»Du bist ein Glücksgriff«, sagte sie zu ihm. »Ich habe ein solches Glück gehabt, dass ich gerade dich hier kennengelernt habe. Danke, dass du mir alles zeigst und erklärst.«

Lorenz lächelte ein wenig schief, aber dann zog er sie in die Arme und küsste sie. »Meret Dufresnes – habe ich dir eigentlich schon gesagt, dass ich dich liebe?« Mit dem Finger zeichnete er die Linie ihrer Wange nach und fügte hinzu: »Du bist mir unglaublich vertraut. Das habe ich vom ersten Moment an so empfunden. Wenn ich an Wiedergeburt glauben würde«, er lächelte sie an und küsste sie schnell, bevor er fortfuhr: »… was ich nicht tue, dann würde ich sagen, wir kennen uns schon seit vielen Leben.«

Ja, das Gefühl hatte Meret auch. Und so etwas Schönes hatte noch nie jemand zu ihr gesagt. Also verdrängte sie ihr leises Unbehagen darüber, dass alles so schnell ging, dass sie es irgendwie unpassend fand, einem fast fremden Menschen so bald schon seine Liebe zu gestehen. Sie, die Kühle, Zurückhaltende, ließ sich mitreißen von seinen offenen Gefühlsäußerungen. Die afrikanische Landschaft und die fremden Eindrücke taten ein Übriges, und auf einmal schien es ihr ganz natürlich, diesem Mann ihr Innerstes zu offenbaren und durch ihn eine weichere Seite von sich zu entdecken, von deren Existenz sie bisher nichts geahnt hatte.

Er bewegte sich mit scheinbar spielerischer Leichtigkeit durchs Leben, anmutig wie ein Tänzer, und Meret fand es faszinierend, wie sensibel und feinfühlig er im Umgang mit anderen war und wie aufrichtig er sich für Land und Leute interessierte. Er sprach Swahili und Englisch mit einer lässigen Beiläufigkeit, die sie bestaunte. Durch ihn sah sie ihre Umgebung mit geschärftem Blick, und sie hatte das Gefühl, Afrika erst durch Lorenz wirklich verstehen zu lernen. Wo sie aus Angst und Unsicherheit vielleicht eher abwartend oder sogar abwehrend reagiert hätte, ging er voller Vertrauen auf andere zu, und sie bewunderte ihn dafür, weil er ihr dadurch völlig neue Welten eröffnete. Sie fühlte sich bei ihm sicher und aufgehoben – für sie eine ganz neue Erfahrung. Noch nie hatte sich jemand so intensiv auf sie eingelassen. Auf Lorenz Fischer konnte sie sich verlassen, davon war sie überzeugt.

Die Tage zogen wie im Rausch an ihnen vorbei, ein Rausch durchaus im wörtlichen Sinn, weil auch Alkohol und Drogen zu Lorenz' Leben gehörten.

»Du bist so unglaublich oral fixiert«, stellte Meret ein wenig fassungslos fest. »Alles, was du in den Mund steckst, ist eine sinnliche Erfahrung für dich. Ich meine …« Sie errötete und versuchte, sich zu korrigieren. Lorenz sah sie amüsiert an. »Ich meine, dagegen ist natürlich nichts einzuwenden, das ist ja auch etwas Schönes. Aber du hast so ein unglaublich hohes Suchtpotenzial.« Und sie ließ sich oft von ihm anstecken, musste sie sich eingestehen.

Lorenz lachte nur über ihre Bedenken. »Und wennschon«, sagte er. »Wenn du Alkohol trinkst oder einen Joint rauchst, erlebst du alles viel intensiver. Ich glaube, früher wäre ich bestimmt ein Absinth-Trinker geworden. Man muss das Leben voll auskosten.« Meret blickte ihn zweifelnd an, aber er zog sie an sich und erstickte ihren Protest mit seinen Küssen. »Du musst viel mehr trinken, Bella«, erklärte er. »Wer dehydriert ist, hat schlechte Laune.«

Sie wollte keine spießige Spielverderberin sein, zumal sie die fast kindliche, vertrauensvolle Art, die Lorenz der Welt entgegenbrachte, ganz wundervoll fand. Vielleicht brauchte er die Rauschmittel ja auch, um sich in dieser anstrengenden Welt zurechtzufinden.

Manchmal, wenn sie allein war, redete sie sich ein, dass sie sich gar nicht so viele Gedanken über ihn zu machen brauchte, weil er schließlich nur eine flüchtige Urlaubsbekanntschaft war. So wunderbar sie die Intensität fand, mit der Lorenz sie umgab, sie machte ihr doch auch Angst, und sie wollte lieber glauben, dass sie sich jederzeit wieder von ihm lösen könnte. Im Grunde ist es nicht mehr als ein netter Flirt im Ausland, dachte sie. Sie kannte ihn kaum. Zwar hatten sie in den Nächten ihr Leben voreinander ausgebreitet, aber was konnte man in den wenigen Tagen schon über den anderen erfahren? Und die tiefe Vertrautheit, die sie miteinander empfanden, konnte nur eine Illusion sein. Wenn sie erst zurück in Deutschland war, würde Lorenz nur noch eine schöne, ferne Erinnerung sein. Sie würde ihr altes Leben wieder aufnehmen, und mit der Zeit würden die Erlebnisse aus Afrika verblassen. Alles würde so sein wie vorher.

Doch da irrte sie sich. Nichts würde so sein wie vorher. Meret Dufresnes war in Afrika ihrem Schicksal begegnet.

3

Mannschaft ans Boot – hebt auf!

(Der Befehl, das Boot hochzuheben, wird nur gegeben, wenn die am Boot versammelte Mannschaft insgesamt kräftig genug ist, um es sicher zu tragen.)

»Er schreibt einfach nicht.« Erregt marschierte Meret auf dem abgenutzten, knarrenden Parkettboden auf und ab. »Ich bin jetzt seit sechs Wochen wieder hier, und bis auf den einen Brief habe ich nichts von ihm gehört!«

Barbara saß im Wohnzimmer ihrer kleinen Altbauwohnung in Mannheim auf dem Sofa und beobachtete die wütenden Gesten ihrer Freundin. Anklagend schwenkte Meret einen Luftpostbrief. »Seit sechs Wochen«, wiederholte sie. »Ich fasse es nicht! Und was soll das überhaupt? Wer schreibt denn noch Briefe mit der Hand? Auf Luftpostpapier! Auf meine Mails reagiert er gar nicht!«

»Vielleicht hast du die falsche Adresse. Oder es ist eine Nachricht verloren gegangen«, beschwichtigte Barbara sie. »Kenia ist weit.« Ratlos fuhr sie sich mit einer Hand durch die langen Haare, deren natürlichen Rotton sie mit Henna noch verstärkte. In weichen Wellen fielen sie um ihr hübsches, rundes Gesicht mit den großen, braunen Augen und der Stupsnase.

»Nein, seine Mail-Adresse habe ich von Arne. Es war schon peinlich genug, dass ich ihn danach fragen musste.« Meret schnaubte empört. »Und dass Post verloren gegangen ist, glaubst du doch selber nicht!« Sie verzog frustriert das Gesicht. »Bisher ist ja auch nichts verloren gegangen. Ich habe ihm schon mindestens zehn lange Mails und sogar einen Brief geschrieben, aber er hat einfach nicht geantwortet! Weißt du, was das Schlimmste ist? Eigentlich habe ich gedacht, es macht mir nichts aus. Das Ganze war doch viel zu kurz, als dass ich mich wirklich hätte verlieben können. Aber mittlerweile kommt es mir so vor, als ob er mir irgendein schleichendes Gift injiziert hätte, das erst jetzt in der Ferne richtig wirkt.« Empört riss sie ihre braunen Augen auf.

»Mann, Merry«, sagte Barbara leicht genervt, »sei nicht so melodramatisch. Dann kann ich dich nicht ernst nehmen. Warum rufst du ihn eigentlich nicht an?«

»Ach, ich weiß nicht. Die Telefonverbindungen nach Kenia sind nicht so toll, glaube ich. Er hat mich einmal von einer Telefonzelle aus angerufen, aber da war nach kurzer Zeit die Verbindung unterbrochen. Und ein Handy hat er nicht. Das lehnt er ab.« Ihre Miene hellte sich auf. »Aber dieses eine Telefonat war wirklich süß. ›Ich vermisse dich so‹, hat er ganz kläglich gesagt. ›Am liebsten würde ich mich in den Flieger setzen und sofort nach Deutschland kommen.‹« Sie blieb stehen und blickte versonnen vor sich hin. »Außerdem habe ich seine Nummer auch gar nicht. Die hat er mir nicht gegeben, weil er gemeint hat, er sei zu Hause sowieso schwer zu erreichen. Die Briefe schreibe ich auch postlagernd. Ich könnte es höchstens über die Zeitung versuchen. Ja, das könnte ich wahrscheinlich«, setzte sie nachdenklich hinzu. »Vielleicht ist ihm was passiert. Was meinst du?«

»Das glaube ich nicht.« Zweifelnd zog Barbara eine Augenbraue hoch. »Irgendwie erscheint mir das alles ein bisschen vorsintflutlich. Er ist schließlich Journalist. Das kann doch gar nicht sein, dass er nur so eingeschränkt kommunizieren kann. Mir kommt es eher so vor, als ob er etwas zu verbergen hätte. Also, ich weiß ja nicht …« Allzu deutlich wollte sie nicht werden – sie spürte und sah ja, wie schwer es die Freundin erwischt hatte. Völlig verwandelt war sie gewesen, als sie aus Afrika zurückgekommen war, und Barbara hatte das Gefühl gehabt, ein anderer Mensch stünde vor ihr.

»Ach was!« Meret tat die Bedenken der Freundin mit einer Handbewegung ab. »Er ist eben etwas Besonderes. Nicht so wie alle.«

Barbara verdrehte die Augen. »Jetzt hör mal auf, ständig hin und her zu laufen. Du machst mir das Parkett kaputt, und ich kann mir nicht leisten, es abschleifen zu lassen«, mahnte sie die Freundin. Aber dann fügte sie versöhnlicher hinzu: »Komm her und zeig mir noch mal seinen Brief.«

Meret ließ sich neben sie aufs Sofa plumpsen. »Hier«, sagte sie und reichte ihr den abgegriffenen Briefumschlag. »Das Bild ist auch drin.«

Lorenz war – in Merets Augen – so infam gewesen, ihr ein Foto von sich mitzuschicken. Der Himmel mochte wissen, wer es aufgenommen hatte – sie jedenfalls nicht! Auf dem Bild lehnte er völlig nackt an einem Pfeiler, anscheinend vor seinem Haus, und grinste unverschämt in die Kamera. »Ich denke jeden Tag an dich, meine Süße«, stand hinten auf dem Foto.

»Er sieht nett aus«, stellte Barbara fest, die das Bild nicht zum ersten Mal eingehend betrachtete. »Wer hat denn das Foto überhaupt gemacht? So posierst du auch nicht für jeden.«

»Ach, das hat er bestimmt mit Selbstauslöser gemacht.«

Barbara schüttelte den Kopf. Anscheinend hegte Meret nicht den geringsten Zweifel an den ehrlichen Absichten ihrer Reisebekanntschaft. »Und du hattest wirklich den Eindruck, dass es ihm ernst ist?«

»Ja, klar. Er hat schon am dritten Tag von Liebe und so geredet. Ich meine, du kennst mich doch, Baba, ich stehe normalerweise gar nicht auf so ein Geschmuse, und ich muss zugeben, dass ich das schon ein bisschen hastig fand. Aber bei ihm war es irgendwie normal, und ich habe ihm zumindest geglaubt, dass er sich meldet. Tja, und dann kam nur das.«

Barbara runzelte nachdenklich die Stirn und betrachtete den Briefbogen in ihrer Hand. »Komisch. Ich kann es mir auch nicht erklären. Und der Brief hört sich ja auch ganz verliebt an.«

»Na ja, zumindest gibt es keinen Hinweis darauf, dass er nichts mehr mit mir zu tun haben will, oder?«, erwiderte Meret missmutig.

»Ich träume viel von dir, Geliebte«, hatte Lorenz geschrieben. »Es ist so einsam hier, seit du weg bist. Ich wache auf, allein, ich erledige meine Arbeit, allein, und abends gehe ich allein ins Bett. Alles, was ich mache, ist von Gedanken an dich begleitet. Gestern habe ich im Garten ein Taubenpärchen beobachtet. Die beiden pickten und zupften aneinander herum, vor allem am Hals und seitlich am Köpfchen. Dann schnäbelten sie und schmiegten sich aneinander. Da wusste ich wieder genau, woher das Wort ›turteln‹ kommt, und große Sehnsucht stieg in mir auf.«

Barbara grinste. »Ein lupenreiner Romantiker«, stellte sie fest. »Bist du denn überhaupt sicher, dass du das auf die Dauer aushältst?«

»Was heißt hier schon Dauer?«, erwiderte Meret verbittert. »Von Dauer kann bisher wohl keine Rede sein. Was weiß ich, was er tatsächlich in seiner Freizeit anstellt? Papier ist geduldig. Eigentlich kenne ich ihn doch gar nicht. Ach, Baba, am liebsten würde ich sofort wieder hinfahren.«

»Ja, das kann ich verstehen.« Mitfühlend blickte die Freundin sie an. »Apropos, wie sieht es denn jetzt bei *Schöner Reisen* aus? Du hattest doch gesagt, du würdest gerne woanders arbeiten. Bleibst du jetzt doch da? Vielleicht lassen sie dich ja demnächst wieder nach Kenia fahren.«

»Unwahrscheinlich! Nein, nein, das war nur eine einmalige Geschichte, obwohl Oda ziemlich zufrieden war mit mir. Habe ich dir eigentlich erzählt, dass sie mich über den grünen Klee gelobt hat, wegen meines ›frischen unverbrauchten Stils‹ und weil ich so wenig Geld ausgegeben habe? Ich denke, das war das Entscheidende. Jochen Spengler langt wohl immer ganz anders zu.« Sie hob die Schultern. »Aber ich glaube trotzdem nicht, dass sie mich so schnell noch mal fahren lässt. Die interessanten Reisen dürfen letztendlich doch immer nur die Männer machen. Nein, ich überlege ernsthaft, ob ich mir nicht was Neues suchen soll. Aber bis jetzt hat sich noch nichts Passendes geboten.«

»Ich beneide dich ja um deinen Job. So spannend ist es bei der BASF nicht. Wenn ich dich nicht wenigstens ab und zu sehen würde, wüsste ich gar nicht, wie bunt die Welt ist.« Barbara lächelte. Sie war nach dem Abitur gar nicht erst aus ihrer Heimatstadt Heidelberg weggezogen, sondern hatte am Institut für Übersetzen und Dolmetschen studiert und anschließend gleich eine Stelle bei den chemischen Werken in Ludwigshafen bekommen. Jetzt wohnte sie nebenan in Mannheim und fuhr jeden Tag mit dem Fahrrad über den Rhein zur Arbeit.

»Ach, Quatsch, du beneidest mich gar nicht wirklich. Du wolltest nie von hier weg, gib es ruhig zu. Was macht denn eigentlich dein Chemiker?«

»Mein Chemiker heißt Bruno«, erwiderte Barbara spitz. »Das solltest du langsam wissen. Und danke der Nachfrage, es geht ihm gut.«

»Sei nicht gleich beleidigt«, lenkte Meret ein. »Ich weiß doch, wie er heißt. Aber langsam möchte ich ihn auch mal kennenlernen. Das wird ja wohl was Festeres mit euch, oder?«

Barbara wurde rot. »Ich weiß nicht«, wehrte sie ab. »Mal sehen. Und wann willst du ihn kennenlernen? Du bist ja so gut wie nie hier.« Vorwurfsvoll blickte sie die Freundin an.

»Jetzt fang du auch noch an wie meine Mutter.« Ungeduldig zuckte Meret mit den Achseln.

»Das sollte ein Scherz sein.« Barbara lächelte versöhnlich. »Bruno hat leider viele Verpflichtungen. Und so eng, dass wir ständig zusammen wären, ist es auch noch nicht.«

»Na, ist ja auch egal.« Meret konnte manchmal ziemlich verletzend sein. Zuhören gehörte nicht unbedingt zu ihren Stärken. »Ich werde ihn schon noch irgendwann kennenlernen. Im Moment bin ich sowieso eher mit Lorenz beschäftigt.«

»Ja, klar«, erwiderte Barbara leicht resigniert. Allerdings war sie eigentlich daran gewöhnt, dass ihre Freundin sich selbst wichtiger nahm als alles andere. Schon im Kindergarten hatte sie immer alles bestimmt, und Barbara war ihr brav gefolgt. In der Grundschule war es Meret gewesen, die eine Bande gegründet und darüber geherrscht hatte, was gespielt wurde. Barbara hatte stets mitgemacht und Meret den Rücken gestärkt, wenn eines der anderen Kinder aufbegehrte. Auf die Idee, dass es anders sein könnte, war sie nie gekommen. Aber es war ihr auch selbst am liebsten, dass sie die treue Vasallin, das Gefolge, das stille Mädchen blieb. Sie verspürte eben nicht die gleiche Abenteuerlust wie Meret, im Gegenteil, wenn sie ehrlich war, machten ihr viele Unternehmungen eher ein bisschen Angst. Deshalb ließ sie Meret gerne den Vortritt.

Einmal hatten sie auf einem unbebauten Grundstück in einer »goldenen« Blechdose einen Schatz vergraben, also Dinge, die ihnen wichtig und wertvoll erschienen. Es war Teil ihres Indianerspiels, und eigentlich sollte der Schatz ein paar Wochen später wieder »gefunden« werden. Unglücklicherweise rückte jedoch in der Zwischenzeit ein Bautrupp an, und als sie das nächste Mal zu dem Grundstück kamen, hatten die Bauarbeiter bereits eine tiefe Grube ausgehoben.

Barbara brach gleich in Tränen aus, aber Meret ging zu den Männern und fragte sie nach der goldenen Dose. Die Bauarbeiter lachten nur und schickten Meret weg, da konnte sie sich noch so sehr aufplustern. Kleine Mädchen hätten auf der Baustelle nichts zu suchen. Und eine goldene Dose hätten sie auch nicht gefunden.

»Weißt du was«, hatte Meret anschließend finster gesagt. »Die haben sich den Schatz selber unter den Nagel gerissen.« Sie war so empört gewesen, dass sie am liebsten am selben Abend noch einmal zur Baugrube gegangen wäre. Barbara hatte sie nur mit größter Mühe davon abhalten können.

Diese Rollenverteilung hatten sie bisher ihr ganzes Leben lang eingehalten. Beim Rudern kam sie ihnen sogar zugute, weil sie damit im Doppelzweier beinahe unbesiegbar waren. Meret, die Schlagfrau, war die Draufgängerische, Mutige, die sich nicht um Konventionen scherte und das

Abenteuer suchte. Barbara am Steuer war die Sanfte, Umsichtige, die bremste, wenn es zu gefährlich wurde, aber ansonsten brav alles mitmachte, was der Freundin in den Sinn kam. Fast alles, denn beim Studium hatte sie erstmals eine eigene Entscheidung getroffen. Als Meret verkündete, sie ginge nach München, um aus dem Heidelberger Kleinstadt-Mief herauszukommen, begehrte Barbara auf. Sie wollte lieber dableiben. Abgesehen davon, dass ihre Eltern es sich nicht leisten konnten, ihre Tochter in einer anderen Stadt studieren zu lassen, wollte sie auch den Freundeskreis und den Ruderverein nicht aufgeben.

Ihrer Freundschaft hatte das keinen Abbruch getan, das musste sie zugeben. Trotz ihrer bestimmenden Art ließ Meret jeden so sein, wie er wollte, und sie nahm so gut wie nichts übel. Sie hatte vollkommen verstanden, was Barbara zu Hause hielt, und sich allein auf den Weg nach München gemacht.

Barbara hingegen hatte sich an der Heidelberger Universität eingeschrieben und nach sieben Semestern ihren Abschluss als Diplom-Übersetzerin gemacht. Das Studium war ebenso unspektakulär verlaufen wie die anschließende Stellensuche.

Bei der BASF in Ludwigshafen hatte sie Bruno Gehrmann kennengelernt. Sie waren jetzt seit einem halben Jahr zusammen, und Barbara war zum ersten Mal in ihrem Leben bis über beide Ohren verliebt.

»Weißt du, das hört sich vielleicht viel zu großartig an, und es ist bestimmt auch noch zu früh, so zu reden, aber ich glaube schon, dass Bruno die Liebe meines Lebens ist«, sagte sie jetzt zu Meret, etwas verlegen, weil sie eigentlich nie große Worte machte. »Ich würde wirklich alles für ihn tun, und …«

»Och, Schätzchen«, sagte Meret leicht amüsiert. »So schlimm?«

»Nein, nicht schlimm, nur schön«, wehrte Barbara ab. An die spöttischen Reaktionen der Freundin war sie gewöhnt. Vermutlich war sie einer der wenigen Menschen, die wussten, dass sich hinter Merets kühler, selbstbewusster Fassade eine gefühlvolle, ein wenig melancholische und manchmal sogar sentimentale Person verbarg. Die bekam jedoch nicht jeder zu Gesicht, weshalb viele Leute sie eher für arrogant hielten.

Auch jetzt lenkte Meret sofort ein. »Den Eindruck habe ich auch«, sagte sie ernster. »Was du so von ihm erzählst, klingt wirklich gut. Hör einfach nicht auf mich, ich bin bloß neidisch.«

Dr. Bruno Gehrmann habilitierte sich mit einem Forschungsprojekt bei der BASF, das kurz vor dem Abschluss stand. Der junge Chemiker, der in einem Monat dreißig wurde, würde einer der jüngsten Professoren Deutschlands werden. Barbara staunte jeden Tag darüber, dass dieser talentierte Wissenschaftler, der in ihren Augen auch noch ungeheuer attraktiv war, sich tatsächlich für sie interessierte. Sie lauschte mit großen Augen, wenn er ihr seine Thesen und seine Versuche erklärte, und lächelte entschuldigend, wenn sie nicht immer gleich alles verstand.

Aber Barbara Doerner war kein graues Mäuschen, das ihn bedingungslos anhimmelte. Sie kannte auch ihren Wert für ihn, und sie wusste ganz genau, dass ihre Bewunderung ihm das Gefühl gab, ein besserer Mensch zu sein. Er gefiel sich in der Rolle des starken, klugen Beschützers, und Barbara fand, sie ergänzten sich wunderbar.

Sie musste lächeln, als sie daran dachte, wie sie sich kennengelernt hatten. Sie war ihm mitsamt ihrem Fahrrad direkt vor die Füße gestürzt, weil sie leichtsinnigerweise durch eine Pfütze auf dem Firmenparkplatz gefahren war, in der sich ein Loch in der Asphaltdecke versteckt hatte. Wie in einem Slapstick-Film war sie über die Lenkstange geschleudert worden, hatte in der Luft einen Salto geschlagen und war äußerst unsanft auf ihrem Hinterteil gelandet. Und der Reifen hatte eine Acht.

»Sie ist buchstäblich vom Himmel gefallen«, erzählte Bruno später gerne in ihrem Freundeskreis. »Auf einmal hat sie mir zu Füßen gelegen.« Wenn Barbara dabei war, grinste er sie an und fügte hinzu: »Seitdem glaube ich an Engel.«

»An gefallene Engel wahrscheinlich«, ergänzte Barbara dann immer. Sie hatte sich bei dem Sturz das Handgelenk gebrochen, weil sie versucht hatte, sich abzustützen. Außerdem hatte sie wochenlang nicht richtig sitzen können, weil ein winziges Stück von ihrem Steißbein abgesplittert war. Bruno hatte sie sofort ins Krankenhaus gefahren und sich um das kaputte Fahrrad gekümmert. Von diesem Augenblick an wich er ihr nicht mehr von der Seite. Als sie schon wieder zur Arbeit kam, aber mit dem angeknacksten Arm noch nicht Fahrrad fahren konnte, holte er sie jeden Morgen in ihrer Wohnung ab und brachte sie abends wieder zurück. Eines Abends war er dann geblieben.

Er war der erste Mann, bei dem sie an eine gemeinsame Zukunft dachte, und sie fühlte sich bei ihm zu Hause. Er hatte genaue Vorstellungen, was er im Leben erreichen wollte, und steuerte sein Ziel ohne Umwege an, immer nüchtern, immer pünktlich, immer zuverlässig. Böse Zungen hätten behaupten können, er wäre langweilig und fantasielos. Aber Barbara sah das nicht so. Für sie war er der liebevollste, fürsorglichste und beste Mann der Welt. Und der attraktivste.

»Ich habe wirklich geglaubt, ich könnte mich auf ihn verlassen.« Merets Stimme riss sie aus ihrer Träumerei. Anscheinend war sie wieder bei ihrem Lieblingsthema Lorenz angelangt. »Aber eigentlich verstehe ich gar nicht, wie ich darauf gekommen bin. Meinst du, es hat was mit Liebe auf den ersten Blick zu tun? Kann es denn sein, dass man jemanden kaum kennt und trotzdem weiß, dass mit ihm alles richtig ist?«

»Ja, sicher«, erwiderte Barbara leise, aber bevor sie über ihre eigenen Erfahrungen berichten konnte, redete Meret schon weiter.

»Ach, weißt du was? Ich warte jetzt einfach mal ab. Entweder er meldet sich noch mal, oder er lässt es bleiben. Das ist mir doch alles zu blöd. Ich habe Besseres zu tun, als auf Post aus Kenia zu warten.« Meret war erneut aufgesprungen und hatte ihren Marsch durchs Zimmer wieder aufgenommen.

»Genau! Komm, in der Zwischenzeit gehen wir Pizza essen«, schlug Barbara vor. »Um die Ecke hat dieser neue Italiener aufgemacht, Il Limone oder so ähnlich. Den wollte ich schon die ganze Zeit ausprobieren. Anschließend könnten wir ins Kino gehen. Und wie sieht es aus, willst du morgen früh mit mir trainieren?«

Sie ruderte immer noch regelmäßig dreimal in der Woche, zweimal bei einem Mannheimer Verein und einmal, am Wochenende meistens, in ihrem angestammten Heidelberger Verein. Das verband sie dann gleich mit einem Besuch bei ihren Eltern. Bruno ruderte leider nicht, aber er konnte ihre Liebe zum Wassersport nachvollziehen, weil er regelmäßig zum Schwimmen ging. Und wenn er Zeit hatte, schaute er ihr gerne beim Training auf dem Fluss zu. Er behauptete, er fände die Bewegungen so harmonisch und ästhetisch, was ihr natürlich schmeichelte.

»Weißt du«, hatte Barbara vor ein paar Wochen zu Meret gesagt, »ich glaube, in einen Mann, der nichts mit Wasser zu tun haben will, hätte ich mich gar nicht verlieben können. Wenigstens schwimmt Bruno gerne. Du wirst sehen, zum Rudern kriege ich ihn auch noch.«

»Hmm«, hatte Meret geantwortet. »Ich weiß gar nicht, ob Lorenz gerne schwimmt. Rudern kann er auf jeden Fall nicht.«

An diesem Abend redeten sie nicht mehr über »ihre« Männer, sondern genossen den schönen Frühlingsabend. Sie gingen auch nicht ins Kino, weil sie in der neu eröffneten

Pizzeria ehemalige Schüler von Barbara trafen. Sie hatte während des Studiums Sprachkurse an der Volkshochschule gegeben, und war so beliebt gewesen, dass die beiden Ehepaare, die bei Pizza und Rotwein saßen, in lauten Jubel ausbrachen, als Meret und Barbara das Lokal betraten.

»Ach, du lieber Himmel«, sagte Meret leicht erschreckt. »Was ist denn hier los? Diese Seite von dir kenne ich ja gar nicht.«

»Vermutlich habe ich mich in jeder Beziehung emanzipiert«, erklärte Barbara fröhlich und zog die Freundin mit an den Tisch ihrer Schüler, die sie lautstark mit *»Buona sera, professoressa«* begrüßten. »Komm, du brauchst keine Angst zu haben«, sagte sie zu Meret. »Das sind ganz nette Leute. Und vor allem bringen sie dich auf andere Gedanken.«

Tatsächlich wurde es ein lustiger Abend mit Unmengen von Vino rosso und italienischen Sprachfetzen, die nicht nur den Kellner amüsierten. Meret hatte gar keine Zeit, an Afrika oder an Lorenz Fischer zu denken. Als sie schließlich kurz nach Mitternacht auf Barbaras bequemer Wohnzimmercouch einschlief, stellte sie flüchtig fest, dass es auch ohne den merkwürdigen Mann in Kenia ein richtiges Leben gab. »Und es macht sogar Spaß«, murmelte sie, bevor sie der Schlaf übermannte.

Am nächsten Morgen war ihr übel. Barbara verzog mitleidig das Gesicht, als Meret, grün im Gesicht, aus dem Badezimmer gewankt kam. »Ich habe gar nicht mitbekommen, dass du *sooo* viel getrunken hast«, stellte sie fest. »Du Ärmste, dich hat es ja schwer erwischt.«

Meret schüttelte schwach den Kopf. »Es war auch gar nicht so viel. Vielleicht ist mir die Pizza nicht bekommen. Ich habe mich auf jeden Fall …« Hastig schlug sie sich die Hand vor den Mund und rannte erneut ins Badezimmer, wo sie sich würgend in die Toilette erbrach.

Barbara kam ihr hinterher. »Meret«, sagte sie besorgt und streichelte ihr vorsichtig über die Haare. »Das ist ja heftig. Willst du nicht lieber zum Arzt gehen? Am Ende ist das eine Lebensmittelvergiftung.«

Meret trat ans Waschbecken und trank einen Schluck Wasser, um sich den Mund auszuspülen. Sie schüttelte den Kopf. »Nein, ich habe mir bestimmt nur den Magen verdorben.«

»Ich koche dir einen Tee«, erbot sich Barbara. »Leg dich auf die Couch und ruh dich noch ein bisschen aus.«

Mittags ging es Meret wesentlich besser. Ihr war nicht mehr übel, und sie fühlte sich ganz normal. Wusste der Himmel, was sie nicht vertragen hatte. Als sie sich am späten Nachmittag von der Freundin verabschiedete, um nach München zurückzufahren, dachte sie schon nicht mehr daran, wie elend sie sich am Morgen gefühlt hatte.

»Wir telefonieren«, sagte sie zu Barbara. »Und das nächste Mal kommst du nach München, okay?«

Im Zug holte sie die Kladde aus der Tasche, in die sie all ihre Ideen eintrug. Sie wollte sich Notizen für den Artikel über das Allgäu machen, den sie bis Ende der Woche fertig haben musste. Aber ihr fiel nichts ein. Stattdessen rutschte sie unbehaglich auf ihrem Platz hin und her. Seit einigen Tagen schon fühlte sie sich irgendwie komisch. Ihre Brüste spannten, sie hatte leichte Bauchschmerzen, und dann heute früh die Übelkeit und das heftige Erbrechen. Was fehlte ihr bloß?

Plötzlich wurde ihr ganz heiß. Leise Panik stieg in ihr auf. Sie war doch nicht etwa schwanger? Aber sie verwarf den Gedanken sofort wieder. Ach was, das konnte gar nicht sein. Sie hatte sich erst vor einem Jahr eine Spirale einsetzen lassen. Da konnte gar nichts passieren, auch wenn sie und Lorenz ansonsten ziemlich sorglos gewesen waren. Energisch verdrängte Meret die unangenehmen Gedanken und widmete sich ihren Notizen.

Am nächsten Morgen jedoch war ihr erneut übel, und als sie ihren Morgenkaffee trinken wollte, musste sie sich übergeben. Kurz entschlossen radelte sie auf dem Weg zur Arbeit an der Apotheke vorbei und kaufte sich einen Schwangerschaftstest. Da ist sowieso nichts, beruhigte sie sich. Aber nach dem Test habe ich wenigstens Gewissheit.

Nur eine halbe Stunde später stand sie in der engen Toilettenkabine und starrte fassungslos auf die beiden Balken im Anzeigefeld. Oder hieß das »nicht schwanger«? Hastig überflog sie noch einmal die Gebrauchsanleitung. Nein, es war eindeutig.

Sie erwartete ein Kind. Ein Kind von Lorenz.

4

Boot drehen – Wasserseite offen

(Die Boote liegen in der Bootshalle meistens kieloben auf den Ablagen, sodass sie gedreht werden müssen, bevor man sie zu Wasser lassen kann. Die Ausleger dürfen dabei auf keinen Fall den Boden berühren.)

Meret war bekannt für ihre Entschlussfreudigkeit, und so wusste Barbara die Antwort eigentlich schon, als sie die Freundin fragte: »Was willst du denn jetzt machen? Hast du Lorenz schon Bescheid gegeben?«

»Nein, wie denn? Ich könnte ihm natürlich eine Mail schreiben, aber wenn ich warte, bis er mir geantwortet hat, ist doch alles zu spät. Wenn er mir überhaupt antwortet! Er hat gar nichts mehr von sich hören lassen. Außerdem sehe ich das nicht ein. Er hat mich die ganze Zeit allein gelassen – warum soll ich ihm da erzählen, dass ich schwanger bin?« Meret kaute nervös auf ihrer Unterlippe. »Ach, Baba, es geht nicht anders. Ich kann das Kind nicht kriegen. Wie soll ich das denn machen, mit dem Job und ganz alleine? Nein, mein Entschluss steht fest, ich lasse es wegmachen.«

Wie betäubt war Meret nach dem Test an ihren Schreibtisch zurückgekehrt. Zum Glück war Oda Frankenthal nicht da gewesen. Nachdem Meret eine Stunde lang vergeblich versucht hatte, ihre Arbeit zu tun, hatte sie heftige Kopfschmerzen vorgeschützt und war nach Hause geflohen. Im Schutz ihrer Wohnung hatte sie erst einmal ihren Tränen freien Lauf gelassen, bevor sie Barbara angerufen und ihr alles erzählt hatte. Dass sie eine Abtreibung vornehmen lassen würde, stand für sie fest, obwohl sich alles in ihr dagegen wehrte. Sie liebte Lorenz doch! Und selbst wenn sie es sich nicht eingestehen wollte, so träumte sie von einer Familienidylle, in der Lorenz für sie und das ungeborene Kind da war. Aber die Realität sah nun einmal anders aus. Zum Glück war Meret es gewohnt, ihre Entscheidungen selber zu treffen.

»Hast du nicht gesagt, dass Lorenz in zwei Jahren nach Deutschland zurückkommt?«, sagte Barbara. Ihre Stimme klang besorgt. »Vielleicht würde er sich ja freuen, wenn er von dem Kind erführe?«

»Glaubst du an Wunder?«, fragte Meret bitter. »Er hat sich nicht mehr gemeldet. Er ist für mich nicht zu erreichen. Nein, ich möchte ihn nicht mit solchen Mitteln erpressen.«

Barbara schüttelte entschieden den Kopf. »Meret, du erpresst ihn nicht. Hat er nicht auch ein Recht, von der Schwangerschaft zu erfahren? Warum willst du dir alles alleine aufbürden?«

»Weil es so ist«, erwiderte Meret. »Fakt ist, er ist nicht hier, und ich muss eine Entscheidung treffen. In ein paar

Wochen ist es zu spät. Jetzt ist der Zeitpunkt für einen Abbruch. Ich kann das nicht, alleine ein Kind großziehen. Und meine Mutter brauche ich gar nicht erst um Hilfe zu bitten. Sie hat mich noch nie wirklich unterstützt. Sie wird erwarten, dass ich das Kind bekomme, aber sie wird mir auf keinen Fall helfen, es großzuziehen, dazu ist sie viel zu sehr mit sich selbst beschäftigt.«

Barbara zog die Augenbrauen hoch. »Mhm, da hast du recht«, gab sie zögernd zu. »Deine Mutter kommt wirklich nicht infrage. Sie würde dir wohl auch kaum helfen können, sie ist ja noch berufstätig. Aber denkst du nicht trotzdem, dass es irgendwie ginge? Ich meine, du verdienst doch gut. Du könntest dir eine Tagesmutter leisten.« Fragend blickte sie die Freundin an.

Meret wich ihrem Blick aus. »Ich könnte sicher nicht in Ruhe arbeiten, während mein Kind von einer Tagesmutter betreut wird. Was ist denn, wenn ich verreisen muss? Oder wenn es krank wird?« Sie zuckte mit den Schultern. »Und das größte Problem ist Lorenz. Ich habe zwar nur ein paar Tage mit ihm verbracht, aber ich kann ihn ganz gut einschätzen. Er wird nicht begeistert sein, wenn er von dem Baby erfährt. Deswegen erspare ich mir das lieber.«

Barbara seufzte. »Ja, was soll ich sagen? Letztendlich ist es natürlich deine Entscheidung. Aus deiner Sicht hast du wahrscheinlich recht. Ich könnte es mir nicht vorstellen, aber …«

»Aber du wärst wahrscheinlich gar nicht erst in meine Situation gekommen.« Meret lachte bitter auf. »Ich meine, ganz schön blöd, oder? Trotz Spirale schwanger zu werden.«

»Wie willst du denn jetzt überhaupt vorgehen? Gehst du zu Frau Dr. Heinrich und redest mit ihr? Die Spirale muss so oder so gezogen werden. Vielleicht ist danach schon alles vorbei?«

»Ich fürchte, so einfach wird es nicht. Bei meinem Glück geht so etwas nicht so einfach über die Bühne.« Meret seufzte. Schon wieder kamen ihr die Tränen, aber sie schluckte sie tapfer herunter. »Zu der Heinrich kann ich auch nicht gehen. Die lässt eine Abtreibung niemals zu, dazu kennt sie mich schon viel zu lange.« Barbara und Meret waren schon als Teenager zu der Heidelberger Frauenärztin gegangen. »Außerdem spielt sie Bridge mit meiner Mutter. Das kannst du vergessen.«

»Ja, aber es gibt doch die Schweigepflicht«, wandte Barbara ein.

»Darauf möchte ich mich lieber nicht verlassen. Ich gehe zu einer Beratungsstelle. Die können mir sicher eine Klinik empfehlen, wo ich es machen lassen kann.«

Barbara schluckte. »Gut. Ich komme auf jeden Fall nach München und begleite dich«, erklärte sie entschlossen. »Ich kann dich doch jetzt nicht alleine lassen.« Sie warf Meret einen hoffnungsvollen Blick zu. »Aber vielleicht überlegst du es dir noch. Schlaf erst mal drüber.«

Keine zwei Wochen später standen sie vor der Tagesklinik, in der der Abbruch stattfinden sollte. Es war nicht wirklich schwierig gewesen, den Termin zu bekommen, aber schon während des Gesprächs bei Pro Familia war es Meret nicht gut gegangen. Die Frau in der Beratungsstelle war freundlich und verständnisvoll gewesen, aber in Meret hatten sich erste Zweifel bemerkbar gemacht. Seitdem schwankte sie zwischen der Sehnsucht, mehr als nur Erinnerungen an Lorenz und ihre Zeit in Afrika zurückzubehalten, und dem Gefühl der Hoffnungslosigkeit, das sich in ihr ausbreitete, wenn sie daran dachte, wie schwer es sein würde, ein Kind alleine großzuziehen.

Auf dem Platz vor der Klinik ging ein scharfer Wind, und fröstelnd zog Meret sich den Mantelkragen enger um den Hals. Sie warf Barbara, die frierend neben ihr stand, einen Blick zu. Und schlagartig war ihr alles klar. Wie im Film sah sie es vor sich. »Komm«, sagte sie zu der Freundin, »hier gibt es bestimmt ein Café. Ich könnte jetzt einen Kakao mit Sahne vertragen.«

Barbara zuckte unglücklich mit den Schultern und blickte auf ihre Armbanduhr. »Wir müssen rein«, sagte sie. »Es ist schon halb zehn. Und du darfst vorher gar nichts essen oder trinken.«

Meret schüttelte den Kopf. »Nein, wir gehen nicht hinein. Ich lasse es nicht wegmachen. Ich werde das Baby bekommen.«

Barbara sog scharf die Luft ein. »Bist du dir sicher?«, fragte sie.

Meret nickte. »Ja, ganz sicher.« Eine unbändige Freude erfüllte sie auf einmal, und lachend fiel sie Barbara um den Hals.

Wenn sie später an diesen Moment zurückdachte, dann fragte sie sich manchmal, ob das Schicksal ihr übel genommen hatte, dass sie ursprünglich zur Abtreibung entschlossen gewesen war und sich erst in allerletzter Minute anders entschieden hatte.

Es war plötzlich alles so schnell gegangen, dass sie die Freude über ihre Entscheidung gar nicht richtig hatte auskosten können. Wenige Tage nach dem geplanten Schwangerschaftsabbruch hatte sie einen Termin bei ihrer Frauenärztin, um die Spirale ziehen zu lassen. Das war dann der Auslöser gewesen: Sie hatte das Kind verloren.

Auch danach blieb ihr nicht viel Zeit zum Nachdenken. Meret fuhr eine Woche mit Barbara an die Nordsee, tat ihr Bestes, um einigermaßen auf die Beine zu kommen, bevor der Alltag wieder begann. Sie zwang sich, so wenig wie möglich an Lorenz zu denken, und stürzte sich in die Arbeit. Der Beruf stand erneut an erster Stelle. Schließlich wollte sie weiterkommen.

Mittlerweile lag ihre Afrika-Reise ein halbes Jahr zurück, und die Tätigkeit bei *Schöner Reisen* kam Meret immer öder und eintöniger vor. Der Auftrag in Kenia war ein Einzelfall geblieben, ein glücklicher Zufall, der sich in dieser Form sicher nicht wiederholen würde. Immer häufiger hatte sie das Gefühl, alles schon einmal gemacht zu haben und nichts mehr lernen zu können. Sie merkte deutlich, dass sie neue Herausforderungen brauchte. Die Arbeit am Schreibtisch langweilte sie, und sie fühlte sich unterfordert. Das Angebot eines exklusiven Reiseunternehmens, das Städte-Reisen für Frauen organisierte, kam genau zum richtigen Zeitpunkt.

»Die Firma heißt *LadyTravel*«, erzählte sie Barbara. »Das ist wirklich ein interessantes Konzept. Und sie wollen mich unbedingt haben. Allerdings sitzen sie in Bonn.«

»Was genau sollst du da machen?«, fragte Barbara.

»Sie suchen jemanden, der vorab die Unterbringung sowie die Gestaltungsmöglichkeiten in den jeweiligen Städten unter die Lupe nimmt und neue Anbieter akquiriert. Also Restaurants, kulturelle Veranstaltungen, Sehenswürdigkeiten und so weiter. Alles im Hinblick auf Frauen natürlich. Maßgeschneidert sozusagen. Es gehört wohl auch Schreibtischarbeit dazu, aber die meiste Zeit wäre ich unterwegs, um zu überprüfen, ob alles gut klappt.«

»Ich halte das für eine clevere Geschäftsidee«, meinte Barbara. »Organisierte Städtereisen nur für Frauen! Ich könnte mir vorstellen, dass dir das Spaß macht. Du musst halt nur umziehen. Weg aus München.«

»Ach, das finde ich gar nicht so schlimm«, erwiderte Meret. »Ein bisschen tut es mir zwar leid um die Freunde hier, aber die werde ich ja nicht verlieren. Bonn ist nicht …« Nairobi, hätte sie beinahe gesagt, aber sie fing sich gerade noch im letzten Moment. »… ja nicht aus der Welt«, brachte sie den Satz zu Ende. »Weißt du übrigens, wem ich das Angebot zu verdanken habe? Den Hartmanns. Du weißt schon, das Ehepaar, das ich in Kenia kennengelernt habe. Sie kennen diesen Erich Beckdorf, dem die Firma gehört, von früher und haben ihm wohl von mir vorgeschwärmt.«

Verlegen brach sie ab. Jetzt hatte sie doch wieder Kenia ins Gespräch gebracht. Und natürlich sah sie dabei auch Lorenz vor sich. Aber Barbara schien es gar nicht bemerkt zu haben.

»Das ist wunderbar«, bestätigte sie. »Ich finde Bonn auch nicht schlecht. Von Heidelberg ist es jedenfalls nicht weiter weg als München.«

»Nur mit Journalismus hat das Ganze dann nichts mehr zu tun«, sagte Meret ein wenig traurig.

»Ach was«, tröstete die Freundin sie. »Du kannst zwischendurch sicher mal den einen oder anderen Artikel platzieren. Du kennst genügend Leute in der Branche.«

In den nächsten Monaten verblasste die Erinnerung an Lorenz mehr und mehr. Er hatte Meret ein paarmal angerufen, aber ihre Gespräche waren immer nur kurz, weil Lorenz sich auf etwas anderes gar nicht einlassen wollte. Meret wusste selber nicht, warum das so war, aber dadurch kam sie gar nicht erst auf die Idee, ihm zu erzählen, dass sie von ihm schwanger gewesen war. Instinktiv vermied sie jedes potenziell problematische Thema, denn kaum erwähnte sie etwas, was ihm unangenehm war, konnte sie fast sicher sein, dass das Gespräch »ganz zufällig« beendet wurde. Also redeten sie über Belangloses – und selbst Lorenz' wiederholte Liebesschwüre hinterließen ein flaues Gefühl bei Meret, eine Mischung aus Abwehr und Sehnsucht, ohne dass sie genau hätte sagen können, warum.

Nach einer Weile schließlich kamen keine überraschenden Anrufe mehr. Es führt ja sowieso zu nichts, dachte Meret und konzentrierte sich auf ihre Arbeit. Als sie sich im Spätherbst dazu entschloss, *Schöner Reisen* tatsächlich den Rücken zu kehren und nach Bonn zu ziehen, um die Chance bei *LadyTravel* wahrzunehmen, war die Reise nach Kenia kaum mehr als eine ferne Erinnerung. Auch an die Schwangerschaft dachte sie nur noch selten. Manchmal verspürte sie unverhofft einen winzigen Stich, einen kurzen Schmerz, der jedoch gleich darauf vorbei war. Dann rief sie sich energisch zur Ordnung, und alles schien wieder gut.

Oda Frankenthal hatte beleidigt reagiert, als Meret gekündigt hatte. »Wenn Sie glauben, das unbedingt machen zu müssen«, hatte sie geschnaubt. »Des Menschen Wille ist sein Himmelreich. Aber bilden Sie sich nicht ein, Kindchen, dass Sie das auch nur irgendwie weiterbringt. Wenn ich nicht mehr meine schützende Hand über Sie halte, dann wird der Wind rauer wehen! Sie werden sich wundern, wie es in dieser Branche zugeht! Frauenreisen, dass ich nicht lache! Das ist eine reine Männerwelt.«

Nicht zum ersten Mal hatte Meret innerlich trotzig aufgestöhnt. Was sollte das? Glaubte die Frankenthal etwa, sie wäre auf sie angewiesen, um Karriere zu machen? Was hatte sie denn schon erreicht? Chefredakteurin in so einer kleinen Klitsche! Sie kam ja kaum mal von ihrem Schreibtisch weg! Nein, einer Meret Dufresnes stand die Welt offen, davon war sie überzeugt. Und das würde sie sich von Oda Frankenthal nicht schlechtreden lassen. Sie war doch nur frustriert, weil sich ihr außer *Schöner Reisen* keine Chancen mehr boten. Dazu war sie schon viel zu alt.

»Na, Sie müssen es ja wissen, Oda«, hatte Meret schnippisch erwidert. »Ich gehe schon meinen Weg, keine Sorge. Und ganz bestimmt auch ohne Ihre schützende Hand! Allzu viel habe ich davon sowieso nicht gemerkt!«

Den Spruch »Man begegnet sich immer zweimal im Leben« kannte Meret noch nicht, und es hatte ihr bisher niemand gesagt, dass man besser nicht zu viel Porzellan zerschlug, wenn man wegging, schließlich konnte man sich in ihrer kleinen Branche jederzeit wiederbegegnen. Aber daran dachte Meret nicht. Noch glaubte sie, dass die Welt ihr gehörte. Und hatte sie nicht sowieso den Vorteil, die Jüngere zu sein? Auf jeden Fall machte sie sich weiter keine Gedanken über Oda Frankenthal und ihre Launen. Das Leben war spannend.

Meret richtete sich eine hübsche kleine Wohnung in Bonn ein, die so nahe am Fluss lag, dass sie mühelos erste Kontakte zum Ruderverein knüpfte. Allerdings kam sie viel zu selten dazu, dem geliebten Sport nachzugehen. Wenn es ihr doch einmal gelang, sich sonntags früh ins Boot zu setzen, merkte sie zwar sofort, wie gut das Rudern ihr und ihrem inneren Gleichgewicht tat, aber der aufregende neue Job nahm sie voll und ganz in Anspruch. Jeden Tag lernte sie faszinierende Menschen kennen, und sie bereiste die Metropolen Europas. Heute war sie in Amsterdam, morgen in Rom, übermorgen in Lissabon.

Wenn es die Zeit zuließ, schrieb sie spritzige kleine Artikel über die Städte, machte sich einen Sport daraus, die Lokale und besonderen Szene-Adressen, die sie besuchte, so zu präsentieren, dass sie wie echte Geheimtipps klangen. Ab und zu gelang es ihr sogar, einen etwas kritischeren, ausführlicheren Bericht in einer großen Frauenzeitschrift zu lancieren.

Ihr Leben war bunt, wie Barbara immer sagte, und es war ausgefüllt. Langeweile kannte sie nicht, im Gegenteil, manchmal sehnte sie sich danach, einen halben Tag lang Zeit für sich zu haben. Nur mit der Liebe klappte es nicht. Interessante Männer lernte sie kaum kennen, bei den wenigsten schaute sie ein zweites Mal hin.

»Und wenn ich nie mehr einen finde?«, beklagte sie sich eines Tages bei Barbara, die mittlerweile mit Bruno zusammengezogen war.

Barbara lachte nur. »Du hast gar kein Talent zur alten Jungfer«, erwiderte sie fröhlich. »Warte nur ab, irgendwann steht der Richtige vor dir. Im Moment bist du doch beruflich viel zu engagiert, um dich überhaupt umzusehen.«

Sie hat recht, dachte Meret, als sie nach dem ausgedehnten Telefonat auflegte. Alles, was mit dem Beruf zusammenhing, war wesentlich spannender als die Vorstellung, eine Familie zu gründen und Kinder zu bekommen. Solche Pläne passten besser zu Barbara, die den Hochzeitstermin mit Bruno bereits festgelegt hatte.

Andererseits kam Meret sich manchmal ein bisschen allein vor, so aufregend ihr Leben auch war. Und die Frage lautete doch, ob ein interessanter Beruf ein Ersatz war für die Wärme und Liebe einer Familie.

Das hängt alles von den Gelegenheiten ab, die sich bieten, dachte sie. Wenn das mit Lorenz weitergegangen wäre, hätte ich mir sicher vorstellen können, mit ihm zusammenzuziehen. Und wer weiß, vielleicht hätten wir jetzt auch schon einen Hochzeitstermin festgelegt …

Aber das war alles rein hypothetisch. Sie waren keine zehn Tage zusammen gewesen, und sie hatte doch von Anfang an gespürt, dass Lorenz keine ernsten Absichten hatte. Es war nur eine Urlaubsliebe gewesen. Wie albern von ihr, der Geschichte so nachzuhängen.

»*U hali gani moyoni, je*«, murmelte sie vor sich hin. Das war einer der wenigen Sätze, die Lorenz ihr auf Swahili beigebracht hatte. »Wie geht es deinem Herzen?«

Das Telefon, das sie nach dem Gespräch mit Barbara neben sich aufs Sofa gelegt hatte, läutete und riss sie aus ihren trüben Gedanken. »Meret, mein Schatz«, flötete ihr neuer bester Freund Michael in den Hörer, »wir gehen gleich alle zu Oma Schwarz. Kommst du auch?«

Sie hatte Michael beim Spazierengehen am Rhein kennengelernt. Er war mit seinem asthmatischen Boxer-Rüden Bosco unterwegs gewesen, der sich gerade im Wasser abgekühlt hatte. Anschließend hatte er sich kräftig geschüttelt und Meret zielsicher so durchnässt, dass ihre Bluse an strategisch ungünstigen Stellen völlig durchsichtig geworden war. Zu ihrer Erleichterung stellte sich jedoch heraus, dass Michael dafür keinen Blick übrig hatte. Der gut aussehende, schlanke Mann mit den lockigen Haaren und dem gewinnenden Lächeln war offensichtlich schwul.

Das Benehmen seines Hundes war ihm schrecklich peinlich. Er wischte mit einem großen, weißen Stofftaschentuch – welcher Mann trug heute noch Stofftaschentücher mit sich herum? – über ihre Brust und machte damit alles nur schlimmer.

Nachdem er den armen Bosco, der nicht wusste, was er falsch gemacht hatte, ordentlich ausgeschimpft hatte, sagte er schließlich: »Darf ich Sie vielleicht zu einem Kaffee einladen, um das Benehmen meines ungezogenen Hundes wiedergutzumachen?«

»Ja, Sie dürfen«, erwiderte Meret lachend.

Aus dem Kaffee waren dann mehrere Gläser Wein geworden, und als sie sich nach Einbruch der Dunkelheit voneinander verabschiedet hatten, waren sie bereits Freunde fürs Leben geworden.

Michael Wallersheim war Programmierer, drei Jahre älter als Meret und der netteste Mann, dem sie je begegnet war. Freimütig erzählte er ihr sein ganzes Leben: von seinem strengen Vater, der bei der Bundeswehr war und den Sohn voller Verachtung für verweichlicht hielt; von seiner Mutter, die im Gegensatz zum Vater zwar von seiner Veranlagung wusste, aber nicht für ihn eintrat, weil sie zu viel Angst vor ihrem Mann hatte; von seinem älteren Bruder, der in jeder Beziehung der Vorstellung der Eltern von einem perfekten Sohn entsprach, inklusive Ehefrau und Kind.

Irgendwann hielt er in seinem Redeschwall inne, blickte sie nachdenklich an und sagte: »Ich weiß gar nicht, warum ich dir das alles erzähle. Bist du bei der Telefonseelsorge, oder was?«

»Verwandte Seelen«, erwiderte Meret knapp. »Ich glaube, wir erkennen uns. Ich bin zwar nicht schwul, aber wir haben anscheinend beide das Gefühl, nicht richtig dazuzugehören.«

»Ja, genau.« Überrascht blickte Michael sie an. »Das trifft es absolut. Hach, ist das toll, wenn einer einen versteht.«

Er hatte keine feste Beziehung, sah aber so gut aus, dass sich die Männer um ihn rissen und er keinen Mangel an Freunden hatte. Meret gewöhnte sich daran, dass er alle vierzehn Tage mit einem neuen Lover aufkreuzte, zumal er sich zwischendurch immer noch reichlich Zeit für sie nahm. Oft begleitete er sie auf ihre Reisen in irgendeine Stadt, und wenn er interessante Einladungen hatte, nahm er sie selbstverständlich mit.

Er kannte in Bonn Gott und die Welt, zumal er sich politisch bei den Grünen engagierte, und Merets Bekanntenkreis war durch ihn gewaltig gewachsen. Nur ein neuer Mann für sie war bis jetzt nicht dabei rausgesprungen.

»Meret? Was ist nun?« Michaels Stimme riss sie aus ihren Erinnerungen. »Sehen wir uns bei Oma Schwarz?«

Sie warf einen kurzen Blick auf die Uhr. Es war noch nicht allzu spät, und ein Abend in geselliger Runde war ganz gewiss besser, als weiter ihren trübsinnigen Gedanken nachzuhängen.

»Ja, klar, ich komme. Bis gleich!« Sie legte auf und machte sich eilig auf den Weg.

Frau Schwarz, von allen nur Oma Schwarz genannt, war die Wirtin einer kleinen Kneipe, die sie nach dem Tod ihres Mannes im Wohnzimmer ihres kleinen Häuschens in der Altstadt von Bad Godesberg aufgemacht hatte, um ihre magere Rente aufzubessern. Meist saß die alte Frau hinter der kurzen Theke auf einem Stuhl, das rechte Bein hochgelegt, weil es nach einem langen Arbeitstag schmerzte. »Kind, es wird immer so dick«, hatte sie Meret in ihrem rheinischen Singsang einmal erklärt. »Ich kann nichts daran ändern – das viele Stehen, weißt du, das bekommt mir nicht. Und dann der Zucker!«

Damit Oma Schwarz sich nicht mehr als nötig bewegen musste, zapften die Stammkunden, zu denen natürlich auch Michael zählte, das Bier, schenkten nicht-alkoholische Getränke aus und bedienten die anderen Gäste, die an den fünf im Raum verteilten Tischen saßen. Die Toiletten – einfache Plumpsklos, die durchaus ein wenig streng rochen –, befanden sich im liebevoll bepflanzten Hof, in dem bei schönem Wetter weitere fünf Tische zur Verfügung standen. So eine urige Kneipe hatte Meret noch nie gesehen. Sicher, auch in Heidelberg gab es kleine, alte Studentenkneipen, aber »Oma Schwarz« lebte von der Persönlichkeit der Wirtin, die mit ihrem lieben runden Gesicht und den dünnen, weißen Haaren, die sie am Hinterkopf zu einem Knoten gedreht hatte, aussah wie der Prototyp einer gütigen Großmutter.

Heute saßen alle draußen. Es war ein milder Septemberabend, und Oma Schwarz war aufgestanden und humpelte zwischen den Tischen umher. Meret begrüßte sie mit Handschlag, als sie durch den kleinen Flur in den Hof trat. Es war ziemlich voll, und sie blickte sich suchend nach Michael um. Er hatte mit seiner Clique den runden Tisch am Rasen mit Beschlag belegt, und während Meret darauf zuging, sah sie, wie sich die ganz kitschig mit Herzchen versehene Tür des »Männer-Plumpsklos« öffnete und ein Mann herauskam.

Meret begrüßte die Runde und wollte sich gerade auf den einzigen freien Platz setzen, als der fremde Mann an den Tisch trat.

»Ah, ihr kennt euch ja noch gar nicht«, sagte Michael. »Meret, das ist Johannes, Johannes Andermatt. Johannes, das ist meine liebste Freundin Meret Dufresnes.«

»Hallo.« Meret streckte dem schlaksigen Mann mit den aschblonden Haaren und den Geheimratsecken die Hand entgegen. Er hatte blaugraue, ein wenig kurzsichtige Augen, aus denen er sie über den Rand seiner Nickelbrille freundlich musterte. Sein Händedruck war überraschend fest.

»Freut mich«, sagte er. Seine Stimme klang warm und tief. »Ich habe schon viel von Ihnen gehört.«

»Johannes«, warf Michael tadelnd ein, »sei doch nicht immer so förmlich. Meine Freunde duzen sich.« Er wandte sich an Meret. »Er ist Jurist, und die sind immer ein bisschen anstrengend. Und so wohlerzogen.« Er grinste sie an. »Du brauchst also keine Angst zu haben, falls ich ihm irgendwelche Geheimnisse über dich preisgegeben habe.«

»Ich habe gar keine Geheimnisse«, wehrte Meret lachend ab. »Du machst mir keine Angst.«

Dieser Johannes war ihr wirklich völlig gleichgültig. Er musste wohl einer von Michaels Freunden aus der Politik sein. Woher sollte er sonst einen Juristen kennen? Und er war anscheinend auch ein paar Jahre älter als sie. Auf jeden Fall war er höflich, denn er schleppte sofort einen Stuhl heran, als sie sich auf dem freien Platz niederließ, den er wahrscheinlich vorher innegehabt hatte. Sie wechselte ein paar Sätze mit ihm und erfuhr, dass er in Düsseldorf wohnte, wo er Sozialrichter am Landgericht war. Michael kannte er tatsächlich aus einem Arbeitskreis der Grünen für Zukunftsfragen.

Er wirkte nett, aber auch sehr ernsthaft, und hinterließ keinen besonders tiefen Eindruck bei Meret. Sie hatte keine Lust, über Sozialpolitik und Rentenfragen zu diskutieren, und nach einer Weile ließ sie ihn links liegen und unterhielt sich lieber angeregt mit den anderen am Tisch.

Als der Jurist sich schließlich relativ früh verabschiedete, weil er noch nach Düsseldorf fahren musste, nahm sie das ohne Bedauern zur Kenntnis. »Vielleicht sieht man sich ja mal wieder«, sagte sie beiläufig und nickte ihm zu. Im nächsten Moment schon hatte sie Johannes Andermatt vergessen.

5

Ruder halt – einstellen.

(Kurzer Halt nach den ersten Ruderschlägen, um den Abstand zwischen Stemmbrett und Sitz richtig einzustellen.)

An einem klirrend kalten, sonnigen Tag Mitte Februar heiratete Barbara. Meret war natürlich Trauzeugin, als ihre Freundin und Bruno in der Neuenheimer Raphaelskirche, in der Barbara bereits zur Kommunion gegangen war, vor dem Altar standen. Meret konnte sich noch gut daran erinnern, wie glühend sie, das Kind evangelischer Eltern, damals die Freundin um Blumenkränzchen und weißes Kleid beneidet hatte. Die Rituale und Bräuche der katholischen Kirche waren ihr immer so viel begehrenswerter erschienen, dass sie sogar versucht hatte, ihre Eltern zu überreden, zu konvertieren und sich noch einmal katholisch trauen zu lassen. Natürlich hatten sie es lachend abgelehnt. Ihr Vater hatte versucht, ihr zu erklären, dass das nicht ginge, aber Meret hatte kein Problem gesehen. »Wieso?«, hatte sie erwidert. »Ihr braucht doch einfach nur nach Spanien zu fahren. Da sind alle katholisch.«

Spätestens, als sie konfirmiert wurde, hatte sich ihre Begeisterung für die katholische Kirche jedoch gelegt. Beichte und Weihrauch waren ihr als 14-Jähriger nicht mehr so geheimnisvoll vorgekommen, und auch die Tatsache, dass sie zur Konfirmation größere Geldgeschenke bekam, spielte eine nicht unwesentliche Rolle. Vollständig distanziert hatte sie sich mit achtzehn, als sie schließlich ganz aus der Kirche ausgetreten war.

Aber als sie jetzt neben dem Altar stand und das Brautpaar betrachtete, empfand sie erneut etwas von dem alten Zauber, und beinahe stieg auch dieses Mal wieder so etwas wie leiser Neid in ihr auf. Barbara war eine hinreißend schöne Braut, in einem schlichten, schmal geschnittenen, langen weißen Kleid. Sie hatte die rotblonden Haare hochgesteckt und trug den Schleier aus Brüsseler Spitze, den schon ihre Großmutter und ihre Mutter bei der Hochzeit getragen hatten. Bruno, im dunklen Anzug mit Weste, stand groß und ernst neben ihr.

Meret seufzte innerlich und blickte gerührt auf das schöne Paar. Einen Moment lang schob sich das Bild von Lorenz vor den Bräutigam. Lachend wandte er ihr sein gebräuntes Gesicht zu. Sein schiefer Zahn blitzte auf, und sie sah ganz deutlich sein Grübchen. Irritiert blinzelte Meret. An Lorenz wollte sie jetzt bestimmt nicht denken. Aber sie musste zugeben, dass es schön wäre, wenn er in diesem Augenblick an ihrer Seite wäre.

Ärgerlich schüttelte sie leicht den Kopf. Das hatte ihr gerade noch gefehlt. Nein, Lorenz war der Letzte, an den sie heute denken wollte. Das war nur eine Episode gewesen, und es war vorbei. Vorbei!

Entschlossen konzentrierte sie sich auf die Worte des Pastors, der gerade sagte, er kenne die Braut schon seit Kindertagen, und freue sich sehr, dass sie heute mit ihrem zukünftigen Mann vor ihm stünde. Seine Predigt war warmherzig und persönlich, und Meret bedauerte es fast, nicht mehr in der Kirche zu sein und nur noch auf dem Standesamt heiraten zu können – wenn sie denn überhaupt einmal heiratete.

Unter den Klängen von *All you need is love* von den Beatles und dem Applaus der Gäste ging das Brautpaar schließlich hinaus. Vor der Kirche stand die Jugendmannschaft des Rudervereins und bildete mit hocherhobenen Skulls ein Spalier für das frischgebackene Ehepaar. Barbara und Bruno zogen lachend die Köpfe ein, als sie von allen Seiten mit Reis beworfen wurden. Anschließend fand auf dem Platz ein kleiner Sektempfang statt, aber obwohl die Sonne auf den beschneiten Bäumen glitzerte und die Kulisse traumhaft schön war, war es zu kalt, um lange zu verweilen, und so saßen sie schon anderthalb Stunden später im Burgsaal der Strahlenburg hoch über Schriesheim.

»Huh!« Barbara fröstelte immer noch ein wenig. »Ich hätte doch besser noch eine Wollstola umlegen sollen.«

»Du hättest dir einen Pullover anziehen können«, neckte Meret die Freundin. »Wer heiratet denn auch im Februar?

Die paar Monate bis zum Frühjahr hättet ihr ja noch warten können.«

»Und dann hätte ich mit dickem Bauch vor dem Pastor gestanden?« Barbara verzog das Gesicht. »Du kennst doch meine Mutter. Sie hätte sich bestimmt aufgeregt, und ich hatte einfach keine Lust auf solche Auseinandersetzungen! Mir hat schon gereicht, wie sie die ganze Zeit an unserer kurzfristigen Planung rumgemeckert hat.«

»Wer hat rumgemeckert?« Bruno trat zu ihnen. »Kommt, Mädels, wir müssen uns setzen. Ich glaube, dein Vater will eine Rede halten, Barbara.«

»Jetzt schon? Macht man das nicht erst nach dem ersten Gang?« Barbara warf ihrem Mann einen besorgten Blick zu und ließ sich von ihm zum Kopfende der Tafel führen. Meret blickte den beiden nach und verspürte einen kleinen eifersüchtigen Stich. Selbstständig und für sich selbst verantwortlich zu sein war gut und schön, aber in Momenten wie diesem hatte sie doch Sehnsucht nach einem Partner.

Langsam ging sie ebenfalls zum Tisch und setzte sich auf ihren Platz. Neben ihr saß Philipp Kaulbach, Brunos Freund und Trauzeuge. Er war auch alleine gekommen, aber im Gegensatz zu ihr machte er nicht den Eindruck, als ob ihn das stören würde. Er lächelte sie fröhlich an. »Na«, sagte er gut gelaunt, »wird auch Zeit, dass es langsam losgeht. Ich komme um vor Hunger.«

Meret erwiderte sein Lächeln. Sie hatten sich erst vor drei Tagen auf dem Polterabend kennengelernt, und vorher hatte Meret nur das über ihn gewusst, was Barbara ihr erzählt hatte. »Er muss wohl ein ziemlicher Casanova sein«, hatte sie berichtet. »Ständig hat er neue Freundinnen. Mir ist er ehrlich gesagt zu oberflächlich, aber Bruno liebt ihn heiß und innig. Manchmal ziehen sich ja gerade Gegensätze an.«

»So wie wir beide?« Meret hatte gelacht. »Na, ich werde ihn ja auf eurer Hochzeit kennenlernen. Dann sage ich dir hinterher, was ich von ihm halte.«

Und jetzt saß sie also neben ihm, blickte in seine lachenden Augen und fand ihn sehr sympathisch. Schon auf dem Polterabend hatte sie ihn witzig und unterhaltsam gefunden, aber es hatte sich kaum eine Gelegenheit zu einem eingehenderen Gespräch geboten, weil sie sich eher mit ihren jeweiligen Freunden vergnügt hatten. Irgendwann, es war schon spät in der Nacht gewesen, hatte er sie wortlos aus dem Kreis der alten Ruderfreunde heraus und auf die Tanzfläche gezogen, wo sie sich bereitwillig an ihn geschmiegt hatte, als die Band etwas Langsames spielte. Aber schon das nächste Stück war wieder schnell gewesen, und sie hatten sich im Gewühl verloren.

Vielleicht ergibt sich ja heute etwas, dachte Meret, und ein leises Gefühl der Erregung, das sie allzu lange nicht mehr verspürt hatte, stieg in ihr auf. Auf Hochzeiten entstanden doch angeblich oft Beziehungen, und Philipp war nach Lorenz seit Langem der erste Mann, der sie interessierte.

Philipp nahm seine Rolle als Tischherr anscheinend sehr ernst. Er war aufmerksam, achtete darauf, dass ihr Glas immer gefüllt war, und wenn nicht gerade eine Rede gehalten wurde, unterhielt er sie bestens.

Schließlich war es halb vier Uhr morgens, und nur noch wenige Gäste tanzten langsam und eng umschlungen auf der Tanzfläche. Die Kapelle hatte sich längst verabschiedet, und die Musik kam aus der Stereo-Anlage.

Philipp hielt Meret, die ein wenig schwankte, auf Armlänge von sich. »Was hältst du davon, wenn wir uns ein Taxi teilen?«, sagte er mit seiner leicht heiseren Stimme, bei der Meret ein Schauer über den Rücken lief.

»Gute Idee«, erwiderte sie kichernd. »Hier ist sowieso nichts mehr los.« Sie blickte zu dem Brautpaar, das aneinandergeschmiegt am Tisch saß und schon fast eingeschlafen war.

Und so landeten sie am Ende in Philipps Ludwigshafener Wohnung. Draußen wurde es schon hell, als sie endlich einschliefen.

Meret war als Erste wieder wach. Sie stützte sich auf einen Ellbogen und betrachtete den Mann, den sie noch vor ein paar Tagen gar nicht gekannt hatte. Er war sehr stürmisch gewesen, was sie eigentlich nicht mochte. Sie ging es lieber langsam und zärtlich an – Philipp hingegen hatte zwischendurch den Eindruck erweckt, Leistungssport zu betreiben. Aber das konnte sich ja alles noch ändern. Eigentlich war sie sich nicht ganz sicher, warum sie sich so schnell auf ihn eingelassen hatte. Hatte sie es wirklich so nötig gehabt? Aber sie war natürlich auch ein wenig beschwipst gewesen.

Ach, egal, dachte sie. Sie musste doch nicht immer alles analysieren. Er hatte ihr gefallen, und sie hatte ihn sich gegönnt – sozusagen! Dass er dann hastiger über sie hergefallen war, als ihr lieb war, war wahrscheinlich auch nicht seine übliche Art.

Jetzt im Schlaf wirkte er jedenfalls wie ein kleiner Junge, mit seinem blonden Lockenkopf und den aufgeworfenen Lippen. Sie hauchte ihm rasch einen Kuss auf die Stirn, bevor sie aufstand, um ins Bad zu gehen.

Als sie zurückkam, war er wach. Ungnädig verzog er das Gesicht, als er sie sah. »Zieh dir was über«, murmelte er. »Läufst du immer nackt herum?«

Meret kam sich auf einmal völlig entblößt vor, aber sie beschloss, sein schlechtes Benehmen zu ignorieren. Vielleicht war er immer so, wenn er nicht ausschlafen konnte. »Es heißt, ›Guten Morgen, Meret. Hast du gut geschlafen, Meret‹«, erwiderte sie fröhlich.

Philipp grunzte nur, drehte sich um und machte die Augen wieder zu.

»Oh, du bist ja heute früh der reinste Sonnenschein«, sagte Meret. Ärger stieg in ihr auf. Na, dann eben nicht. Sie begann, ihre Sachen zusammenzusuchen, die überall im Zimmer verstreut lagen. »Kannst du mir ein Taxi rufen?«, erkundigte sie sich kühl.

»Vor dem Haus hält der Bus«, erklärte ihre Eroberung und machte keine Anstalten, sich unter der Decke hervorzubewegen.

Meret war fassungslos. Das war ihr noch nie passiert. »Na, das war wohl ein Satz mit X. Weiterempfehlen kann ich dich leider nicht«, sagte sie und sah zu, dass sie wegkam.

Im Treppenhaus blieb sie erst einmal stehen und schluckte

die Tränen herunter, die unwillkürlich aufstiegen, dann überwog ihr natürlicher Fluchtinstinkt. Nur weg hier, dachte sie und hastete die Treppe herunter. Am Ende kommt er noch hinter dir her und sieht, wie es dir geht. Aber eigentlich wusste sie, dass das nicht passieren würde.

»Was ist nur mit mir los?«, murmelte sie vor sich hin, und während sie die letzten Stufen hinabstieg, flossen auf einmal die Tränen. »Warum will mich denn keiner?«

Im Grunde war ihr klar, dass Philipp auch für sie nur eine nette Gelegenheit gewesen war, aber sie kam sich dennoch abgewiesen und gedemütigt vor. Schließlich jedoch überwogen Wut und Selbsterhaltungstrieb. Wegen so einem blöden Kerl würde sie sich nicht lange grämen! Entschlossen wischte sie sich die Tränen weg.

Na ja, dachte sie, als sie aus dem Haus trat, bist du eben um eine Erfahrung reicher. Sie atmete tief durch. Wer weiß, wozu es gut ist.

Aber die Sache beschäftigte Meret doch mehr, als sie sich eingestehen wollte.

»Was mache ich denn falsch?«, beklagte sie sich bei Michael, als sie drei Wochen später einen ausgedehnten Spaziergang mit Bosco am Rhein machten. »Früher war es nicht so schwierig.«

»Es wird auch jetzt nicht viel schwieriger sein. Der Typ war einfach völlig daneben«, stellte Michael fest. »Barbara hat doch gesagt, dass er eine Frau nach der anderen verschleißt.«

»Ja, schon, aber mache ich denn so einen bedürftigen Eindruck? Ich hatte echt das Gefühl, er findet mich gut. Und so hässlich bin ich nun wirklich nicht!« Sie baute sich provokativ vor Michael auf.

»Nein, Schätzchen, das bist du in der Tat nicht.« Ihr bester Freund lachte. »Wenn ich auf Frauen stünde, wärst du bestimmt meine erste Wahl.«

»Blödmann«, sagte Meret. »Aber im Ernst: Es gibt mir schon zu denken, dass ich mich so verschätzen kann. Ich glaube, mir kommt einfach langsam die Lockerheit abhanden. Immerhin gehe ich ja auch schon auf die dreißig zu.« Sie warf Michael einen vielsagenden Blick zu.

»Ja, wem sagst du das … Ich bin sogar noch näher dran als du.« Der attraktive Mann, der tatsächlich in wenigen Wochen seinen 30. Geburtstag feiern würde, fuhr sich gewollt geziert durch die Haare. Aber dann wurde er gleich wieder ernst. »Weißt du, ich glaube, das Ganze hat bei dir viel damit zu tun, dass Barbara jetzt unter der Haube und dann auch noch schwanger ist. Ihr Frauen hört ja sowieso dauernd eure biologischen Uhren ticken. Du hast nun einfach das Gefühl, bei dir wäre es auch an der Zeit, eine Familie zu gründen.«

»Hmm«, sagte Meret nachdenklich. »Kann schon sein. Aber du siehst ja, wohin das führt. Und ich kann mir schließlich keinen Kerl backen.« Sie hakte sich bei ihrem Freund unter. »Kannst du denn nicht einfach normal sein? Wir beide wären ein tolles Paar.« Sie seufzte.

»Das habe ich jetzt nicht gehört.« Michael warf ihr einen

strengen Blick zu, milderte ihn aber ab, indem er sie enger an sich zog. »Was verstehst du denn unter normal? Wer ist denn schon normal?«

»Hey, tut mir leid«, entschuldigte sich Meret sofort. »Du weißt doch, wie ich es gemeint habe. Na ja, aber einen Versuch war Philipp vermutlich wert …« Bosco kam angesprungen und rieb seinen Kopf an ihrem Oberschenkel. Ein langer Sabberfaden blieb daran hängen. »Oh nein«, stöhnte Meret. »Dieser Hund! Ich hätte ja einen Apricot-Pudel für dich passender gefunden. Der hätte wenigstens nicht gesabbert.«

Michael warf ihr bloß einen Blick von der Seite zu.

Der Frühling in diesem Jahr kam trotz des eisigen Winters früh und mit Macht. Meret bekam davon allerdings kaum etwas mit, weil sie Ende März eine Reisegruppe nach St. Petersburg begleitete, wo auf der Newa noch die Eisschollen trieben. Als sie Anfang April wieder in Bonn war, grünte und blühte bereits alles, und es war für die Jahreszeit beinahe zu warm. In der ersten Dämmerung zwitscherten die Vögel so laut, dass Meret davon aufwachte und nicht mehr einschlafen konnte. Fluchend drehte sie sich noch einmal um. Als sie viel zu früh aufstand, obwohl sie eigentlich hätte ausschlafen können, weil Samstag war, fühlte sie sich wie gerädert. An ihrer Schläfe pochte es, und als sie sich einen Kaffee kochte, überlegte sie missmutig, was sie heute zu erledigen hatte. Die Wohnung musste geputzt und aufgeräumt werden – es war nicht zu glauben, wie viel Staub sich nach einer Woche Abwesenheit angesammelt hatte. Sie musste waschen und natürlich auch einkaufen, weil sie so gut wie nichts im Haus hatte.

Nachdem sie die Zeitung hereingeholt hatte, machte sie es sich mit einer Tasse Kaffee in ihrer Wohnküche am Esstisch gemütlich. Die ersten Strahlen der Morgensonne fielen durch das Fenster, und der Tag versprach schön zu werden, aber Meret hatte das Gefühl, dass es in ihr, wie Kästner es einmal beschrieben hatte, trotz des Sonnenscheins regnete.

Lustlos blätterte sie in der Tageszeitung. Heute interessierte sie irgendwie gar nichts. In diesem Moment klingelte das Telefon. Meret blickte auf die Uhr, die über der Küchentür hing. Viertel nach acht. Stirnrunzelnd stand sie auf, um zum Telefon zu gehen, das auf der Kommode stand. Wer rief denn so früh an? Ob etwas passiert war? Auf dem Display stand »Unbekannte Nummer«. Zögernd griff sie zum Hörer.

Die Leitung knackte und rauschte. Dann sagte eine Stimme: »Wie geht es dir, *Bellissima*? Alles gut?«

Meret wurden die Knie weich, und sie musste sich an der Kommode festhalten. »Lorenz?«, fragte sie ungläubig. »Lorenz, bist du das?«

»Ja«, bestätigte der Anrufer, der wegen des Knackens in der Leitung kaum zu verstehen war. »Es ist schön, deine Stimme zu hören. Ich habe solche Sehnsucht nach dir.«

»Wo bist du denn?«, rief Meret aufgeregt. »Von wo rufst du an? Bist du noch in Nairobi?«

Die nächsten Worte waren nur als Fetzen zu verstehen. »Nein … Tansania«, verstand sie. Und: »Denke viel an dich … Unsere gemeinsame Zeit …«

»Warum hast du dich nicht mehr gemeldet?«, fragte Meret, als das Rauschen ein wenig nachließ. »Hast du meine Mails nicht bekommen? Hast du denn kein Internet?«

Ausweichend antwortete Lorenz: »Bella, die Verbindung ist so schlecht. Ich kann dich kaum hören. Aber bald bin ich ja wieder da.«

»Kommst du nach Deutschland?«, stieß Meret hervor. Das Herz schlug ihr bis zum Hals. »Oh, Lorenz, es gibt so viel, was wir besprechen müssten. Es ist so viel passiert.«

Klar und deutlich drang seine Stimme an ihr Ohr. »Ja, meine Schöne, wir müssen uns wirklich bald wiedersehen. Ich liebe dich, mehr als du dir vorstellen kannst. Ich denke ständig an dich.«

Endlich schaltete sich Merets gesunder Menschenverstand ein. »Na, das kommt aber ein bisschen plötzlich«, sagte sie sarkastisch. »Ist dir eigentlich klar, wie lange unser letztes Gespräch her ist? Warum rufst du immer nur so kurz an? Was denkst du dir bloß dabei?«

Plötzlich war die Leitung tot. Entweder war die Verbindung abgebrochen, oder Lorenz hatte aufgelegt.

Meret hätte es wissen müssen. Sie starrte auf den Hörer, dann legte sie hastig auf. Vielleicht würde er ja gleich wieder anrufen. Bestimmt würde er es noch einmal versuchen. Dieses Mal war es anders als sonst. Und dann war sicher auch die Verbindung besser. Beschwörend schaute sie auf das Telefon, als könne sie es so dazu bringen zu klingeln. Aber nichts geschah. Das Telefon blieb stumm.

In der ersten halben Stunde nach dem Anruf konnte Meret es noch nicht glauben. Ständig blickte sie zum Telefon und suchte nach Gründen, warum er nicht wieder angerufen hatte. Aber schließlich musste sie einsehen, dass er es nicht noch einmal probieren würde.

Unzufrieden mit sich selber, rastlos und gereizt erledigte sie ihre Pflichten. Sie brachte es kaum über sich, das Haus zu verlassen, um ihre Einkäufe zu erledigen, und bevor sie ging, vergewisserte sie sich dreimal, dass ihr Anrufbeantworter eingeschaltet war. Falls Lorenz während ihrer Abwesenheit anrief, dann sollte er wenigstens eine Nachricht hinterlassen können.

Tatsächlich blinkte das Lämpchen, als sie vom Einkaufen zurückkam. Mit zitternden Fingern drückte Meret die Taste, um die Nachricht abzuhören, aber es war nur ihre Mutter, die sich erkundigen wollte, wie ihre Reise gewesen war.

Am frühen Nachmittag klingelte das Telefon erneut. Meret zuckte zusammen. Sie atmete tief durch und meldete sich.

»Hallo, Merry!« Die fröhliche Stimme von Barbara drang an ihr Ohr.

»Ach, du bist es nur!«, entfuhr es Meret.

»Was heißt denn hier nur?« Barbara lachte. »Alles in Ordnung bei dir?«

»Jaja«, sagte Meret ungeduldig. »Was gibt es denn? Irgendwas Wichtiges?« Sie merkte selber, wie unfreundlich sie klang, aber sie konnte nicht anders.

Zum Glück schien Barbara völlig unempfindlich dagegen zu sein. Ohne auf den Tonfall ihrer Freundin einzugehen, sprudelte sie fröhlich los, damit sich Meret gemeinsam mit ihr darüber freute, dass Bruno und sie sich ein Haus in Schlierbach, einem Stadtteil von Heidelberg, kaufen wollten. Bruno hatte eine Professur an der Universität Heidelberg bekommen, und es sah so aus, als ob sie in Barbaras Heimatstadt bleiben würden.

»Die Lage ist genial«, berichtete sie aufgeregt. »Es liegt ziemlich oben, am Waldrand, Richtung Wolfsbrunnen, weißt du. Von dort aus hat man einen gigantischen Blick auf den Neckar. Ein großes, verwildertes Grundstück. Die Fenster mit graublauen Fensterläden. Hach, es ist so schön, Merry, du kannst es dir nicht vorstellen.«

»Kannst du eigentlich immer nur in den höchsten Tönen schwärmen?«, raunzte ihre beste Freundin. »Das ist ja nicht auszuhalten.«

Am anderen Ende der Leitung herrschte Schweigen. Dann räusperte sich Barbara. »Meret«, sagte sie streng, »was ist los? Habe ich irgendwas verpasst?«

»Entschuldigung«, lenkte Meret sofort ein. Aus irgendeinem Grund wollte sie Lorenz' Anruf nicht mit Barbara teilen. Erst einmal musste sie selber damit klarkommen. Sie würde ihr später davon erzählen. »Ich weiß auch nicht, was mit mir los ist. Ich habe heute Kopfschmerzen. Frühlingsanfang oder ein Hormonschub vielleicht? Oder eher ein Mangel an Hormonen. Ich komme nächstes Wochenende nach Heidelberg, dann können wir reden. Jetzt erzähl du erst mal weiter.«

Das war das Schöne an Barbara: Sie war unkompliziert, nicht nachtragend, und sie konnte Merets Reaktionen gut einschätzen. »Also«, fuhr sie fort, »das Haus gehört älteren Leuten, die in eine kleinere Wohnung ziehen. Es ist ihnen zu groß geworden, und sie schaffen vor allem die Gartenarbeit nicht mehr. Sie haben wohl keine Kinder, und als sie uns gesehen haben, haben sie uns quasi auf der Stelle adoptiert. Merry, ich kann kaum fassen, was wir für ein Glück gehabt haben. Das Haus hat noch nicht einmal in der Zeitung gestanden, der Nachbar ist ein Kunde meines Vaters und hat ihm erzählt, dass die alten Leute es verkaufen möchten.«

Barbaras Vater war Versicherungsvertreter mit einer eigenen kleinen Agentur. Meret kannte ihn nur korrekt mit Anzug und Krawatte. Sie hatte ihn auch als Kind nie in Freizeitkleidung erlebt, und ihre Mutter hatte früher immer abfällig gesagt: »Richard Doerner, der sieht doch so aus, als hätte er einen Stock verschluckt.« Als Kind hatte Meret ihn immer verstohlen gemustert, weil sie erwartet hatte, der Stock, so eine Art Spazierstock, käme ihm zum Mund heraus, aber sie hatte leider nie etwas gesehen. Er wirkte immer ein wenig servil, eine Spur zu beflissen, zu freundlich, zu zuvorkommend. Wahrscheinlich lag es an seinem Beruf. Einfach war es bestimmt nicht, den Leuten ständig irgendwelche Versicherungen aufzuschwatzen.

»Wir müssen natürlich renovieren, aber das machen wir nach und nach«, fuhr Barbara fort. »Du musst es dir unbedingt ansehen – es ist ein Traum!«

»Und wie geht es dir?«, fragte Meret. »Mit dem Kind alles in Ordnung?«

»Hmm«, erwiderte Barbara. »Das habe ich dir noch gar nicht erzählt, oder?«

»Was?«, fragte Meret alarmiert. »Hast du eine Fehlgeburt gehabt?«

»Nein, nein, keine Sorge«, wehrte Barbara ab. »Aber ich war letzte Woche beim Ultraschall. Es sieht so aus, als ob … na ja, ich erwarte wahrscheinlich Zwillinge.«

Meret verschlug es die Sprache. Sie schluckte trocken. »Hey«, sagte sie dann, »ist ja irre.« Ein kleiner Stich fuhr ihr durchs Herz – sie hatte ihr Kind verloren, und Barbara bekam Zwillinge … Aber wie um die wehmütige Anwandlung zu vertreiben, prustete sie los. »Deshalb bist du von Anfang an so fett geworden.«

»Na, so schlimm ist es auch wieder nicht«, erwiderte Barbara beleidigt. »Was die Gewichtszunahme angeht, bin ich ganz in der Norm.«

»Sei nicht so empfindlich, kleine Dickmadam, ich hab's nicht so gemeint«, beruhigte Meret sie lachend. »Ich freue mich ehrlich für dich, das weißt du doch! Liegt das denn eigentlich bei euch in der Familie?«

»Nein, ich glaube nicht. Vielleicht bei Bruno, aber da bin ich mir auch nicht sicher. Auf jeden Fall ist das mit dem Haus auch deshalb gut, weil es genug Zimmer hat. Wenn wir wollen, können wir vier Kinder kriegen.«

»Hör mal, ich muss Schluss machen«, unterbrach Meret die Freundin, als sie die Türglocke hörte. »Es klingelt an der

Tür. Ich melde mich, wenn ich am Wochenende da bin, okay? Halt dich tapfer, du Zwillingsmutter!«

Vor der Tür stand ihre Vermieterin. Ihre Wangen waren gerötet, weil Merets Wohnung im fünften Stock des alten Hauses lag, dessen Erdgeschoss sie selbst bewohnte. Sie schwenkte einen großen braunen Umschlag und keuchte vorwurfsvoll: »Ihr junger Mann war heute hier, aber Sie waren nicht da.«

»Das ist nicht mein junger Mann, Frau Domschütz«, erwiderte Meret automatisch. »Aber es ist lieb von Ihnen, dass Sie extra hier heraufkommen – wo es doch noch nicht mal einen Aufzug gibt.«

Das war das Erste gewesen, was Frau Domschütz Meret gegenüber erwähnt hatte, als sie sich die Wohnung in Bad Godesberg anschauen wollte. »Kein Aufzug und im fünften Stock, aber dafür ist die Aussicht schön!«, hatte sie stolz gesagt. Meret hatte alles gleich gefallen, die Wohnung und auch Frau Domschütz mit ihren Apfelbäckchen und der Beton-Dauerwelle, die aussah wie eine Perücke, auch wenn sie anscheinend aus echten Haaren bestand. Die gute Frau Domschütz war seit zehn Jahren Witwe und lebte mit ihrem altersschwachen Kater Nicky allein in der riesigen Wohnung, die auf einen kleinen Garten hinausging. Es gab auch noch einen – ungeratenen – Sohn, der sich nur selten blicken ließ, und wenn, dann konnte man sicher sein, dass er Geld brauchte. Die Probleme eines Alltags als Vermieterin musste sie ganz allein meistern, was ihr allerdings mithilfe der Handwerker im Viertel, die sie anscheinend allesamt ins

Herz geschlossen hatten, und dank ihres tüchtigen Steuerberaters recht gut gelang.

Einmal hatte Frau Domschütz in einer schwachen Stunde Meret ihr Leid geklagt. Meret hatte bei ihr geklingelt, um ihr zu sagen, dass der Abfluss in der Dusche verstopft war, und ehe sie sichs versah, hatte sie ein Glas mit Schlehenfeuer vor sich stehen gehabt und erfahren, dass »der Junge« (Wolfgang Domschütz, der nun auch schon Mitte vierzig war) »Türsteher« in einem Bordell war. Leicht verzweifelt hatte Meret sich die Geschichte angehört und sich insgeheim gewünscht, diesem Wolfgang nie zu begegnen. »Er ist, wie soll ich sagen, ein bisschen gewalttätig«, hatte die Mutter ihn beschrieben.

Merets Verzweiflung war gewachsen, als Frau Domschütz ihr Glas immer wieder nachgefüllt hatte, ohne dass sie es hatte verhindern können. Schließlich hatte sie lügen und einen dringenden Termin vorschieben müssen, um endlich zu entkommen. Beim Hinausgehen hatte sie Nicky aus Versehen zwar noch auf die Pfote getreten (zum Glück war der Kater nicht so gewalttätig wie Wolfgang), aber seitdem hatte Frau Domschütz sie besonders ins Herz geschlossen. Wahrscheinlich hatte ihr seit dem Tod »ihres Hermanns« keiner mehr so zugehört wie Meret.

Und jetzt stand sie also leise keuchend vor Merets Wohnungstür, die Löckchen wippten noch vom Treppensteigen, und sie reichte Meret den braunen Umschlag. »Das hat er dagelassen, und Sie sollen ihn anrufen, hat er gesagt.« Sie lächelte Meret an. »Also, nett ist er ja, Ihr junger Mann. Ich habe ihm ein Glas Likör angeboten, aber er hat gesagt, er muss leider noch Auto fahren.« Sie nickte bedächtig mit dem Kopf. »Heutzutage muss man ja auch aufpassen, da ist man den Führerschein schneller los, als man gucken kann, hat mein Sohn gesagt.«

Meret konnte sich nur zu gut vorstellen, wie Michael vor dem Glas Schlehenfeuer die Flucht ergriffen hatte. Er hasste süße Liköre.

Als sich Frau Domschütz nach einem kurzen Plausch verabschiedet hatte, öffnete Meret den Umschlag, in dem sich eine Eintrittskarte für den Bonner Presseball befand. Michael hatte ein Blatt aus seinem Notizblock gerissen und quer über die Seite geschrieben: »Absagen gilt nicht!«

Kopfschüttelnd betrachtete Meret die Karte. Der Mann kam auf Ideen! Aber lieb war es! Und gerade heute passt es perfekt, dachte sie. Fast schien es, als hätte er sich vorgenommen, sie auf andere Gedanken zu bringen. Dabei war er selber nicht unbedingt der Typ, der solche gesellschaftlichen Ereignisse mit Begeisterung besuchte.

Meret war noch nie auf einem Ball gewesen, und die Vorstellung gefiel ihr. Sie würde sich ein Abendkleid kaufen müssen! Am besten ging sie vorher noch zwei, drei Mal auf die Sonnenbank. Kritisch blickte sie an sich herunter. Und es konnte auch nicht schaden, wenn sie ein paar Kilo abnahm. Die russische Küche war sehr gehaltvoll gewesen … Wann war der Ball? Rasch schaute sie noch einmal auf die Karte. In zwei Wochen. Das würde sie sich nicht entgehen lassen.

Ihre Eltern waren früher regelmäßig auf Bälle gegangen. Meret und ihr Bruder waren dann in der Obhut der Großmutter geblieben, bei der sie immer länger hatten aufbleiben dürfen. Sie konnte sich noch gut daran erinnern, wie es gewesen war, wenn die Mutter noch einmal zu ihnen ins Kinderzimmer kam, um ihnen den Gutenachtkuss zu geben. Sie besaß zahlreiche Ballkleider – ein goldfarbenes Seidenkleid war besonders schön gewesen, tief ausgeschnitten, mit eng anliegendem Mieder und Wogen von Tüll über dem Rock. Als Meret klein war, war ihr die Mutter darin vorgekommen wie eine Prinzessin. Und sie hatte immer so wundervoll geduftet! Selbst jetzt, als Meret daran dachte, stieg ihr der Duft von Chanel No. 5 in die Nase, und sie erinnerte sich daran, wie sie abends im Bett gelegen und sich ausgemalt hatte, wie es auf so einem Ball wohl zuging.

Als sie älter wurde und vielleicht schon hätte mitgehen können, war es ihr gegangen wie mit der katholischen Kirche – der Zauber wirkte nicht mehr. Für die Korps-Bälle der Burschenschaft, der ihr Vater als alter Herr angehört hatte, hatte sie nur Verachtung übriggehabt. Die Leute, die man dort traf, waren ihr viel zu rückständig. Und noch später, als sie dann doch das eine oder andere Mal ganz gerne mitgegangen wäre, und wenn auch nur, um ein schönes Kleid zu tragen, lebte ihr Vater nicht mehr, und die Mutter war viel zu verbittert, um an so etwas Leichtsinniges wie Bälle zu denken.

Rückblickend war es häufig so gewesen, dass sich ein geheimnisvoller Reiz mit der Zeit in nichts aufgelöst hatte und ihr nichts weiter als ein dumpfes Gefühl der Enttäuschung geblieben war, erkannte Meret jetzt. Aber dieses Mal werde ich mir die Freude nicht verderben lassen, dachte sie. Wenn Michael als »Grüner« auf diesen Ball gehen wollte, würde es ihr bestimmt auch gefallen. Die Standardtänze tanzen konnte sie immerhin, weil sie mit Barbara und anderen Freunden aus dem Ruderverein als 16-Jährige in der Tanzstunde gewesen war.

Die Vorfreude ließ sie beinahe vergessen, dass Lorenz angerufen hatte. Und da er sich auch kein weiteres Mal meldete, beruhigte sich Meret wieder.

6

Boot zum Wasser – ab!

(Das Boot wird mit dem Heck voran rechtwinklig zum Steg getragen und ins Wasser gelassen, ohne dass es den Steg berührt.)

Und so stand Meret Anfang Mai mit Michael, der sich im geliehenen Smoking zwar nicht besonders wohlfühlte, aber immerhin großartig aussah, am Eingang zum Ballsaal des Hotels Dreesen und schaute sich aufgeregt um. »Bis jetzt habe ich noch keinen Prominenten gesehen«, sagte sie leise zu Michael, der gerade die Karten vorzeigte.

Er lachte. »Keine Ahnung, ob überhaupt jemand kommt, den du kennst. Aber Hauptsache, wir amüsieren uns.«

Meret schürzte die Lippen. »Ich möchte aber wenigstens ein paar Politiker sehen.« Sie reckte den Hals. »Siehst du, da drüben ist Joschka Fischer. Oh, und ist das da nicht Hans-Dietrich Genscher? Neben ihm steht seine Frau, oder? Ha, ich habe doch gewusst, dass das ein toller Abend wird. Und da, guck mal …« Sie zupfte Michael aufgeregt am Ärmel. »Ich glaube, das ist Iris Berben. Die sieht ja toll aus, so in echt …«

Michael lachte erneut. »Du bist wirklich leicht zufriedenzustellen. Man muss dir bloß ein paar Leute zum Angucken bieten, und schon hast du alles, was du brauchst.«

Meret grinste. »Du bist frech. Wenn ich dich nicht so gernhätte, würde ich dich vors Schienbein treten. Zur Strafe musst du mit mir tanzen.«

Im Saal herrschte bereits ziemliches Gedränge, aber es war zum Glück nicht so heiß, obwohl es ein warmer Abend war. Die großen Terrassentüren zum Garten hin standen weit auf, und das halb geöffnete Glasdach vermittelte einem das Gefühl, sich im Freien zu befinden. Durch die hohen Glasfronten hatte man einen ungehinderten Blick auf den Strom, den gegenüberliegenden Petersberg, mit dem ehemaligen Gästehaus der Bundesregierung, und den Drachenfels.

Meret blieb am Fenster stehen und blickte sehnsüchtig hinaus. »Weißt du«, sagte sie zu Michael, »ich möchte später gerne mal mit Blick auf den Rhein wohnen. Das hat doch was, oder?«

»Hm«, erwiderte Michael, »lass uns zu unserem Tisch gehen. Ich glaube, da habe ich was für Sie, meine Dame«, setzte er scherzhaft hinzu.

Meret warf ihm einen fragenden Blick zu, folgte ihm aber gehorsam an einen Tisch hinten im Saal. Wie sich herausstellte, waren einige von Michaels Freunden ebenfalls da, darunter auch der Jurist aus Düsseldorf, den Meret vor drei Monaten bei Oma Schwarz kennengelernt hatte. Anscheinend hatte Michael ihn extra für sie eingeladen, was ihr einerseits ein bisschen peinlich war, aber andererseits freute es sie auch, zumal Michael den Rest des Abends nicht mehr besonders viel Zeit für sie hatte. Und Johannes, so hieß er, wie sie sich gerade noch rechtzeitig erinnerte, stellte sich als ausgezeichneter Tänzer heraus, der zudem im Smoking eine gute Figur machte.

Irgendwann am Abend ertappte sich Meret dabei, wie sie überlegte, ob sie wohl etwas mit ihm anfangen könne oder nicht. In der letzten Zeit hatte sie leichte Anfälle von Torschlusspanik bei sich bemerkt, zumal alle ihre Freundinnen schon verheiratet waren und zum Teil auch schon Kinder hatten. Seit Lorenz' Anruf waren ein paar Wochen vergangen. Er meldete sich ja sowieso nur sporadisch, und eigentlich hatte sie sich längst eingestanden, dass sie auf den Falschen wartete. Und gewartet hatte sie auf ihn, unbewusst zumindest. Dadurch hatte sie sich für jeden anderen Mann blockiert.

All das ging ihr durch den Kopf, als sie Johannes jetzt nachdenklich musterte. Eigentlich war er nicht ihr Typ, viel zu alt – er musste mindestens zehn Jahre älter sein als sie –, viel zu etabliert und ganz sicher kein strahlender Beau. Aber er faszinierte sie, das musste sie zugeben. Er strahlte Ruhe und Gelassenheit aus, und die Lachfältchen um seine Augen deuteten darauf hin, dass er Humor hatte. Das war doch schon mal eine gute Voraussetzung.

Zwar war er nicht viel größer als sie, zumindest nicht, wenn sie, wie heute Abend, hohe Absätze trug, aber ein wenig überragte er sie doch. »Du bist oberflächlich«, murmelte

Meret leise, als sie in der Damentoilette vor dem Spiegel stand und ihr Make-up überprüfte. »Gib ihm doch eine Chance.«

»Wie meinen?«, fragte die blondierte Frau mit der wippenden Außenrolle – so etwas schafft man nur mit Unmengen von Haarspray, dachte Meret – und blickte sie fragend an, den Lippenstift halb erhoben.

Die kenne ich irgendwoher, dachte Meret. Das ist doch die Frau von diesem Fernsehmoderator. Wie heißt er denn noch mal? Laut sagte sie: »Entschuldigung, ich habe mit mir selber geredet.« Sie lächelte die Frau entschuldigend an.

Die Blondine zuckte mit den Schultern und zog ihre Lippen weiter nach. Anscheinend redete sie noch lange nicht mit jedem.

Meret klappte ihre Abendtasche zu und ging hinaus. Sie wollte sich gerade setzen, als die Band begann, einen Tango zu spielen.

Johannes sprang auf. »Wollen wir tanzen?«, fragte er eifrig.

»Ich weiß nicht.« Meret zögerte und horchte auf die Musik. »Tango kann ich gar nicht.«

»Das macht nichts.« Johannes hatte sie bereits am Arm ergriffen und dirigierte sie zur Tanzfläche.

Sie mischten sich unter die anderen Paare, und es dauerte nicht lange, da hatte Meret das Gefühl, schon immer Tango getanzt zu haben. Es machte Spaß, so dramatisch draufloszustolzieren. Theatralisch warf sie den Kopf in den Nacken und drehte sich gekonnt im Rhythmus der Musik. Als die letzten Takte verklungen waren, schaute sie Johannes bewundernd an. »Du tanzt unglaublich gut. Ich habe gar nicht gemerkt, dass ich den Tanz eigentlich nicht beherrsche. Danke«, fügte sie strahlend hinzu und gab ihm spontan einen Kuss.

Einen Moment lang traten der Lärm und das Gewimmel um sie herum in den Hintergrund. Sie blickten sich an, und Johannes legte den Arm um sie. Er zog sie an sich, und dann fanden sich ihre Lippen in einem langen Kuss.

Der Rest des Balls verging wie im Rausch. Sie tanzten, sie lachten, sie küssten sich, und schließlich standen sie irgendwann tief in der Nacht draußen auf der Terrasse an der Brüstung zum Rhein und blickten auf das silbrig glitzernde Wasser.

Johannes hatte von hinten die Arme um sie geschlungen. »Kannst du dich noch an den Abend in der kleinen Kneipe erinnern?«, sagte er leise. »Ich glaube, ich habe mich damals schon ein bisschen in dich verliebt.« Die dunkle Silhouette eines Frachtkahns näherte sich, und er flüsterte an ihrem Ohr: »Hörst du das? Sie machen ›kuft, kuft, kuft‹.«

Meret drehte lächelnd den Kopf, sodass seine Lippen ihre Wange streiften. »Ja, stimmt. Witzig, wie du das hörst. Ich hätte nicht gewusst, wie ich das Geräusch ausdrücken soll.«

»Ich wohne am Fluss«, sagte Johannes. »Da gewöhnst du dich daran, die Geräusche in Worte zu fassen.«

Es stellte sich heraus, dass er gar nicht in Düsseldorf, sondern in Neuss wohnte, in einer Penthouse-Wohnung mit Blick auf den Rhein.

»Oh, das möchte ich sehen«, sagte Meret sehnsüchtig.

»Du kannst gleich heute Abend mitkommen«, schlug Johannes vor. »Ich kann dir meine Plattensammlung zeigen.«

Meret lachte. »Was? Du sammelst keine Briefmarken?« Sie tat enttäuscht. »Oh, wie schade. Bei Briefmarken wäre ich mitgekommen. Aber Platten …«

Letztendlich brachte Michael sie nach Hause, schließlich war sie mit ihm auch auf den Ball gekommen, und Johannes musste alleine in seine Penthouse-Wohnung in Neuss fahren. Aber schon am nächsten Tag rief er Meret an – und danach jeden weiteren Tag.

Eine Woche später stand Meret auf seiner Terrasse und bewunderte die Aussicht auf den Rhein und Düsseldorf. Besonders gefiel ihr, dass Johannes über dem Bett in seinem Schlafzimmer ein großes, abstraktes Gemälde an die Decke genagelt hatte.

»Woanders war einfach kein Platz mehr dafür, und ich schaue es so gerne an«, erklärte er.

Von diesem Tag an waren sie ein Paar.

»Er küsst hinreißend«, schwärmte Meret am nächsten Morgen Barbara vor. »Und er ist so … ich weiß gar nicht, wie ich das beschreiben soll … er ist so aufmerksam, beinahe ein bisschen altmodisch galant. Aber nicht so, dass es dir auf die Nerven geht, weißt du? Er kommt ums Auto herum und macht mir die Beifahrertür auf, er hilft mir aus dem Mantel, und er lässt mich nichts Schweres tragen. Aber er macht das alles nicht bevormundend oder so, es ist einfach angenehm.«

»Dich hat's ja ganz schön erwischt«, stellte Barbara lächelnd fest. »Du denkst nicht mehr an Lorenz, oder?«

Meret zögerte. »Nein«, sagte sie dann. »Das ist vorbei, ein für alle Mal.« Insgeheim wusste sie nicht genau, wie ehrlich das gemeint war. Aber sie wollte sich auch keine Gedanken mehr darüber machen. Johannes war der Richtige, da war sie sich sicher. Mit ihm würde sie eine Familie gründen.

Schon drei Monate nach dem schicksalsträchtigen Ball war Meret zu Johannes nach Neuss gezogen. Anfangs hatte Meret sich noch gesträubt, weil es ihr lieber gewesen wäre, die Beziehung unverbindlich zu halten. Aber der Mann hatte einfach nicht lockergelassen. Eigentlich war er ja gar nicht ihr Typ, aber was hieß das schon? Er war klug, witzig, weltgewandt – und vor allem war er da. Anders als der ferne Lorenz, der immer noch durch ihre Träume geisterte, war er verfügbar, redete mit ihr, nahm sie wahr und wichtig. Er schickte Blumen, schrieb kleine Briefchen, war stolz, wenn er sich mit ihr in der Öffentlichkeit zeigen konnte.

Meret gefiel sein hartnäckiges Werben, es schmeichelte ihr, dass er klug und angesehen war, dass man auf seine Meinung Wert legte, dass er »etwas darstellte«.

Ein Jahr später, kurz nach ihrem 29. Geburtstag im Juli, heirateten sie – nur standesamtlich und mit den engsten Freunden, weil Meret schwanger war und keinen Wert auf eine große Hochzeit legte.

»Er liebt dich aufrichtig«, sagte Michael zu ihr. »Du weißt, was du tust, oder?«

»Das fragt der Richtige«, entgegnete Meret schnippisch. »Außerdem hast du uns zusammengebracht. Das muss gut werden.«

Michael nickte, ungewohnt ernst. »Ich meine ja nur. Hast du ihm von Lorenz erzählt?«

»Hättest du das getan?«, stellte Meret die Gegenfrage. »Ich weiß nicht, vielleicht erzähle ich es ihm irgendwann. Aber glaub mir, es ist gut so, wie es ist. Ich bin gerne mit Johannes zusammen.«

Michael warf ihr einen zweifelnden Blick zu, sagte aber nur: »Ich wünsche euch auf jeden Fall alles Glück der Welt. Du weißt ja, dass ich immer für dich da bin.«

Für Meret begann eine gute, glückliche Phase. Johannes versuchte nicht, sie zu ändern, er akzeptierte und respektierte sie mit all ihren Macken und Eigenheiten. Ganz gleich, wie weit sie sich entfernte, er vertraute ihr und ließ sie an der langen Leine laufen, ohne dabei gleichgültig zu sein. Meret begann, sich zu entspannen. So hatte sie sich das Eheleben vorgestellt: Man teilte alles, erzählte sich alles, schuf eine warme Atmosphäre voller Liebe und Vertrauen. Sie bemühte sich, das alles einzulösen, aber sie erzählte ihm weder von Lorenz noch von dem Kind, das sie beinahe gehabt hätte. Es spielt keine Rolle, sagte sie sich. Aber es schlummerte in ihr, und manchmal kam es unerwartet an die Oberfläche.

Zunächst arbeitete Meret weiter bei *LadyTravel*, auch wenn es mühsam war, im Berufsverkehr jeden Tag nach Bonn fahren zu müssen. Zu Beginn der Schwangerschaft war ihr häufig übel, und sie war oft so müde, dass sie beinahe am Schreibtisch eingeschlafen wäre. Hinzu kam noch die Angst, dass sie wieder eine Fehlgeburt haben und auch dieses Kind verlieren könnte. Deshalb war sie froh, dass der Stress vorüber war, als ihr Mutterschutz begann.

»Ich bin echt froh, wenn alles gut überstanden ist«, sagte sie zu Barbara, die das dritte Kind erwartete. »Wie lange ich nach der Geburt zu Hause bleibe, weiß ich noch nicht. Ich kann dich immer besser verstehen. Und du hattest auch noch zwei auf einmal. Wie du das alles bewältigst, ist mir ein Rätsel. Und dann bist du auch noch so schnell hintereinander schwanger geworden. Bei mir ist es ja Gott sei Dank erst einmal nur eins.«

Barbara lachte. »Dieses Mal sind es ja auch bei mir zum Glück keine Zwillinge«, erklärte sie zufrieden. »Ich glaube, wenn es schon wieder zwei gewesen wären, hätte ich die Krise gekriegt. Paul und Marie sind ganz schön anstrengend. Ich bin froh, wenn sie in den Kindergarten kommen.«

Meret schwieg. Die Zeit, als Barbara die Zwillinge bekommen hatte, war für sie ungeheuer schwierig gewesen. Ständig hatte sie mit Anfällen von Schuldgefühlen, Trauer und Neid zu kämpfen gehabt, und im Großen und Ganzen war sie sich sehr alleine vorgekommen. Sie hatte sich richtig zusammenreißen müssen, um sich mit Barbara zu freuen und ihr aufrichtig zu gratulieren, weil sie sich unwillkürlich gefragt hatte, wie es wohl wäre, wenn sie jetzt auch schon ein Kind hätte. Aber sie hatte – zum Glück für ihre Freundschaft – die Kurve noch einmal gekriegt. Barbara war schließlich in jeder schwierigen Situation immer an ihrer Seite gewesen, und sie hatte es ganz bestimmt nicht verdient, dass Meret sie um ihr Familienglück beneidete.

Und nun war ja alles gut. Meret erwartete ebenfalls ein Kind – den Ultraschallaufnahmen nach zu urteilen, einen kleinen Jungen.

Ende Februar kam Nicolas auf die Welt, »mein kleiner Fisch«, wie Meret nach der Entbindung glücklich sagte. Nach der Geburt blieb sie zunächst einmal zu Hause, um sich dem Baby widmen zu können. Zudem bereiteten sie gerade ihren Umzug vor: Gemeinsam mit zwei befreundeten Ehepaaren hatten Johannes und sie einen Vierkanthof vor den Toren von Neuss gekauft. Diese Art der rheinischen Hofanlage, mit abgeschlossenem Innenhof und umgeben von Gärten, hatte einen besonderen Reiz. Zwar genossen sie dort nicht mehr die spektakuläre Aussicht auf den Strom und auf die Landeshauptstadt, aber für eine junge Familie war es der ideale Ort zum Wohnen. Die Kinder konnten sich frei bewegen und hatten reichlich Platz zum Spielen. Ein befreundetes Architektenpaar hatte sie auf die Idee gebracht, und die beiden sorgten auch dafür, dass der Hof, der unter Denkmalsschutz stand, behutsam renoviert wurde.

Meret genoss es, ihre Ideen in den Umbau des Vingsthofs einbringen zu können. Das war ihre Vorstellung von modernem Wohnen: zusammenleben mit guten Freunden, aber trotzdem genügend Freiraum für sich haben. Johannes, der mittlerweile Vorsitzender Richter der Zivilkammer am Landgericht in Düsseldorf war, ließ ihr in allem freie Hand, zumal er beruflich stark eingespannt war, da er kurz vor der Ernennung zum Landgerichtspräsidenten stand.

»Es war ein Glück, dass wir uns für den Hof entschieden haben. Ich kann in den Möbeln von Johannes' Eltern nicht länger wohnen«, sagte Meret zu Barbara. »Langsam habe ich das Gefühl, ich müsste ersticken. Ich habe schon eine ganze Menge weggeräumt, aber es ist alles so vollgestellt! Weißt du, Johannes sagt zwar nichts, aber ich denke immer, ich habe nicht das Recht, etwas zu verändern – es ist ja nicht meine Wohnung. Außerdem guckt er jedes Mal so betrübt, wenn ich schon wieder etwas von seinen Eltern entsorgt habe.«

»Ja«, sagte Barbara, »das kann ich gut verstehen. Du willst schließlich auch irgendwann das Gefühl haben, angekommen zu sein. Mit dem Vingsthof habt ihr den Vogel abgeschossen. So etwas Schönes habe ich überhaupt noch nie gesehen. Und was für eine gute Idee, bei euch im Haus vor der Terrasse diesen gemauerten Torbogen stehen zu lassen. Das sieht unglaublich aus!«

»Hmm.« Meret nickte. »Wenn wir eingezogen sind, will *Haus und Design* eine Reportage über den Hof machen. Sie haben sich schon angekündigt. Ich finde auch, Simone und Dieter haben tolle Arbeit geleistet. Was die für Ideen haben! Und sie sind echt gute Freunde. Johannes und Dieter kennen sich ja auch schon seit der Uni. Wir verstehen uns alle vier unheimlich gut.«

»Beneidenswert! Fast ist das alles wie ein Sechser im Lotto. Du hast solches Glück mit Johannes gehabt.«

Ja, das konnte Meret nicht leugnen. Er war wirklich ein hinreißend netter Mann, großzügig, verständnisvoll, beruflich erfolgreich und liebevoll. Auf jede ihrer Launen ging er ein. Er hatte nette Freunde, und sie fühlte sich mit ihm wohl. Wirklich, sie hatte ihn sehr, sehr gern.

Es lag definitiv nicht an ihm, dass sie trotzdem oft vor dem Einschlafen an Lorenz dachte, sich vorstellte, was er wohl machte, wie er jetzt wohl aussah, wie es wohl sein würde, wenn er statt Johannes neben ihr im Bett liegen würde. Ob er wohl noch in Afrika war? Aber kurz bevor sie dann in den Schlaf hinüberglitt, rief sie sich meistens energisch zur Ordnung. Es hatte ja keinen Sinn. Sie musste die Vergangenheit endlich ruhen lassen. Die Sache mit Lorenz war vorbei, und Meret sollte ihn langsam wirklich vergessen. Diese zehn Tage und dieser eine Brief, den sie immer noch aufbewahrte, konnten sie doch nicht daran hindern, ihr Leben zu genießen und mit einem anderen Mann glücklich zu werden.

Und sie war doch glücklich. Das sagte sie sich zumindest jeden Tag. Auch wenn sie manchmal leise Zweifel beschlichen, wollte sie sich nicht eingestehen, dass vielleicht etwas Entscheidendes fehlte. Sie hätte auch gar nicht benennen können, was denn nicht in Ordnung war. Es war eigentlich alles so, wie es sein sollte. Wieder einmal war es Barbara, die sie mit ihrer ruhigen, besonnenen Art auf die richtige Spur brachte.

Es war Ende November, und Meret und Johannes waren mit Nicolas über das Wochenende nach Heidelberg zu Barbara und Bruno gefahren. Die beiden Männer hatten sich trotz ihrer unterschiedlichen beruflichen Interessen von Anfang an gut verstanden, und Meret und Barbara waren froh darüber, ihre enge Freundschaft so problemlos aufrechterhalten zu können. Barbara und Bruno hatten mittlerweile schon drei Kinder, das Zwillingspärchen Paul und Marie, die vor Kurzem zwei geworden waren, und den kleinen Tobias, der drei Monate nach Nicolas im Mai zur Welt gekommen war. Sie lebten hoch über dem Neckar in der weitläufigen, ein wenig heruntergekommenen Villa, wie Barbara das alte Haus liebevoll bezeichnete, das sie gleich nach der Hochzeit gekauft hatten.

Der Tag war dunkel und ungemütlich. Es war kühl, und aus den tief hängenden grauen Wolken fiel ab und zu feiner Nieselregen, aber da die Kinder frische Luft brauchten, hatten sich die Paare nach dem Mittagessen nach Neckargemünd aufgemacht und marschierten – getreu dem Motto, es gibt kein schlechtes Wetter, nur falsche Kleidung – tapfer den Fußweg am Neckar entlang. Außer ihnen war kaum jemand unterwegs, nur ab und zu ein eiliger Spaziergänger, der notgedrungen seinen Vierbeiner Gassi führte. Während die beiden Frauen vorneweg gingen und die Buggys mit den beiden Jüngsten schoben, die selig unter ihrem Plastikregenschutz schliefen, zockelten Bruno und Johannes mit dem Bollerwagen hinterher. Die Zwillinge wollten natürlich laufen, und die Männer hatten alle Hände voll zu tun, um auf die beiden aufzupassen, damit sie ihnen nicht aus Versehen in den Neckar fielen.

»Fast die typische Aufteilung für den Sonntagsspaziergang«, stellte Meret spöttisch fest. »Wenn ich so etwas früher gesehen habe, habe ich mir immer geschworen, dass mir das nie passiert. Aber zumindest sind bei uns schon mal die Frauen vorne. Das klassische Bild ist ja eigentlich, vorne die beiden Männer, eifrig über Politik, Sport oder Beruf diskutierend, und hintendran die beiden Frauen, die in ihrem Gespräch ständig unterbrochen werden, weil sie mit einem Auge immer auf die Kinder schauen.«

»Hmm«, pflichtete Barbara ihr bei. »Aber so wie bei uns finde ich es gar nicht mal so schlimm. Dann können wir uns wenigstens ungestört unterhalten. Die kleinen Monster sind ja für die nächste Stunde außer Gefecht gesetzt.« Sie blickte auf die Sportwagen mit den dicken Fußsäcken, in denen die beiden Babys warm eingepackt schliefen.

»Und?« Sie warf der Freundin einen forschenden Blick zu. »Hast du nicht langsam wieder Sehnsucht nach der weiten Welt?«

»Ach«, erwiderte Meret leichthin, »ich weiß nicht. Ich hatte so viel zu tun, ich bin überhaupt nicht zum Nachdenken gekommen. Ich muss mich ja auch um die Renovierungsarbeiten kümmern.«

Barbara lachte. »Das kenne ich noch von uns. Es ist ganz schön anstrengend. Was hat euch eigentlich geritten, das gleichzeitig mit dem Kinderkriegen über die Bühne zu bringen? Obwohl, bei uns war der Zeitpunkt auch nicht viel günstiger.«

»Du kannst es dir eben nicht aussuchen. Eigentlich fand ich es gar nicht so schlimm. Ein paarmal bin ich sogar zu Fuß mit Nicolas zum Vingsthof gepilgert, obwohl es schon ziemlich weit ist. Aber er hatte seinen Spaziergang, und auf der Baustelle haben sie alle mit ihm geschäkert. Ich glaube, das hat ihm gut gefallen.« Sie lachte. »Und jetzt ist bald alles fertig. Ihr müsst unbedingt kommen und euch ansehen, was noch alles gemacht worden ist – es ist echt toll geworden! Spätestens im April ziehen wir um.«

»Und wie geht es für dich weiter?« Barbara warf der Freundin einen Blick von der Seite zu. »Du willst doch nicht ständig zu Hause bleiben, oder? Ich meine, wenn die Umbauarbeiten abgeschlossen sind und du nicht mehr jeden Tag entscheiden musst, welchen Fußboden du nehmen oder für welche Fliesen du dich entscheiden sollst, dann bleiben dir nur noch Haushalt und Kind.«

»Ja, so wie dir. Ich dachte, du findest das gut?«

»Bei mir ist das was ganz anderes«, wehrte Barbara ab. »Ich habe immerhin drei Kinder.« Sie schwieg einen Moment, bevor sie leiser hinzufügte: »Vielleicht wollen wir sogar noch ein viertes.«

»Was hast du gesagt?« Meret riss ungläubig die Augen auf. »Du musst lauter sprechen, sonst verstehe ich dich nicht.« Gespielt schwerhörig hielt sie sich eine Hand ans Ohr.

Barbara schubste sie sanft. »Du hast schon ganz richtig verstanden. Aber lenk nicht ab, es geht gar nicht um mich, es geht um dich. Ich habe nicht so an meinem Beruf gehangen wie du.«

»Nein, nein, du hast ja recht. Und ich werde auch nicht ewig zu Hause bleiben. Ich habe schon einige Anfragen gehabt und muss nur noch überlegen, wie ich es mit Nicolas am besten regele. Meinst du, ich soll es mit einem Au-pair-Mädchen versuchen?«

»Nein, ich finde, dazu bist du zu häufig weg. Am besten wäre wahrscheinlich, wenn deine Mutter sich um ihn kümmern könnte. Sie ist doch jetzt in Rente, da müsste sie eigentlich Zeit haben. Hast du sie schon mal gefragt? Vielleicht will sie zu euch ziehen?«

»Helene? Na, ich weiß nicht«, meinte Meret zweifelnd. »Sie kommt mir nicht wie die klassische Oma vor. Außerdem bin ich mir nicht sicher, ob ich das aushalten würde. Ich würde mir ständig Sorgen machen, ob zu Hause alles in Ordnung ist. Und stell dir vor – wenn ich dann unterwegs bin, muss Johannes alleine mit ihr klarkommen.«

»Wie wäre es mit einer Haushälterin?«

»Hmm.« Meret runzelte die Stirn. »Ja, das wäre wohl das Beste. Aber ein teures Vergnügen, oder?«

»Platz da!«, riefen die beiden Männer von hinten und kamen mit dem Bollerwagen angerannt. Die Zwillinge waren anscheinend müde geworden und saßen im Wagen, jauchzend vor Freude über das schnelle Tempo, das Bruno und Johannes vorlegten. Meret und Barbara wichen aus und blickten ihnen lächelnd nach.

»Johannes ist wirklich wunderbar«, sagte Barbara. »Ihr müsst sehr glücklich sein.«

»Hmm«, sagte Meret.

Barbara warf ihr einen verwunderten Seitenblick zu. »Ist was?«, fragte sie.

»Nein«, erwiderte Meret. »Nein, nein, alles in Ordnung.« Sie schwieg eine Weile. Dann sagte sie nachdenklich: »Weißt du, ich frage mich manchmal, ob viele Entscheidungen nicht einfach nur getroffen werden, weil die Zeitqualität so wahrgenommen wird.«

»Wie meinst du das?« Barbara blickte sie verständnislos an.

»Also zum Beispiel, dass man heiratet, weil alle um einen herum es tun, dass man Kinder bekommt, weil die anderen auch Kinder bekommen. Vielleicht aus einem Gefühl der Torschlusspanik heraus, weil du Angst hast, du könntest etwas verpassen ...« Hilflos brach sie ab und warf der Freundin einen zweifelnden Blick zu.

»Merry«, sagte Barbara leicht beunruhigt. »Was ist los mit dir? Ich dachte, du liebst Johannes?«

»Tue ich ja auch«, lenkte Meret ein. Eine ausführlichere Erklärung blieb ihr erspart, weil die beiden Männer umgedreht hatten und nun auf sie zukamen.

»Lasst uns umkehren«, rief Bruno ihnen schon von Weitem zu. »Den Kindern ist kalt, und ich finde, der Wind ist auch stärker geworden.«

»Ja, du hast recht«, erwiderte Barbara. »Wir können zu Hause Kaffee trinken. Ich habe gestern extra für euch Kuchen gebacken.«

Den Rest des Weges blieben die Männer dicht bei ihnen, und es gab keine Gelegenheit mehr, das Gespräch fortzuführen.

Mitten in der Nacht wurde Meret von ihrem Sohn geweckt. Sie verließ das Gästezimmer und ging mit Nicolas in das stille, dunkle Wohnzimmer der Freunde, um Johannes, der tief und fest schlief, nicht aufzuwecken. Dort stand sie lange am Fenster, wiegte das unruhige Kind auf den Armen und blickte in das Neckartal hinunter. Der Wind war immer noch stark, und Wolken jagten über den Nachthimmel, der von einem bleichen Mond erhellt wurde. Ganz vereinzelt blinkten noch Lichter in den Häusern unten am Fluss.

Ich liebe Johannes nicht, dachte sie mit wachsender Verzweiflung. Ich ahme nur nach, was die anderen empfinden. Eigentlich will ich doch nur das haben, was alle haben. Warum hat es denn bei mir nicht funktioniert? Einen Mann kennenlernen, ihn lieben, ihn heiraten, mit ihm Kinder bekommen. Bei allen ist es so, nur bei mir nicht.

Lorenz.

Erneut drängte er sich in ihre Gedanken, ein mittlerweile vertrautes Bild, mit dem sie lebte. Manchmal fragte sie sich, ob sie ihn künstlich am Leben erhielt, eben weil sie ständig an ihn dachte. Es konnte doch nicht sein, dass zehn Tage alles verändert hatten. Warum hatte gerade dieser Mann ihr Leben derartig beeinflusst?

Tränen traten ihr in die Augen, und eine Woge von Selbstmitleid überschwemmte sie. Schniefend wischte sie sich mit dem Handrücken über die Wangen. Nicolas spürte anscheinend, dass etwas nicht in Ordnung war, denn er verzog im Halbschlaf das Gesicht, als ob er schon wieder weinen wollte.

»Schscht«, flüsterte Meret und streichelte ihm über den Rücken. »Mama ist da. Es ist alles gut.«

Nein, nichts war gut. Hatte sie nicht immer viel mehr vom Leben erwartet? »Lebe wild und gefährlich«, das Motto hatte ihr zugesagt, und sie hatte sich eingebildet, dass es auf sie zutraf. Aber dann war sie doch auf das alte Muster hereingefallen. Jetzt saß sie hier, mit Mann und Kind, und hatte auf einmal das Gefühl, ihr Leben wäre zu Ende, noch bevor es überhaupt angefangen hatte.

Streng rief sie sich zur Ordnung. So ging das nicht weiter! Sie war eine erwachsene Frau und für ihre Handlungen selbst verantwortlich. Mehr noch: Sie hatte ein Kind, das sie über alles liebte und für das sie die Verantwortung trug.

Was sollte das Gejammer überhaupt? Johannes war wirklich ein wundervoller Mann und ein guter Vater. Es musste nicht immer die große Leidenschaft sein. Früher waren nur Vernunftehen geschlossen worden, und in manchen Kulturen spielte heute noch Liebe die kleinste Rolle bei Eheschließungen. Außerdem, woher nahm sie eigentlich die Überzeugung, dass es mit Lorenz besser, schöner gewesen wäre? Natürlich hatten sie eine wundervolle, intensive Zeit gehabt – aber das wäre in der exotischen Umgebung wahrscheinlich mit jedem anderen Mann genauso gewesen. Und ihm hatte es offensichtlich nicht annähernd so viel bedeutet wie ihr. Er war nichts als ein bindungsscheuer, selbstbezogener Mistkerl, der nicht zu dem stand, was er sagte. Johannes mochte weniger romantisch, vielleicht auch weniger eloquent sein, gerade wenn es um Liebesschwüre ging, aber er nahm seine Verantwortung ernst – und vor allem, er liebte sie.

Sie fingerte in der Tasche ihres Morgenmantels nach einem Taschentuch. Energisch putzte sie sich die Nase. Sie wollte nicht im Selbstmitleid ertrinken. Das passte nicht zu ihr. Mit einem letzten Blick auf den nächtlichen Himmel, an dem sich gerade eine dicke Wolke vor den Mond geschoben hatte, wandte sie sich ab.

Nicolas war fest eingeschlafen und lag schwer an ihrer Schulter. Sie trug ihn ins Gästezimmer und legte ihn in das Reisebettchen, das sie mitgebracht hatten. Zärtlich strich sie ihm über die runde Wange, die im Schlaf leicht gerötet war. Sein Mund stand ein wenig offen, und er atmete tief und gleichmäßig. Als sie ihn zudeckte, fasste sein Händchen automatisch nach dem Zipfel der Bettdecke und hielt ihn fest umklammert. Lächelnd wandte sich Meret ab, schlüpfte aus Bademantel und Pantoffeln und ging zurück ins Bett.

Johannes wachte auf, als sie unter die Decke glitt. Er zog sie an sich und murmelte an ihrem Hals: »Alles in Ordnung?«

»Ja«, flüsterte Meret. »Ich habe Nicolas gerade wieder hingelegt. Schlaf weiter, es ist mitten in der Nacht.«

Sie drehte sich zur Seite. Johannes legte ihr den Arm um die Taille, und an ihn geschmiegt schlief sie ein.

7

Einsteigen – stoßt – ab!

(Befehl zum Einsteigen und Abstoßen des Bootes vom Steg)

»Dann gebe ich eben eine Anzeige auf.« Meret, die mit ihrer Mutter am Esstisch saß, setzte sich den einjährigen Nicolas auf die linke Hüfte, damit sie die rechte Hand zum Schreiben frei hatte. »Herrgott, wir leben hier doch in einer Großstadt. Es kann ja wohl nicht so schwer sein, jemanden zu finden, der das Kind versorgt. Und damit, dass du zu uns ziehst, habe ich sowieso nicht gerechnet.« Sie löste Nicos Hand von der goldenen Uhrkette, die sie immer um den Hals trug, seit Johannes sie ihr zum ersten Hochzeitstag geschenkt hatte. »Nein, nein«, sagte sie streng. »Das darfst du nicht!«

Ihr Sohn blickte sie aufmerksam an. Er hatte erstaunlicherweise die blaugrauen Augen des Vaters geerbt, obwohl Meret immer davon ausgegangen war, dass ihre braunen Augen dominant sein müssten. Wer weiß, in welcher Hinsicht sich Johannes noch durchgesetzt hat, schoss es ihr durch den Kopf. Zumindest war der kleine Junge genauso hartnäckig wie sein Vater, denn er streckte schon wieder die Hand nach der Kette aus.

Helene Dufresnes stellte ihre Kaffeetasse ab und seufzte. »Ich würde dir ja helfen«, sagte sie. »Aber ich habe vor einer Woche auch noch nicht gewusst, dass Albert dieses Haus auf Mallorca besitzt. Er hat mich total überrascht. Was kann ich denn dafür, dass er da mit mir seinen Lebensabend verbringen will? Aber ich muss ehrlich sagen, es reizt mich schon sehr. Das Haus liegt einfach wunderbar. Und der Blick …« Ihre Miene hellte sich auf. »Ihr könnt mich ja oft besuchen kommen.«

Meret schüttelte lächelnd den Kopf. »Ja, natürlich, Mama. Das machen wir. Ich freue mich für dich, dass du dich mit Albert so gut verstehst.« Ihr und ihrem Bruder war ein Stein vom Herzen gefallen, als ihnen Helene vor einem halben Jahr Albert Kage vorgestellt hatte. Der ehemalige Steuerberater, der seine Kanzlei schon vor einigen Jahren verkauft hatte und jetzt seinen Ruhestand genoss, tat ihrer Mutter sichtlich gut. Sie war viel ausgeglichener geworden und nicht mehr so exaltiert und leicht hysterisch. »Ehrlich, ich gönne es dir von Herzen. Aber das löst natürlich nicht meine Probleme.«

»Na ja, auf die Dauer wäre das mit mir sowieso keine Lösung gewesen«, erwiderte ihre Mutter. »Willst du denn nicht einfach noch ein Weilchen zu Hause bleiben? Ihr kriegt doch heutzutage so lange Elterngeld. Und Nicolas ist noch so klein. Nicht wahr, mein Schätzchen«, gurrte sie den kleinen Jungen an. »Du brauchst doch deine Mama.« Nicolas lachte seine Großmutter an und patschte seiner Mutter auf den Oberarm.

»Das musst du gerade sagen!« Meret ließ ihren Sohn auf den Boden herunter. Er krabbelte sofort zu seinen Lego-Autos, die auf dem dicken Berberteppich lagen. »Du hast immer gearbeitet. Wir sind doch mehr oder weniger von Oma großgezogen worden.«

»Ich musste deinem Vater in der Praxis helfen«, entgegnete die Mutter spitz. »Das war etwas ganz anderes. Außerdem hatten wir zwei Kinder und bei Weitem nicht so viel Geld wie ihr. Ich weiß noch, dass sich dein Vater für die teuren Geräte schrecklich verschuldet hat. Und nachdem er gestorben war, musste ich ja arbeiten. Ich saß doch buchstäblich auf einem Berg von Schulden!« Jetzt hatte sie volle Fahrt aufgenommen. »Aber ihr habt nichts entbehren müssen, als euer Vater tot war. Nichts! Wie sehr hätte ich mir einen Mann gewünscht, der genügend Geld nach Hause bringt. Einen wie Johannes, der verdient ja nun wirklich gut. Du willst dich bloß nicht um deinen Sohn kümmern. Aber du warst schon immer so egoistisch. Schon als du klein warst. Ich erinnere mich …«

»Jetzt mach aber mal einen Punkt, Mama«, unterbrach Meret sie gereizt. »Das ist ja nicht zum Aushalten. Wie oft willst du mir die Geschichte denn noch vorkauen? Es geht hier gar nicht darum, dass ich mich nicht um meinen Sohn kümmern will. Ich bekomme ständig Anfragen für Reisereportagen, und wenn ich immer absage, werde ich eines Tages bestimmt nicht mehr gefragt. Ich bin einfach nicht dafür gemacht, nur Hausfrau und Mutter zu sein. Das ist doch nicht erfüllend!«

»Barbara hat da aber eine ganz andere Einstellung.« Helene Dufresnes' Wangen bebten vor gerechter Empörung. Sie war eine elegante Erscheinung und sah in ihrem grauen Mantelkleid und den dazu passenden Wildlederpumps äußerst damenhaft aus. Wie immer war sie perfekt geschminkt, und ihre dezent blond gefärbten, kurzen Haare waren tadellos frisiert. Es wäre ihr nie in den Sinn gekommen, sich gehen zu lassen. Meret kam sich neben ihrer zierlichen, gepflegten Mutter oft schlampig vor. Wusste der Himmel, auf wen sie kam. Äußerlich hatte sie von ihrer Mutter jedenfalls nur die braunen Augen geerbt. »Sie ist von Anfang an zu Hause geblieben.«

»Ach, und das findest du so erstrebenswert? Erzähl mir doch nichts.« Meret blickte ihre Mutter kampflustig an. »Abgesehen davon hat Baba mittlerweile drei Kinder, und ich habe nur eins. Du vergleichst Äpfel mit Birnen, Helene, und das ist nicht in Ordnung.«

»Du sollst mich nicht Helene nennen«, murrte ihre Mutter, aber ihr Tonfall klang schon wieder versöhnlicher. Sie mochte eine anstrengende Person sein, aber sie hatte Humor. Zudem war sie eine durch und durch pragmatische, realistische Frau. Das zumindest hatte sich auf Meret übertragen. »Nein, natürlich nicht«, lenkte Helene jetzt ein, »das kann man wohl wirklich nicht miteinander vergleichen. Außerdem kann ich mir meine Tochter auch gar nicht mit Kittelschürze und einem Haufen rotznäsiger Kinder am Bein vorstellen.« Sie warf einen Blick auf Nicolas, der friedlich vor sich hin brabbelte und seine Lego-Autos aufstapelte. »Aber er ist eben mein erster und einziger Enkel bisher, und ich möchte nur das Beste für ihn.«

»Hmm«, sagte Meret. »Aber ich bin auch deine erste und einzige Tochter, und deshalb wirst du mir jetzt helfen, eine Anzeige zu verfassen.«

Eine Stunde später betrachteten sie zufrieden ihr Werk. »Es ist bestimmt ein Pluspunkt, dass wir im Vingsthof eine eigene, abgeschlossene Wohnung anbieten können«, meinte Meret.

Im Moment wohnten sie zwar noch in der großzügig geschnittenen Maisonette-Wohnung, die Johannes von seinen Eltern geerbt hatte, aber der Umbau des Vingsthofs stand kurz vor dem Abschluss. In Herrenhaus und Stallungen war reichlich Wohnraum für die Eigentümer und zwei Mietparteien entstanden. Eine kleine Wohnung mit Gartenanteil war bereits fest für die allein lebende Mutter der Architektin eingeplant. Die andere Wohnung, die direkt an Merets und Johannes' Wohnräume grenzte, war für ihre Haushälterin bestimmt. Sie hatte eine Verbindungstür, die bei Bedarf geöffnet werden konnte.

Die Renovierung hatte sich immer wieder verzögert, aber jetzt war alles so gut wie fertig, und in zwei Wochen wollten sie umziehen. »Morgen fahren wir hin, Mama«, sagte Meret, »dann zeige ich dir alles. Vielleicht willst du ja dann doch lieber bei uns einziehen«, fügte sie im Scherz hinzu.

Helene lachte. »Mit Alberts Haus kann deine Wohnung nicht mithalten, das weiß ich jetzt schon.« Ernster fuhr sie fort: »Ich bin froh, dass ich endlich mein eigenes Leben führen kann. Selbstverständlich könnt ihr mich jederzeit besuchen kommen, und ich werde auch sicher ab und zu nach Deutschland reisen, aber ich möchte nicht, dass wir uns alle zu dicht auf der Pelle hängen. Das gilt für deinen Bruder genauso wie für dich, du brauchst also gar nicht eingeschnappt zu sein.«

»Ach was, ist schon gut«, erwiderte Meret gelassen. »Ich bin nicht eingeschnappt.«

Ihre Mutter war noch nie besonders auf Nähe bedacht gewesen. Selbst als Meret klein gewesen war, hatte sie Schmusen eher als lästiges Pflichtprogramm betrachtet. Früher hatte Meret sehr darunter gelitten, weil sie sich häufiger nach Streicheleinheiten der Mutter gesehnt hatte, aber mittlerweile hatte sie das hinter sich gelassen. Zurzeit war sie von ihrem eigenen Leben so erfüllt, dass sie das Gefühl hatte, sich von ihrer eher kühlen und selbstbezogenen Mutter unabhängig gemacht zu haben. Und ganz abgesehen von Alberts Haus hatte sie von Anfang an nicht wirklich daran geglaubt, dass Helene in ihre Nähe ziehen würde. Die klassische Großmutter war sie eigentlich nicht, auch wenn sie ihren Enkel vergötterte.

Und dann zogen sie endlich in ihrem Traum-Domizil ein. Im Vingsthof war alles genau so, wie Meret es sich vorgestellt hatte, einschließlich der Kinderfrau für ihren Sohn.

Nicolas war anderthalb, als Nina von Papenburg zu ihnen kam. Die Resonanz auf die Anzeige, die Meret mithilfe ihrer Mutter verfasst hatte, war groß gewesen, und Meret konnte sich unter der Vielzahl der Bewerberinnen kaum entscheiden. Aber dann hielt ein alter, grauer Volvo Kombi vor dem Haus, und als Nina von Papenburg vor Meret stand, war alles klar.

Die beiden Frauen waren sich auf Anhieb sympathisch. Nina von Papenburg war eine große, kräftige Frau Mitte fünfzig, mit sorgfältig ondulierten dunkelblonden Haaren, einem Hauch von rosa Lippenstift und Händen, denen man ansah, dass sie zupacken konnten. Sie trug flache Schuhe, einen karierten Rock mit passendem Twinset, und dazu eine Perlenkette, die sie wohl höchstens zum Schlafen ablegte – Meret sah sie nie ohne.

Und noch etwas gehörte untrennbar zu ihr: Mimi, eine braune Riesenschnauzer-Dame mit rotem Bart, bei deren Anblick Nicolas in Begeisterungsschreie ausbrach. »Wauwau, Wauwau«, jubelte er und krabbelte eilig auf den Hund zu, der sich sofort setzte und nicht muckste, als der kleine Junge in das dichte Fell packte und versuchte, sich daran hochzuziehen.

Das gab schon innerhalb der ersten zwei Minuten den Ausschlag. Meret bat Nina von Papenburg herein, und bei einer Tasse Tee besprachen sie ihr zukünftiges Arbeitsverhältnis.

Nina stammte aus einem alten, ostpreußischen Adelsgeschlecht. Ihre Eltern hatten vor den heranrückenden russischen Truppen fliehen müssen und waren im Rheinland gelandet. Die Entschädigung nach dem Krieg war mager gewesen, und sie hatten in einem Vorort von Köln in einem Siedlungshaus gelebt. Ihr Vater, der einst als Landwirt sein eigenes Gut bewirtschaftet hatte, hatte seine Familie mühsam mit einer Stelle als Pförtner durchgebracht. Nina hatte nach der Schule eine Ausbildung zur Stenotypistin gemacht, den Beruf aber sofort aufgegeben, als sie geheiratet und kurz darauf ein Kind bekommen hatte. Ihr Mann, ein ebenfalls adeliger, aber leider glück- und vermögensloser Versicherungsagent, war vor zwei Jahren gestorben. Nina fühlte sich jedoch noch zu tatkräftig, um ihren Lebensabend bei ihrem Sohn zu verbringen, der als angehender Forstrat in Bonn lebte.

»Außerdem will ich den Kindern nicht zur Last fallen«, erklärte sie Meret. »Sie sind frisch verheiratet und haben genug mit sich selbst zu tun, da stört eine Mutter nur. Bei Ihnen hingegen habe ich das Gefühl, noch zu etwas nütze zu sein.« Aber dann verzog sie bekümmert das Gesicht. »Es gibt nur ein kleines Problem. Ich weiß gar nicht so recht, wie ich es formulieren soll, aber es wäre mir wichtig, wenn wir uns über meine Stellenbeschreibung einigen könnten.«

»Wie meinen Sie das?«, fragte Meret verwundert.

»Nun ja, ich scheue vor keiner Arbeit zurück. Wenn es nötig ist, werde ich hier auch putzen …«

»Das brauchen Sie nicht«, warf Meret ein. »Zweimal die Woche kommt Antonia, meine Putzfrau.«

»Ja, also, wie gesagt, ich werde alle notwendigen Arbeiten erledigen, aber es wäre mir sehr daran gelegen, wenn ich nicht als Haushälterin, sondern eher als Kinderfrau bezeichnet würde. Sie verstehen?«

»Nein, ehrlich gesagt nicht.« Meret runzelte verwirrt die Stirn. Was für einen Unterschied machte es, wie jemand bezeichnet wurde? In erster Linie würde Nina von Papenburg für Nicolas zuständig sein.

»Nun ja, wissen Sie«, Nina von Papenburgs Wangen röteten sich leicht, »ich habe einen Namen zu verlieren, und in meinen Kreisen käme man zum Beispiel nie auf die Idee, als Putzfrau zu arbeiten, ganz gleich, wie sehr man auf das Geld angewiesen ist.« Sie schwieg verlegen und warf Meret einen unbehaglichen Blick zu.

»Ach so. Ja, ich verstehe.« Meret musste sich ein Lachen verkneifen. »Das ist wirklich kein Problem. Sie haben hier auf dem Hof Ihre eigene Wohnung, und wir hatten sowieso vor, Sie in jeder Beziehung ins Familienleben zu integrieren, schon wegen Nicolas. Und auch der Hund vermittelt nach außen hin eigentlich nicht unbedingt das Bild, Sie wären eine angestellte Haushälterin, oder?«

»Dann stört Mimi Sie also nicht?«

»Nein, nein, überhaupt nicht«, wehrte Meret ab. »Im Gegenteil. Ich hatte als Kind auch einen Hund, zwar nur einen Dackel, aber ich finde es äußerst wichtig für Kinder, mit einem Haustier aufzuwachsen. Also, wenn Sie mit dem Gehalt und den übrigen Konditionen einverstanden sind, dann würde ich mich freuen, Sie so bald wie möglich als Nicolas' Ersatz-Großmutter hier begrüßen zu dürfen.«

Nina von Papenburg stand auf, und auch Meret erhob sich. Die Augen der älteren Frau leuchteten. »Kindchen«, sagte sie, »ich bin Nina, und ich freue mich sehr darauf, Ihnen helfen zu können.«

Nina war eine wunderbare Kinderfrau für Nicolas, und er liebte sie heiß und innig. Meret konnte beruhigt auf Dienstreisen fahren, während Johannes seiner Karriere nachging – Nina von Papenburg sorgte dafür, dass zu Hause alles reibungslos funktionierte.

Man musste sie allerdings gewähren lassen – und sie hatte durchaus ein paar gewöhnungsbedürftige Eigenarten. So konnte Meret es ihr zum Beispiel nie abgewöhnen, ihren Hund Mimi bei Tisch zu füttern. Nina nahm einfach etwas vom Teller und hielt es Mimi auf der flachen Hand hin. Danach aß sie mit der vom Hund sauber geleckten Hand ungerührt weiter.

Als Meret zum ersten Mal Zeuge dieser ein wenig ungewöhnlichen Tischmanieren wurde, hatte sie die Kinderfrau nach dem Essen unter vier Augen gebeten, so etwas nie wieder in Gegenwart ihres Sohnes zu tun.

Nina hatte sie nur verständnislos angeschaut. »Finden Sie das schlimm, Kindchen?«, hatte sie gefragt. »Der arme Hund – ich kann es einfach nicht ertragen, wenn er uns beim Essen zuschauen muss. Ich habe immer ein schlechtes Gewissen, wenn er mich so flehend anguckt. Das Tier ist schließlich von mir abhängig und möchte doch auch nur zur Familie gehören.«

»Ja, gut«, hatte Meret resigniert erwidert. »Aber dann sorgen Sie wenigstens dafür, dass Nicolas ihn nicht ebenfalls füttert. Sie werden dem Kind sicherlich klarmachen können, dass nur Sie das dürfen.«

»Ja, selbstverständlich«, hatte die friedliebende Nina eingelenkt, aber Meret sah ihr an, dass sie ihren Sinn für Hygiene bei Tisch ein wenig übertrieben fand.

Eine andere, etwas befremdliche Eigenart war die Suche nach essbaren Wildkräutern und Pilzen im Garten. Wenn sie in den Gärten um den Hof nicht fündig wurde, bewaffnete Nina sich mit einem kleinen Messer und einem Korb und spazierte in Begleitung von Hund und Kind durchs Dorf, um gesunde Nahrung zu beschaffen. Meret konnte ihr noch so oft sagen, dass sie sich auf das beschränken sollte, was sie einmal in der Woche auf dem Markt erhielt, in dieser Hinsicht stieß sie auf Unverständnis, weil gefundenes Gemüse Nina zufolge zum einen preiswerter und zum anderen häufig auch nicht käuflich zu erwerben war.

Und Meret musste zugeben, dass die pürierte Sauerampfersuppe mit hart gekochten, gehackten Eiern, die sie zum Glück nicht aus privaten Hühnerhöfen entwendete, köstlich schmeckte – »köstlich« war übrigens ebenfalls ein Ausdruck, den Nina in der Familie einführte. Das Gleiche galt für die Suppe aus jungen Brennnesseln, mit Sahne verfeinert, und auch für das Pilzragout aus Champignons, die sie unter den misstrauischen Blicken der Nachbarin unter deren Kiefern geerntet hatte, nachdem sie die Beute vom Gartenzaun aus erspäht und die Besitzerin gefragt hatte, ob sie hinüberkommen dürfe.

Ganz abgesehen von ihren Marotten hielt Nina von Papenburg das Familienleben zusammen. Sie sorgte dafür, dass Meret, Johannes und Nicolas sich wenigstens zu einer gemeinsamen Mahlzeit am Tag einfanden. Häufig war dies nur das Frühstück, und noch häufiger war Meret abwesend, weil sie wieder einmal auf Reisen war, aber eine gewisse Kontinuität war doch gewährleistet.

Es dauerte nicht lange, und Nina von Papenburg war nicht mehr aus ihrem Leben und ihrer kleinen Familie wegzudenken. Meret hatte manchmal das Gefühl, die Kinderfrau sei eine Verwandte, die bei ihnen lebte. Oft war sie ihr näher als ihre eigene Mutter. Ihr vertraute sie Gedanken und Gefühle an, die sie bei Helene nie geäußert hätte. Wenn sie morgens, nachdem Johannes schon das Haus verlassen hatte, in der großen Wohnküche mit der hohen, unverputzten Ziegelwand noch einen Kaffee tranken, erzählte Meret ab und zu von ihren Erlebnissen auf ihren Reportagereisen. Sogar von ihrer ersten Dienstreise nach Afrika erzählte sie.

»Aber er ist so ein entzückender Mann, dein Johannes, Süßinka«, sagte Nina. »Entzückend«, wiederholte sie.

Wenn Nina sie »Süßinka« nannte, fühlte Meret sich seltsam getröstet, als wäre sie in einen warmen, federleichten Mantel gehüllt. Mit ihrer Mutter hatte sie nie so offen sprechen können. Sie wäre nie auf die Idee gekommen, Helene von dem Zwiespalt zu berichten, in dem sie sich manchmal fühlte.

Nina von Papenburg jedoch hörte ihr zu. Sie wertete und verurteilte nicht, und sie versuchte auch nicht, sie mit ihren Ratschlägen in eine bestimmte Richtung zu drängen. Sie hatte mit ihrem Gerhard eine glückliche, von keinem Zweifel getrübte Ehe geführt, auch wenn sie wenig Geld gehabt hatten und die Zeiten oft schwer gewesen waren. Aber sie war der Ansicht, dass jeder Mensch seine eigenen Erfahrungen machen musste und dass man seinem Schicksal nicht ausweichen konnte. Es half Meret sehr, mit ihr zu sprechen. Nach solchen Gesprächen hatte sie immer das Gefühl, die Dinge klarer zu sehen. Außerdem bestätigte es sie in ihrer Überzeugung, dass Nicolas bei Nina von Papenburg gut aufgehoben war.

»Fast beneide ich unser eigenes Kind«, sagte sie zu Johannes, als sie eines Abends mit einem Glas Wein am Kamin saßen. »Ich hätte gerne so eine Mutter gehabt. Im Gegensatz zu Helene hört sie einfach zu. Und sie ist lieb.«

»Hmm«, erwiderte Johannes und trank einen Schluck von seinem Wein. »Als du zuletzt unterwegs warst, hat sie mir morgens immer Haferflockensuppe gekocht, damit ich was Ordentliches in den Magen kriege, wie sie sich ausgedrückt hat. Haferflockensuppe!« Er verzog das Gesicht. »Das habe ich zuletzt im Internat gegessen. Und da habe ich es schon nicht gemocht.«

»Sie meint es doch nur gut«, besänftigte ihn Meret. »Es schadet dir bestimmt nicht. Du darfst dabei bloß nicht ans Internat denken.«

Johannes war als 12-Jähriger in ein strenges Internat im Schwarzwald gekommen, und er hatte sich geschworen, seinem Sohn so etwas nie anzutun. Die Schule, auf der er gewesen war, hatte immer noch einen hervorragenden Ruf, aber er war todunglücklich gewesen.

»Wahrscheinlich war ich als Kind einfach zu sensibel. Ich hatte das Gefühl, meine Eltern hätten mich abgeschoben, und so war es im Grunde genommen ja auch«, sagte er. »Alles andere war ihnen wichtiger als ihr Sohn. Manchmal frage ich mich, warum sie mich überhaupt bekommen haben. Sie hatten nur Augen füreinander, und ich bin mir immer wie ein Eindringling vorgekommen.«

In solchen Momenten flog Merets Herz Johannes zu. Dann fühlte sie sich ihm wirklich nahe. »Ich habe anfangs gedacht, du wärst so ein total verwöhntes Muttersöhnchen.«

»Wie bist du denn darauf gekommen?« Johannes blickte sie fassungslos an.

»Na ja«, erwiderte Meret, »ich durfte in deiner Wohnung überhaupt nichts verändern. Das gab mir das Gefühl, du hättest so eine Wahnsinnsbeziehung zu deinen Eltern gehabt, dass sie und ihre Umgebung sakrosankt für dich waren.«

Johannes nickte. »Ja, ich verstehe schon. Aber sieh es doch mal so: Ich habe so wenig von meinen Eltern gehabt, dass ich mich noch lange an etwas festhalten musste – und wenn es nur die Möbel waren. Erst du hast mir das Gefühl gegeben, bei mir und meiner tatsächlichen Familie anzukommen.«

Meret schüttelte den Kopf. »Ich habe immer geglaubt, du mit deiner tollen Beziehung zu deinen Eltern kannst die Probleme, die ich oft mit meiner Mutter habe, gar nicht nachvollziehen.«

Johannes stellte sein Weinglas auf den Beistelltisch und zog sie in seine Arme. Meret liebte ihre vertrauten abendlichen Unterhaltungen, und für sie konnten sie gar nicht lange genug dauern. Sie war stolz darauf, dass sie nicht zu den Paaren gehörten, die sich anschwiegen. Sie hatten sich immer etwas zu erzählen. Aber letztendlich blieb viel zu wenig Zeit, um die wirklich wichtigen Gespräche zu vertiefen, und in den wenigen Stunden, die sie tatsächlich zusammen verbrachten, mussten auch immer wieder ganz alltägliche Probleme geklärt werden. So schlich sich, ohne dass die beiden es merkten, eine gewisse Oberflächlichkeit ein. Sie redeten zwar immer noch viel miteinander, waren um Themen nie verlegen, aber wirklich wichtige Gespräche gab es nur selten, und den größten Raum nahmen bald schon die banalen Dinge des Alltags ein.

8

Halbe Kraft!

(Es wird mit wenig Kraft durchgezogen.)

Es war ein besonders schöner Frühlingstag. Meret reckte sich und trank den letzten Schluck Kaffee aus ihrer Tasse. »Ich glaube, ich fahre gleich mal in die Gärtnerei und gucke, was es für unseren Garten alles so gibt.«

Obwohl sie seit über vier Monaten im Vingsthof wohnten, bestand der »Garten« bis jetzt nur aus der wilden Wiese hinter dem Haus. Meret träumte davon, sie in ein blühendes Paradies zu verwandeln.

»Ich gehe mit Nicolas auf den Spielplatz«, sagte Nina.

Nicolas hörte nur »Spielplatz« und hüpfte sofort auf und ab. »Ja«, krähte er begeistert. »Pielpatz, Nina, tomm!«

Nina lächelte den Jungen an. »Wir gehen gleich, mein Schatz«, sagte sie. »Nina muss nur schnell noch deine Jacke holen.«

Auf der Fahrt in die große Gärtnerei, die am Ortsausgang lag, überlegte Meret, wie sie sich die Beete vorstellte. Sie hatte sicherheitshalber eine Gartenzeitschrift mitgenommen, in der in Einzelheiten die Gestaltung eines Gartens beschrieben war, der ihrem nahekam. Johannes hatte ihr vorgeschlagen, sie solle einen Gärtner mit den notwendigen Arbeiten beauftragen, aber Meret fand, dass sie das kleine Grundstück auch alleine anlegen konnte. Schließlich brauchte sie keine schweren Aufgaben zu bewältigen. Die Terrasse war bereits gepflastert, Bäume gab es schon, und sie brauchte sich nur noch um die Blumenbeete zu kümmern.

Gerade als sie in den Hof der Gärtnerei einbog, klingelte ihr Handy. Als sie den Anruf annahm, blieb die Leitung zunächst stumm. Schon wollte sie auflegen, als eine Männerstimme sagte: »Meret? Lorenz hier.«

Ihr stockte der Atem. Sie spürte, wie ihr die Röte ins Gesicht schoss. »Lorenz!«, sagte sie zögernd. »Das ist aber eine Überraschung.«

»Ja, nicht wahr?« Er lachte leise. »Wo bist du gerade, meine Schöne? Kann es sein, dass du in der Nähe von Köln bist? Da bin ich nämlich auch.«

Meret schoss durch den Kopf, dass sie vielleicht besser auflegte. Was sollte dieses Gespräch? Was sollte es, dass er sich jetzt meldete, völlig aus dem Blauen heraus, und so tat, als hätten sie sich gestern erst verabschiedet?

»Ja, ich bin in Neuss«, sagte sie kühl, obwohl sich ihre Gedanken überschlugen. »Was soll das, Lorenz? Du kannst doch nicht einfach anrufen und da anknüpfen, wo wir das letzte Mal aufgehört haben?«

»Wenn du das so siehst ...«, meinte Lorenz gedehnt. »Ich habe gedacht, du freust dich. Du hast mir gefehlt. Und ich habe gehofft, wir könnten einen Kaffee miteinander trinken.«

»Einen Kaffee?«, fragte Meret leicht fassungslos. »Was Besseres fällt dir nicht ein?«

Er lachte nur. »Doch, mir fallen viele bessere Dinge ein, aber ich dachte, ich fange erst einmal klein an.«

Unwillkürlich musste sie lächeln. Schon breitete sich das vertraute süße Ziehen in ihrem Bauch aus, das sie immer spürte, wenn sie Lorenz' Stimme hörte. Sie gab sich geschlagen. »Okay.« Sie seufzte. »Wo sollen wir uns treffen?«

Erneut wurde sie mit einem leisen, melodischen Lachen belohnt. »*Good girl!* Ich sitze in einem schönen, kleinen Café am … wie heißt das hier?« Meret hörte, wie er das Handy vom Ohr nahm und offenbar die Kellnerin fragte. »Ah ja … Ich bin im Waldhaus am See, in Köln«, sagte er. »Kommst du vorbei? Ich freue mich sehr!«, fügte er hinzu.

Anscheinend hat er sich in der Zwischenzeit ein Handy angeschafft, dachte Meret. Interessant. »Ja, okay, dann komme ich gleich mal vorbei«, sagte sie. Es klang gönnerhafter, als sie beabsichtigt hatte.

Sie fuhr rücksichtslos, unvorsichtig, wie sie es eigentlich von sich nicht gewohnt war, das Gaspedal bis zum Anschlag durchgedrückt, die A 57 entlang. Zum Glück war nicht besonders viel Verkehr, jetzt am Morgen, lediglich die Baustelle bei Dormagen zerrte an ihren Nerven, weil sie fast nur im Schritttempo vorankam. Als sie schließlich von der Autobahn abgebogen war und den Militärring entlangfuhr, zwang sie sich, tief durchzuatmen, und nahm bewusst den Fuß vom Gaspedal. »Entspann dich, Meret«, sagte sie sich. »Er läuft dir schon nicht weg. Er wird noch da sein, wenn du ankommst.«

Aber so sicher war sie sich da nicht. Zu oft war es vorgekommen, dass er angerufen hatte und nach einer Minute die Verbindung abgerissen war. Sie wusste nie, wo er sich gerade aufhielt, und so etwas wie heute war bisher nicht vorgekommen. Nervös hielt Meret Ausschau nach der Seitenstraße, die zum »Waldhaus am See« führte. Was mochte er wohl hier machen?

Sie hatte keine Zeit, um darüber nachzudenken, weil ihr Handy, das auf dem Beifahrersitz lag, klingelte. Ob das Lorenz war? Hastig griff sie danach und streifte beinahe ein entgegenkommendes Auto, weil sie vor lauter Aufregung das Lenkrad verriss. Der Fahrer des großen Mercedes hupte empört.

Meret meldete sich. »Ja?«

»Kindchen«, drang Ninas Stimme an ihr Ohr. »Wo bist du denn? Ich bin mit Nicolas auf dem Weg nach Hause. Er hat sich auf dem Spielplatz heftig übergeben. Kommst du denn auch gleich?«

Meret überlegte fieberhaft. »Äh, ja«, sagte sie zu Nina. Ich musste noch mal schnell weg. Ein wichtiger Termin in Köln. Es kann ein bisschen dauern.«

»Ach so«, meinte Nina verwirrt. »Ich dachte, du wolltest ins Gartencenter?«

»Ja, wollte ich eigentlich auch, aber dann habe ich den

Anruf bekommen«, erklärte Meret. »Kannst du mit Nicolas zu Dr. Degen gehen?«

»Sicher«, sagte Nina. »Das wollte ich sowieso. Es wird schon nichts Ernstes sein. Er hat sich bestimmt nur den Magen verdorben.«

»Ja, aber sag mir trotzdem Bescheid, wenn Dr. Degen ihn untersucht hat«, sagte Meret. »Ich lasse das Handy an.«

»Mach dir keine Sorgen, meine Süße. Ich habe alles im Griff«, beruhigte Nina sie und legte auf.

»Mann, was bist du nur für eine scheißblöde Rabenmutter«, schimpfte Meret mit sich, als sie in die Zufahrt zum Waldhaus einbog. »Dein Kind ist krank, und du hast nichts Besseres zu tun, als einer Illusion hinterherzurennen.«

Aber dann vergaß sie alles. Sie dachte nicht mehr an Nicolas, nicht an Nina, und schon gar nicht an Johannes. Mitten auf dem Weg stand Lorenz und wartete auf sie. Er sah aus, wie sie ihn in Erinnerung hatte: groß, braun gebrannt, die dichten, dunklen Haare ein bisschen zerzaust – was ihn jung aussehen ließ –, und er strahlte vor Freude.

Meret parkte den Wagen, stieg aus und ging, zuerst langsam, dann immer schneller auf ihn zu. Lorenz hatte die Arme ausgebreitet, und als sie an seine Brust flog, hatte sie auf einmal das Gefühl, endlich da angekommen zu sein, wo sie hingehörte. Tief atmete sie seinen vertrauten Geruch ein – es war, als seien sie nie getrennt gewesen.

Sie küssten sich leidenschaftlich, und Lorenz streichelte mit seinen Händen ihren Körper.

»Kann es sein, dass du ein bisschen runder geworden bist?«, flüsterte er an ihrem Mund. »Aber es gefällt mir gut, so gut, Geliebte!«

Ein Schauer überlief Meret, und sie schmiegte sich enger an Lorenz. Er ließ Hände unter ihre Jacke, ihren Pullover gleiten. Zum Glück war um diese Jahreszeit so früh am Morgen noch nicht allzu viel los. »Ich möchte dich spüren, ich möchte dich sehen, Geliebte. Komm, lass uns hineingehen.«

Schlagartig setzte Merets Verstand wieder ein. Sie konnten nicht hier herumstehen und knutschen wie die Teenager! »Wir erregen noch öffentliches Ärgernis!«, sagte sie an seinem Hals.

»Mmmhm!«, murmelte Lorenz unbeeindruckt und küsste sie weiter. »Du hast mir so gefehlt. Habe ich dir auch gefehlt?«

Doch Meret bewegten ganz andere Fragen. Sie löste sich leicht von ihm. »Wo kommst du eigentlich auf einmal her? Was machst du hier? Wie lange bleibst du?«, stieß sie hervor, während sie sein Gesicht, seinen Hals mit kleinen Küssen bedeckte.

»Meine Schwester hat geheiratet«, sagte er.

Meret schaute ihn fassungslos an. Auf einmal wurde ihr bewusst, wie wenig sie über ihn wusste. »Deine Schwester«, wiederholte sie langsam. »Hm. Wo wohnt sie denn?«

»In Brühl«, erwiderte er und widmete sich sofort wieder ihrem Ohrläppchen.

Meret wehrte ihn ab. »Lorenz, jetzt lass doch mal. Sag mir erst einmal, was überhaupt los ist.«

»Was soll denn los sein?« Er schaute sie unschuldig an. »Ich bin hier, weil meine Schwester geheiratet hat, und zum Glück wohnst du ganz in der Nähe. Da habe ich gedacht, ich rufe dich an. Die Gelegenheit ist günstig.« Er strich sanft über ihre Brüste. »Ich habe solche Sehnsucht nach dir.«

»Ja, hmm.« Meret zog sich ein wenig zurück. »Die Gelegenheit ist günstig ...« Sie schüttelte leicht den Kopf. »Lorenz, was denkst du dir? Du meldest dich über Jahre nur sporadisch. Es interessiert dich gar nicht, was bei mir so passiert, und dann stehst du auf einmal vor mir, weil die Gelegenheit günstig ist, und machst auf Liebe.«

Er lachte nachsichtig. »Warum denn so gereizt, meine Schöne? Natürlich interessiert es mich, was bei dir los ist. Das wirst du mir jetzt gleich alles erzählen. Ich habe uns ein Zimmer reserviert.« Er wies auf das kleine Gasthaus. »Mit Blick auf den See. Sehr hübsch.«

Meret schüttelte entgeistert den Kopf. »Das geht nicht! Ich muss nach Hause. Ich bin verheiratet, habe einen kleinen Sohn! Ich kann nicht einfach hierbleiben.«

»Wenn du herkommen konntest, kannst du auch bleiben«, stellte Lorenz fest. »Komm«, schmeichelte er. »Es tut keinem weh, wenn du ein paar Stunden mit mir verbringst. Wir können uns alles erzählen und ...« Er musterte sie liebevoll. »... und noch andere schöne Dinge tun.«

Meret zögerte. Einerseits sehnte sie sich danach, endlich wieder in seinen Armen zu liegen, andererseits hasste sie sich dafür, Johannes und Nicolas zu hintergehen. Unschlüssig kaute sie auf der Unterlippe. »Ich weiß nicht ...«, sagte sie unglücklich. »Du kannst nicht einfach so tun, als sei alles noch so wie früher.« Innerlich verfluchte sie sich, weil sie nicht die Kraft hatte, Nein zu sagen.

Lorenz zuckte mit den Schultern. »Schade. Aber das Zimmer kann ich bestimmt stornieren.« Er wandte sich halb zum Gehen.

Das gab den Ausschlag. »Warte«, rief Meret. »Ich denke, zwei Stunden kann ich bleiben. Wäre das okay?« Erwartungsvoll schaute sie ihn an.

Lorenz lächelte. »Komm, dann lass uns keine Minute vergeuden.«

Die Zeit mit Lorenz verging wie im Flug. Irgendwann lag Meret träge und zufrieden in seinem Arm. Beinahe wären ihr die Augen zugefallen. Lorenz war eingeschlafen. Sie stützte sich auf einen Ellbogen und betrachtete ihn zärtlich. Er döste ganz entspannt, den Mund leicht geöffnet, und atmete ruhig. Liebevoll fuhr Meret mit der Fingerspitze die Konturen seines Gesichts nach, das ihr so vertraut und gleichzeitig doch auch so fremd war. Als ihr Handy klingelte, erhob sie sich widerwillig und trat an den Stuhl, an dem ihre Tasche hing. Es hatte schon mehrmals geklingelt, aber bisher hatte sie es ignoriert.

Erschrocken stellte sie fest, dass es schon halb vier war. Sie hatte Lorenz eigentlich gegen Mittag verlassen wollen.

Nina war am Apparat. »Gott sei Dank, Meret, endlich gehst du ran! Ich versuche schon seit Stunden, dich zu erreichen! Nicolas liegt im Krankenhaus, Verdacht auf Hirnhautentzündung. Johannes kann ich nicht anrufen, er hat heute Sitzung.«

Meret wurde es eiskalt. »Ich komme. Sofort. Ich bin gleich da. In welchem Krankenhaus ist er?«

Noch während Nina antwortete, begann Meret, sich anzuziehen. Sie knöpfte sich gerade die Bluse zu, als Lorenz die Augen aufschlug. Er räkelte sich und gähnte. Dann sah er, dass sie bereits komplett angezogen war. Er stützte sich auf den Ellbogen und verzog schmollend das Gesicht. »Bella, was machst du da? Komm wieder ins Bett! Ein bisschen kannst du doch noch bleiben.«

Meret griff bereits nach ihrer Tasche. Sie war so aufgewühlt, dass sie Lorenz nicht einmal einen Abschiedskuss geben konnte. Ihr Tun kam ihr auf einmal unfassbar schmutzig und mies vor. Wie hatte sie nur für ein bisschen Sex ihr Kind im Stich lassen können? »Ich muss fahren. Nicolas liegt im Krankenhaus. Ich melde mich.« Sie wartete seine Antwort gar nicht erst ab, sondern rannte hinaus wie von Furien gejagt.

Die Fahrt zum Krankenhaus legte sie im Rekordtempo zurück. Sie fuhr wie auf Autopilot und sagte die ganze Zeit: »Bitte, Gott, mach, dass er wieder gesund wird. Bitte, mach, dass er wieder gesund wird!«

Nina saß im Wartebereich der Kinderklinik. Sie erhob sich, als Meret angerannt kam, und nahm sie in den Arm. »Gott sei Dank, da bist du ja! Nicolas geht es schon ein bisschen besser. Sein Zustand ist stabil, aber sie wollen ihn heute Nacht zur Beobachtung hierbehalten.«

Zum Glück bestätigte sich der Verdacht auf Hirnhautentzündung nicht, und nachdem Meret die Nacht mit ihrem Sohn in der Klinik verbracht hatte, konnte sie Nicolas am nächsten Tag wieder mit nach Hause nehmen.

Johannes hatte gar nicht mitbekommen, dass sie tagsüber unterwegs gewesen war, und Nina sagte nichts und stellte keine Fragen. Meret hatte das Gefühl, noch mal an einer Katastrophe vorbeigeschrammt zu sein. Fürs Erste hatte sie von Seitensprüngen genug.

Meret war davon ausgegangen, dass Lorenz sich zumindest vorläufig sowieso nicht mehr melden würde, aber zu ihrem Erstaunen bekam sie zwei Wochen nach dem unglückseligen Treffen einen Brief von ihm. Er war offensichtlich in England, in Cambridge, aufgegeben worden, und als sie die schöne, geschwungene Handschrift von Lorenz auf dem Umschlag sah, dachte sie: Das ist so typisch für ihn. Kein Mensch schreibt mehr Briefe. Obwohl sie es eigentlich nicht wollte, wallte zärtliche Rührung in ihr auf. In mancher Hinsicht war er auf liebenswerte Weise altmodisch.

Im Umschlag steckte eine Ansichtskarte von Cambridge. Ruderboote auf dem Cam, wie passend, dachte sie. Er schrieb, dass er von ihrem wundervollen Treffen in Köln träumen und sie jetzt schon wieder vermissen würde: »Ich schaue auf den Fluss und stelle mir vor, du säßest in einem der Ruderboote … Ich bewundere dich für deine Sorge um deine Familie, ein Glück, das ich nie erfahren habe.«

Wenn du wüsstest, wie nahe du dran warst, dachte Meret bitter. Sie hatte sich auch nach Nicolas' Geburt oft noch gefragt, wie ihr Leben wohl verlaufen wäre, wenn sie damals das Kind von Lorenz bekommen hätte. Aber jetzt zuckte sie mit den Schultern. Das war Schnee von gestern.

Sie runzelte die Stirn, weil sie die letzten Sätze kaum entziffern konnte, so klein hatte er sie aus Platzgründen ganz unten an den Rand gequetscht. »*Anyway* ...«, stand da. Das war wohl noch ein Überbleibsel aus Afrika. Abgesehen von altmodischen Ausdrücken und Redewendungen liebte er auch Anglizismen. »... Ich wollte dir mitteilen, dass ich überraschend eine Reise nach Südamerika antreten muss. Es sind mehrere Dokumentarfilme geplant, und ich werde mich für unbestimmte Zeit in Argentinien und Uruguay aufhalten. Ich denke an dich, meine Geliebte. Leb wohl und vergiss mich nicht. Ich werde dich nie vergessen.«

Irritiert las Meret den Text auf der Karte noch einmal. Was war nur mit diesem Mann los? Man sollte meinen, er würde auf den Mars fliegen oder so. Aber vielleicht war das auch nur sein Versuch, aus dieser Affäre herauszukommen, ohne das Gesicht zu verlieren. Der Hinweis auf die unbestimmte Dauer der Reise bedeutete doch sicher, dass er den Kontakt mit ihr nicht aufrechterhalten wollte.

Anyway – unwillkürlich musste sie grinsen. Das hatte gerade noch gefehlt, dass sie sich jetzt auch diese Anglizismen angewöhnte – sie hatte sich sowieso vorgenommen, keinen Gedanken mehr an Lorenz zu verschwenden.

»Mama, Mama!« Der 4-Jährige Nicolas zupfte sie aufgeregt am Ärmel. »Da kommt der Zug! Komm, wir müssen einsteigen!«

»Das ist die Tram, Nico!« Meret lachte. »Bleib schön an meiner Hand.« Sie stieg mit ihrem unaufhörlich plappernden Sohn in die Straßenbahn, die über die Maximilianstraße in den Osten der Stadt fuhr. In Haidhausen erwartete Nina von Papenburg sie im Café. Sie würde den Nachmittag mit Nicolas auf dem Spielplatz verbringen, während Meret ihren Geschäftstermin wahrnahm. Es war Sommer, und während der Kindergartenferien hatte es sich angeboten, gemeinsam mit Kind und Kinderfrau nach München zu fahren. Meret hatte oft ein schlechtes Gewissen wegen ihrer häufigen Abwesenheit, und mit solchen Aktionen beruhigte sie es immer wieder.

Sie blickte an Nicolas, der das Leben in der fremden Stadt ganz genau beobachtete, vorbei auf die Straße. Die Sonne schien, und bei dem schönen Wetter zeigte sich die prächtige Einkaufsstraße von ihrer besten Seite. Als sie am Hotel Vier Jahreszeiten vorbeifuhren, stutzte Meret. Nicolas sagte etwas zu ihr, aber sie murmelte nur geistesabwesend »hm«, weil genau in diesem Augenblick etwas anderes ihre Aufmerksamkeit erregte.

Ein Mann und eine Frau, offensichtlich ein Paar, kamen aus dem Hotel. Er hatte fürsorglich den Arm um sie gelegt, wandte sich ihr zu, und sie blickte lachend zu ihm auf. Da die Tram gerade in diesem Moment langsamer fuhr, weil ein Taxi auf der Straße gewendet hatte, sah Meret die beiden so deutlich, als liefe vor ihren Augen ein Film in Zeitlupe ab. Der Mann sagte etwas zu der zierlichen, dunkelhaarigen Frau, sie lachten beide, und einen Moment lang blitzte ein Schneidezahn auf, der ein wenig schief über dem anderen lag.

Meret schluckte. Auf einmal schlug ihr das Herz bis zum Hals. Das war doch Lorenz! Ja, natürlich. Sie hatte ihn ganz genau gesehen. Ein Irrtum war ausgeschlossen. Es war Lorenz. Er war wieder in Deutschland. Mit einer anderen Frau.

Mittlerweile fuhr die Bahn wieder im normalen Tempo, und obwohl Meret noch einmal nach hinten schaute und sich dabei fast den Hals verrenkte, konnte sie in dem Gewirr von Autos und Menschen niemanden mehr erkennen.

»Mama, Mama!« Ihr Sohn schaute sie fragend an. »Mama, guckst du mal? Was ist das?« Nicolas zeigte auf den Sitz vor ihnen. »Kann ich das haben?« Irgendjemand hatte einen Kaugummi an die Rückenlehne geklebt. Als Nicolas die Hand danach ausstreckte, offensichtlich entschlossen, das klebrige, grauweiße Gebilde abzupopeln, zog sie ihm hastig die Hand zurück.

»Nein, nein, mein Schatz«, sagte sie. Erschrocken stellte sie fest, dass ihre Stimme zitterte. »Nein, lass das. Das ist igitt! Bäh!«

Zu ihrem Entsetzen stiegen ihr Tränen in die Augen. Um sich zu beruhigen, zog sie ihren Sohn an sich, aber er machte sich los, um besser aus dem Fenster sehen zu können, weil sie mittlerweile über die Isar fuhren.

»Da ist Wasser, Mama«, verkündete er. »Ist das der Rhein?« Noch bevor sie ihm antworten konnte, hatte er sich schon dem nächsten Thema zugewandt. »Sind wir bald da?«, fragte er. »Wartet Nina auf uns? Ich will zu Nina.«

Mittlerweile hatte Meret sich wieder im Griff. Sie strich Nicolas über die blonden Haare. »Ja, mein Schatz. Wir sind gleich da. Nina wartet bestimmt schon auf uns.«

»Um Gottes willen, Kind! Was ist los? Du bist ja kreidebleich!« Besorgt musterte Nina sie.

Meret winkte müde ab. »Alles in Ordnung, Nina. Mir ist nur ein bisschen übel, Kreislauf wahrscheinlich. Macht euch einen schönen Nachmittag, ihr zwei.« Liebevoll zauste sie Nicolas die Haare. »Gib der Mama noch einen Kuss, ich muss zu meinem Termin.«

Nicolas küsste sie, wandte sich aber sofort wieder zu Nina um. »Gehen wir jetzt in den Zoo, Nina?«

Der Rest des Nachmittags lief wie ein verschwommener Film an Meret vorbei. Sie traf sich mit einer Journalistin, die gerne mit ihr zusammenarbeiten wollte, und hatte eine Besprechung mit einem Fotografen, der sie auf einer ihrer nächsten Reportagereisen begleiten sollte. Hinterher hätte sie nicht mehr sagen können, was sie eigentlich mit den Leuten besprochen hatte.

Als sie am Abend in der S-Bahn saß, um zu Nina und Nicolas zurückzufahren, haderte sie mit sich selber. Hatte sie sich so wenig im Griff, dass schon ein derart kleiner Zwischenfall sie völlig aus der Spur warf? Sie wusste doch gar nicht, ob es überhaupt Lorenz gewesen war. Sie hatte ihn seit zwei Jahren nicht gesehen und keine Ahnung, wie er mittlerweile aussah. Es gab viele große, schlanke, dunkelhaarige Männer, und sie hatte ihn nur ganz kurz im Vorbeifahren gesehen.

Aber tief im Inneren wusste sie, dass er es gewesen war. Und sie wusste auch, dass ihre Gefühle für ihn immer noch stark waren, ganz gleich, wie sehr sie sich disziplinierte.

Noch immer war Barbara die Einzige, der sie sich anvertraute. Allerdings reagierte die Freundin eher ungehalten, als Meret ihr an diesem Abend von der Begegnung berichtete. »Du weißt, dass du dich jederzeit bei mir ausweinen kannst«, sagte sie zu Meret, »aber deine Lorenz-Geschichten hängen mir langsam zum Hals heraus. Wann in den letzten Jahren war dieser Mann denn einmal für dich da? Doch nie, oder? Und ganz ehrlich, Merry – seitdem du ihn damals kennengelernt hast, dreht sich bei dir alles nur noch um ihn. Dabei hast du ihn insgesamt noch nicht einmal zwei Monate am Stück gesehen. Das ist doch nicht normal!«

Meret schluckte. So gereizt kannte sie Barbara gar nicht. »Du hast ja recht«, gab sie kleinlaut zu, »ich weiß selber nicht, was mit mir los ist.«

»Vielleicht solltest du mal ernsthaft in dich gehen«, schimpfte Barbara. »Du setzt deine Ehe und das Glück deiner Familie aufs Spiel. Wirklich, das ist es nicht wert.«

Meret biss sich auf die Lippen. Natürlich hatte Barbara recht. Aber Meret kam einfach nicht dagegen an. Ihr letzter Gedanke vor dem Schlafengehen galt Lorenz, und morgens, wenn sie aufwachte, dachte sie auch sofort wieder an ihn. Selbst wenn sie es gar nicht wollte. Und die Zeit verging …

9

Ruder halt. Backbord stoppen.

(Befehl zum Anhalten des Bootes. Endgültig gestoppt wird es, indem – in diesem Fall auf der Backbord-Seite – das Blatt senkrecht ins Wasser gestellt wird.)

Nicolas hatte das erste Schuljahr schon hinter sich, als Meret das spannende Angebot bekam, eine Reportage über einen französischen Autor zu schreiben, der einen weltberühmten Roman über die weißen Pferde der Camargue geschrieben hatte und in der Camargue einen großen Hof besaß, den seine Kinder jetzt als Ferienanlage vermarkten wollten.

»Es reizt mich wirklich, das zu machen«, sagte sie zu Johannes, »aber es überschneidet sich mit dem Beginn unseres Urlaubs am Neusiedler See. Meinst du, ich könnte trotzdem fahren?« Unschlüssig blickte sie ihn an. »Du könntest mit Nina und Nicolas vorfahren, und ich komme nach.«

Johannes blickte zerstreut von seinen Akten auf. »Was sagst du? Ach ja, wegen Österreich.« Er zuckte mit den Schultern. »Wenn ich früher wegkönnte, würde ich dich nach Frankreich begleiten. Aber es geht nicht. Ich kann schon von Glück sagen, dass ich die zwei Wochen am Neusiedler See freibekomme.« Er sah Meret an. »Aber für Nicolas wäre das bestimmt ein Erlebnis. Die Pferde und die Flamingos in der Camargue. Soll dich Nina nicht mit dem Jungen begleiten, und danach treffen wir uns alle in Illmitz? Er hat doch dann schon Schulferien.«

»Ach, ich weiß nicht«, sagte Meret zögernd. »Pferde hat er in der Puszta auch. Und wenn er dabei ist, komme ich nicht so zum Arbeiten, wie ich gerne möchte. Ein Kind lenkt doch sehr ab. Außerdem soll er an den Ferienspielen teilnehmen«, fügte sie lahm hinzu. Sie liebte ihren Sohn über alles, aber wenn sie arbeitete, konnte sie ihn nicht brauchen.

Johannes nickte. »Ja, klar. Wenn er dir im Weg ist …«

In Meret stieg leise Wut auf. Sie zog die Augenbrauen hoch. »Was soll das denn? Nicolas ist mir nicht im Weg, aber ich kann wirklich besser arbeiten, wenn er nicht dabei ist. Ich kann mich schlicht und einfach besser konzentrieren. Nur weil ich in die Camargue fahre, heißt das noch lange nicht, dass ich Urlaub mache. Das ist mein Arbeitsplatz! Möchtest du deinen Sohn im Gerichtssaal sitzen haben?« Empört stemmte sie die Hände in die Hüften. »Ich soll wohl eine von diesen Super-Muttis sein, die alles können. Das hättest du wahrscheinlich gern«, schnaubte sie. Langsam redete sie sich in Rage. Ganz kurz blitzte der Gedanke in ihr auf, dass sie in dieser Hinsicht ihrer Mutter nicht unähnlich war. Bei ihr hatte sie das immer gehasst, und jetzt benahm sie sich selber so. »Meret Dufresnes, nicht nur eine großartige Mutter und Journalistin, sondern auch noch eine perfekte Köchin und Geliebte«, deklamierte sie spöttisch.

Aber Johannes blieb ruhig. Er hatte sich schon wieder seinen Akten zugewandt. »Übertreib nicht so«, sagte er freundlich, ohne den Blick von seinen Unterlagen zu heben. »Du kannst dich abregen. Ich habe lediglich gesagt, dass es für Nicolas eine schöne Erfahrung wäre. So viel hat er ja nicht von ...«

»Ach, mach mir doch kein schlechtes Gewissen«, unterbrach ihn Meret ungehalten. »Glaub mir, das mache ich mir schon selber.«

»... uns«, fuhr Johannes ungerührt fort. »Aber ich verstehe dich absolut. Er ist bei Nina gut aufgehoben. Dann treffen wir uns eben alle am Neusiedler See.«

Frustriert schwieg Meret. Wenn sie ehrlich war, musste sie zugeben, dass Johannes recht hatte. Mit seiner ruhigen Art hatte er die Dinge auf den Punkt gebracht. Aber es ärgerte sie trotzdem, dass sie mal wieder das Gefühl hatte, ins Unrecht gesetzt worden zu sein, auch wenn es de facto vielleicht gar nicht so war.

»Genau«, murmelte sie trotzig, »so hatte ich mir das vorgestellt. Also bist du einverstanden, wenn ich für ein paar Tage nach Frankreich fahre?«

Jetzt blickte Johannes doch noch einmal auf. »Ja, sicher«, sagte er ein wenig ungeduldig. »Aber warum fragst du mich überhaupt? Du brauchst meine Einwilligung nicht. Was willst du von mir hören?«

Meret schwieg. Sie wusste es selber nicht. Sie hatte nicht

wirklich damit gerechnet, dass er von ihrem Plan begeistert sein würde, das wäre ehrlich gesagt ein bisschen viel verlangt gewesen. Aber vielleicht hätte er Nicolas nicht ins Spiel bringen sollen, dachte sie und schürzte die Lippen. Er könnte akzeptieren, dass ich auch einen Beruf habe und arbeiten will. Aber dann korrigierte sie sich im Stillen. Er hatte nie Einwände gegen ihre häufige berufliche Abwesenheit gehabt – im Gegenteil, eigentlich unterstützte er sie in allen Belangen.

Ich stehe mir selber im Weg, dachte sie in einem Anfall von Selbsterkenntnis. Ich mache mir unnötig das Leben schwer, weil ich permanent ein schlechtes Gewissen habe. Johannes gegenüber, weil ich immer wieder an Lorenz denke und ihm wahrscheinlich nicht die Frau bin, die er verdient hat. Nicolas gegenüber, weil ich mich zu wenig um ihn kümmere.

Barbara, ja, die war eine großartige Mutter – immer für ihre Kinder da, ständig mit irgendwelchen Schul- oder Kindergarten-Pflichten beschäftigt, immer zu Hause bei der Familie. Aber Meret war eben nicht so. Außerdem war Barbaras Beziehung zu Bruno völlig anders als ihre zu Johannes.

»Du hast recht«, sagte sie zu Johannes. Es kam kühler heraus, als sie beabsichtigt hatte. »Dann machen wir das so. Sobald ich in Frankreich fertig bin, komme ich nach Illmitz.«

»Okay.« Johannes brütete wieder über seinen Akten.

Meret wandte sich zum Gehen. Ein wenig schuldbewusst

fiel ihr auf, dass sie sich gar nicht erkundigt hatte, welcher Fall ihn so sehr beschäftigte. Sie drehte den Kopf zur Seite, um ihn zu fragen, aber er wirkte so abweisend, dass sie es gar nicht erst versuchte. Leise seufzend verließ sie das Zimmer.

So war es häufig in der letzten Zeit. Von Alltagsdingen abgesehen, redeten sie kaum noch miteinander. Sie gingen auch nicht mehr besonders liebevoll miteinander um. Zwar gaben sie sich vor dem Einschlafen noch den obligatorischen Kuss, aber ansonsten passierte nicht viel zwischen ihnen. Der Sex ist so … ehelich geworden, dachte Meret. Gleichzeitig wusste sie aber auch, dass sie daran nicht unschuldig war.

Seit sie glaubte, Lorenz in München gesehen zu haben, hatte ihre Beziehung zu Johannes eine Wendung zum Schlechteren genommen. Mehr oder weniger unbewusst hatte Meret sich von ihm abgewandt. Ständig suchte sie nach einer Gelegenheit, ungehindert ihren Gedanken an die kurze Zeit mit Lorenz nachzuhängen.

Erneut seufzte sie. Eigentlich konnte sie dem Himmel dankbar sein. Johannes war ihr gegenüber langmütig und gleichbleibend freundlich, auch wenn er die atmosphärischen Schwankungen durchaus mitbekam. Sie würde versuchen, sich zu bessern, nahm sie sich vor. Aber jetzt ging es erst einmal nach Frankreich. Sie hatte schon lange keinen so reizvollen Auftrag mehr gehabt. Wie eine Schneekönigin freute sie sich auf die Landschaft, die Tiere und vor allem auf den alten Mann, den sie interviewen sollte. Es würde eine wundervolle, spannende Geschichte werden, die der

Familie de Mauriac sicher zahlreiche Gäste aus Deutschland bescheren würde.

Die Boeing setzte zur Landung an. Der Flug von Düsseldorf nach Marseille war unruhig gewesen, mit einigen Turbulenzen, aber hier im Süden Frankreichs schien die Sonne. Meret blickte aus dem Fenster auf das Mittelmeer, das in der Sonne glitzerte. Kleine Schaumkronen tanzten weiß auf der dunkelblauen Wasserfläche.

Meret atmete tief durch. Immer zu Beginn einer Recherchereise war sie aufgeregt. Ihr Job hatte für sie noch nichts von seinem Zauber verloren. Sie reiste gern durch die Weltgeschichte, tauchte ein in fremde Länder und Kulturen, liebte es, interessante Menschen kennenzulernen. Auch jetzt freute sie sich vor allem auf die Begegnung mit Fernand de Mauriac. Der 80-Jährige, der auf dem Landgut lebte, das er mitten in der Seenlandschaft der Camargue angelegt hatte, hatte die Geschäfte an seinen Sohn übergeben und begonnen, seinen Nachlass zu ordnen. Er hatte zahlreiche Bücher geschrieben, vor allem Sachbücher über den Tier- und Pflanzenschutz in seiner Heimat, für den er sich schon lange einsetzte. Weltberühmt geworden war er aber vor allem mit einem Roman über die Freundschaft zwischen einem Jungen und einem wilden Hengst. Auch Meret hatte ihn als Kind gelesen, und ihr stand noch deutlich vor Augen, wie sie sich damals in diese Landschaft hineingeträumt hatte. Die weiten, von flachen Seen, den Étangs, durchzogenen Salzwiesen im Mündungsgebiet der Rhône, die Herden der Wildpferde, die es in der Jugend des Schriftstellers sicher noch gegeben hatte, die langen Strände, und die Scharen von Seevögeln, die diesen Landstrich bevölkerten. Die Flamingos …

Unwillkürlich musste Meret an den Lake Nakuru in Kenia denken. Jetzt würde sie wieder Flamingos sehen – aber dieses Mal war Lorenz nicht dabei. Sie atmete noch einmal tief durch. Na, wenn schon, was sollte das auch? Es war mittlerweile so lange her …

In der modernen Empfangshalle wurde sie schon erwartet. Thierry de Mauriac holte sie ab. Sie sah das Schild mit ihrem Namen und ging lächelnd auf den mittelgroßen, untersetzten Mann zu, der mit seinen rotblonden, lockigen Haaren und dem sorgfältig gestutzten Bart so gar nicht dem Bild entsprach, das sich Meret von Südfranzosen gemacht hatte.

»Herzlich willkommen in Frankreich, Madame Dufresnes«, begrüßte er sie auf Englisch. Seine Stimme passte zu seinem Äußeren – sie war tief. Meret antwortete ihm auf Französisch, etwas stockend zwar, aber für die Begrüßung reichte es. Dann allerdings wechselte auch sie ins Englische, wobei sie sagte: »Sie müssen entschuldigen, Monsieur de Mauriac, aber mein französischer Wortschatz ist nicht besonders groß – trotz meines französischen Namens. Mir wäre es lieber, wenn wir weiter Englisch sprechen könnten.« Sie wies auf das kleine Wörterbuch, das sie vorsorglich aus ihrer Tasche gezogen hatte. »Ich glaube, es stört eher, wenn ich ständig Wörter und Redewendungen nachschlagen muss. Im Englischen fühle ich mich sicherer. Und nennen Sie mich doch bitte Meret. Madame Dufresnes klingt so förmlich«, fügte sie rasch hinzu.

»Ich bin Thierry.« Der Franzose deutete eine kleine Verbeugung an, bevor er ihr den Koffer abnahm und sie sich auf den Weg Richtung Ausgang machten. »Von mir aus können wir gerne beim Englischen bleiben.« Thierry de Mauriac zeigte bemerkenswert schöne Zähne, als er sie anlächelte. »Meine Mutter war Engländerin, ich fühle mich im Englischen genauso zu Hause. Nur Deutsch beherrsche ich leider nicht, aber das können Sie mit meinem Vater sprechen. Er wird sich freuen, wenn er es Ihnen vorführen kann.«

»Oh.« Meret blieb überrascht stehen. »Ehrlich gesagt hätte ich das bei einem Mann seiner Generation nicht erwartet. Wieso spricht er Deutsch? Hier in der Provence und der Camargue war doch im Zweiten Weltkrieg eher die Résistance zu Hause.« Fragend blickte sie Thierry an.

De Mauriac schüttelte den Kopf. »Das ist eine ganz eigene Geschichte, aber die soll mein Vater Ihnen selber erzählen. Ich möchte ihm nicht vorgreifen.«

»Das verstehe ich natürlich«, entgegnete sie, während sie das Flughafengebäude verließen. »Aber für mich ist es wirklich toll! Das macht es mir viel leichter, Ihren Vater zu interviewen. Allerdings werde ich trotzdem versuchen, in den vierzehn Tagen, die ich hier bin, ein bisschen besser Französisch zu lernen. Und ich hoffe, dass Sie mir viel von Ihrem schönen Anwesen zeigen. Die Fotos waren großartig!«

»Natürlich werde ich Sie herumführen. Dabei stehen zunächst einmal die Gebäude und Zimmer im Vordergrund«, antwortete Thierry de Mauriac. »Aber ich möchte Ihnen auch die Gegend zeigen. Das brauchen Sie sicher für Ihren Artikel, oder?«

Meret nickte. »Ja, ich bin schon sehr gespannt. Ich glaube, es wird mir gefallen. Die wenigen Bilder, die Sie geschickt haben, waren traumhaft.«

»Können Sie reiten?«, fragte de Mauriac.

»Ein bisschen«, sagte Meret. »Nicht besonders gut.«

»Dann werden Sie das nach Ihrem Aufenthalt hier ebenso sehr verbessert haben wie Ihr Französisch.« Thierry lachte. »Keine Angst, unsere Pferde sind sehr sanft.«

Mittlerweile waren sie an seinem Wagen angekommen, einem weißen Landrover, der schon ziemlich alt aussah.

»Ich hoffe, es stört Sie nicht, dass Sie mit meinem Gebrauchsfahrzeug vorliebnehmen müssen«, sagte Thierry. »Meine Frau ist mit dem Peugeot unterwegs. Sie fährt nicht gerne mit dem Traktor, wie sie immer sagt.«

»Nein, es stört mich keineswegs. Es erinnert mich an Afrika«, sagte Meret. Vor ihrem geistigen Auge tauchte das Bild eines jungen, unbekümmerten Lorenz auf, der sich vom Fahrersitz seines »Landy« schwang, und sofort war das vertraute Ziehen in der Magengrube wieder da. Energisch schüttelte sie es ab und fügte erklärend hinzu: »Ich habe ganz am Anfang meiner Tätigkeit einmal eine für mich unglaublich aufregende Recherchereise nach Kenia gemacht, und dort gehört der Landrover einfach ins Straßenbild.«

Thierry nickte. »Ja, klar. Aber auch hier ist ein Vierradantrieb sehr nützlich, weil große Teile des Landes Sumpfgebiet sind. Mit diesem Wagen kommen wir näher an die Tiere heran. Apropos Tiere«, fügte er hinzu und lud Merets Koffer und ihre Reisetasche auf den Rücksitz. »Sie sind nicht unser einziger Gast im Moment. Meine Schwester ist Biologin, und sie hat ein Filmteam eingeladen, weil auf unserem Land eine der letzten freien Wildpferdherden Europas lebt. Sie ist jetzt zwei Tage mit den Leuten unterwegs, aber morgen Abend werden Sie sie auf dem Gut an der *table d'hôte* treffen. Das macht Ihnen doch hoffentlich nichts aus?«

Meret schüttelte lächelnd den Kopf. »Um Himmels willen. Im Gegenteil, ich finde es interessant. Das trägt ja noch zum Reiz Ihres Anwesens bei. Eine richtige Wildpferdherde! Ich dachte, so etwas gibt es gar nicht mehr in Europa.«

»Doch, hier bei uns«, erwiderte Thierry mit unüberhörbarem Stolz. »Nun ja, eigentlich ist es nur eine halbwilde Herde, aber wir lassen sie in Ruhe, sodass sie eigentlich wie richtige Wildpferde leben. Und Sie haben recht, in Europa gibt es das so kein zweites Mal. Ich kann Ihnen versichern, die Domaine des Mauriac ist in jeder Hinsicht ein magischer Ort. Es wird Ihnen bestimmt gefallen.«

»Ja, daran habe ich keinen Zweifel«, erwiderte sie.

Nachdem Meret ausgepackt und sich geduscht hatte, machte sie sich erst einmal daran, das Landgut zu erkunden. In ihr Zimmer hatte sie sich auf den ersten Blick verliebt. Es war eigentlich ein kleines Reihenhaus, mit einem Vorraum, einem spartanisch eingerichteten Schlafzimmer mit Cotto-Fliesen und einem winzigen Badezimmer. Nach hinten raus gelangte man durch eine doppelflügelige Tür im Schlafzimmer auf eine kleine, mit Weinlaub überwucherte Terrasse, von der aus man über Wiesen und Weiden blickte. Vom Eingangsbereich aus blickte man auf einen großen Swimmingpool, um den herum sich alle Häuschen der Anlage, die durch einen überdachten Gang miteinander verbunden waren, gruppierten. Zu dieser Tageszeit war niemand zu sehen, aber außer ihr und dem Filmteam gab es wohl sowieso keine Gäste, weil das Hotel noch nicht eröffnet hatte.

Meret hob den Kopf und schaute den Reihern nach, die über das Wasser des Schwimmbeckens, das in der Hitze einladend glitzerte, in Richtung Hauptgebäude flogen, das ein wenig entfernt von der Hotelanlage lag. Hinter dem niedrigen, weiß getünchten Bau mit dem roten Ziegeldach und dem breiten Eingangsportal aus hellgrau lasiertem Holz – eine Farbe, die sich auch in den Fensterrahmen und Klappläden wiederfand –, verschwanden die Vögel aus ihrem Blickfeld. Im Haupthaus würde nachher das Abendessen stattfinden, bei dem sie auch Fernand de Mauriac kennenlernen sollte.

Meret schloss ihre Zimmertür ab, obwohl sie irgendwie das Gefühl hatte, das brauchte man hier nicht, und schlenderte am Pool vorbei zu den Ställen. Auch dort war jetzt am späten Nachmittag nicht viel los. Ein paar Kinder rieben die Pferde ab, die vor den Boxen angebunden waren. Dampfende Sättel hingen auf den Stangen vor den Boxen, und drei Männer, offensichtlich Pferdepfleger, tränkten die Tiere. Alles wirkte gepflegt und sauber. Selbst der dampfende Misthaufen an der kurzen Seite des Stalls störte den Gesamteindruck nicht.

Meret lächelte den Kindern zu und ging über den Sandplatz an den Stallungen vorbei. Sie umrundete eine kleine Gruppe von Tamarisken, und plötzlich stand sie vor einer riesigen Wasserfläche. Der Étang des Vaccarès.

Wie ein kleines Meer breitete sich der Salzwassersee vor ihr aus. Obwohl es bald schon Herbst war, flirrte die Oberfläche in der Hitze, und die Flamingos, die in einiger Entfernung im flachen Wasser standen, wirkten wie eine Fata Morgana.

Dass sie weinte, merkte Meret erst, als sich eine nasse Spur über ihre Wangen zog. »Was soll das denn?«, murmelte sie ungehalten und wischte sich die Tränen aus dem Gesicht. Dann schlang sie die Arme um sich und schaute aufs Wasser. »So schön«, sagte sie leise zu sich selbst. »Auch ohne Lorenz.«

Nach einer Weile wandte sie sich ab und ging zurück. An den Ställen war niemand mehr, dafür stand die Eingangstür des Haupthauses auf, und an den kleinen Tischen auf der überdachten Veranda saßen ein paar Männer und tranken Pastis. An der Seite, im Schatten einer Tamariske, lagen zwei schwarzbraune Gordon Setter, die nicht einmal die Köpfe hoben, als sie näher kam.

Meret steckte den Kopf durch die Tür und sah sich in dem großen, scheunenartigen Raum im Inneren des Hauses um. Es war dämmerig, weil durch die Fenster an der Seite zur Veranda nur wenig Licht fiel. Im Raum waren mehrere Sitzgruppen mit bequemen Sesseln und niedrigen Tischchen verteilt, auf denen Zeitungen und Zeitschriften lagen. An der Seite standen zwei schwere, lange Eichentische mit zahlreichen Stühlen. Anscheinend wurde dort das Abendessen eingenommen. Von der Decke hing ein gewaltiger alter Messingkronleuchter herunter. An der gegenüberliegenden Wand war eine Art Theke, hinter der eine Frau in Merets Alter stand.

Sie hatte gerade Gläser poliert und wandte den Kopf, als Meret eintrat. Rasch kam sie hinter dem Tresen hervor und streckte ihr die Hand entgegen.

»Sie müssen Meret Dufresnes sein! Freut mich, Sie kennenzulernen. Ich bin Thérèse de Mauriac.« Die zierliche Frau hatte einen erstaunlich festen Händedruck. Sie lächelte, als Meret leicht zusammenzuckte und betreten ihre Hand zurückzog.

»Oh, entschuldigen Sie, ich vergesse meine guten Manieren. Reiterhände. Tut mir leid! Wie gefällt Ihnen Ihr Zimmer? Haben Sie sich schon ein bisschen umgeschaut?«

Meret nickte. »Ja, und mein Zimmer ist ganz wunderbar. Ich habe mich gleich wohlgefühlt. Die Decke auf dem Bett ist besonders schön.«

»Ich hatte noch eine richtige Aussteuer, als ich geheiratet habe. Das sind alte Leinendecken von meiner Großmutter. Sie hat die Spitze daran selber gehäkelt.«

»Es sieht wunderbar aus«, erwiderte Meret. Es erstaunte sie selber, wie viele französische Wörter ihr auf einmal einfielen. »Ich finde überhaupt, das Gut ist so schön. Es hat unglaublich viel Atmosphäre. Ich freue mich sehr, dass ich hier sein darf.« Sie lächelte die andere Frau an. »Meinen Sie, ich könnte einen Kaffee bekommen?«

»Ja, selbstverständlich. Suchen Sie sich einen Tisch auf der Veranda. Ich bringe Ihnen den Kaffee sofort. Auch etwas Kaltes zu trinken?« Sie wartete Merets Antwort gar nicht erst ab. »Sicher, ich bringe Ihnen noch ein Wasser, ja? Sie müssen halb verdurstet sein nach der Reise. Mein Schwiegervater kommt auch gleich.«

Meret hatte gerade den ersten Schluck Kaffee getrunken, als Fernand de Mauriac, der Baron, wie Meret ihn im Geiste nannte, auf sie zukam. Er sah genauso aus wie auf dem Foto, das sie in den Unterlagen gefunden hatte. Mittelgroß, wie sein Sohn, untersetzt, mit einem kleinen Bauch, und mit einem weißen, sorgfältig gestutzten Bart. Anders als bei seinem Sohn waren seine Haare allerdings nicht lockig, sondern glatt, kurz geschnitten und schneeweiß. Seine dunklen Augen blitzten, und er streckte Meret schon von Weitem die Hand entgegen.

»Madame Dufresnes«, rief er auf Deutsch, »ich freue mich, dass Sie zu uns gefunden haben!«

Meret stand auf und trat ihm entgegen. »Ich freue mich auch«, sagte sie. »Ich habe alles von Ihnen und über Sie gelesen, und ich bin sehr dankbar, dass Sie mir Gelegenheit zu einem Interview geben.« Sie setzte sich wieder und wies auf den freien Stuhl an ihrem Tisch. »Leisten Sie mir doch ein bisschen Gesellschaft.« Sie reckte sich ein wenig in ihrem Stuhl. »Ich muss Ihnen sagen, ich fühle mich hier wie im Urlaub. Es ist so schön hier!«

Fernand de Mauriac lachte geschmeichelt und nahm Platz. »Ja, es ist ein wunderbarer Ort, das habe ich damals, als ich mit meiner Frau Sophie hierhergekommen bin, auch so empfunden.«

»Ach, ich dachte, Sie sind hier aufgewachsen?«

De Mauriac schüttelte den Kopf. »Nein, aufgewachsen bin ich in Arles. Meine Frau kommt aus Südengland, aus einem kleinen Seebad, deshalb wollten wir näher an die Küste. Wir lebten in Les-Saintes-Maries-de-la-Mer und schlugen uns so durch. Ich muss sagen, mehr schlecht als recht. Meine Frau war eine begabte Künstlerin, sie zeichnete Illustrationen hauptsächlich für Kinderbücher, aber Sie können sich ausrechnen, dass man damit keine Reichtümer verdienen kann.«

Meret nickte, aber er wartete ihre Antwort gar nicht erst ab und fuhr fort: »Ich habe damals schon geschrieben, leider jedoch ziemlich erfolglos. Gleichzeitig habe ich mich im Tierschutz hier in der Gegend engagiert.«

»Das muss in den Jahren nach dem Krieg ein ziemlich idealistisches Unterfangen gewesen sein, oder?«, sagte Meret. »Ich könnte mir vorstellen, dass die Leute andere Sorgen hatten, als sich um das Überleben bedrohter Tierarten zu kümmern.«

»Ja, das stimmt, aber die zahlreichen Vogelarten und der

Wildpferdebestand spielten auch damals eine große Rolle. Frankreich ist in dieser Hinsicht Vorreiter in Europa. Außerdem habe ich mich immer schon für die artgerechte Haltung der Stiere und den unblutigen Stierkampf eingesetzt.«

»Und wie sind Sie hierhergekommen?«

»Ich habe diese Manade für Stiere und Pferde angeboten bekommen. Anfangs hat hier nur ein kleines Haus gestanden, in dem ich immer noch wohne. Es liegt dahinten den Weg runter.«

»Was ist denn eine Manade?«, fragte Meret.

»Das ist eine Art Zuchtbetrieb für Stiere und die Pferde der Camargue. Heute züchten wir allerdings keine Stiere mehr, und Pferde haben wir nur noch zum Privatvergnügen und für Gäste. Das große Haus und die ursprüngliche Hotelanlage haben wir vor dreißig Jahren gebaut.« Er lächelte. »Wir haben es mit dem Geld bezahlt, das ich mit dem kleinen Roman verdient habe. Kaum zu glauben, dass so ein Buch einen solchen Erfolg hat. Eigentlich habe ich nur erzählt, was ich hier jeden Tag erlebt habe.«

»Das ist meistens so.« Meret nickte. »Es ist ja eine Binsenweisheit, dass das Leben die besten Geschichten schreibt. Ich weiß auf jeden Fall, dass mich Ihr Buch als Kind fasziniert hat. Sie haben eine sehr bildhafte Sprache, sodass ich von der Landschaft und ihrem Duft geträumt habe. Es roch nach Salz und Meer und Weite, und ich konnte mir vorstellen, wie die Pferde über ein Meer von kleinen weißen Blumen galoppieren. Jedenfalls habe ich es mehrmals gelesen, und dabei war ich nicht einmal eines von diesen ›Pferdemädchen‹. Ich war nie versessen aufs Reiten.«

De Mauriac kniff die Augen zusammen. »Für ein Mädchen ganz ungewöhnlich! Da entgeht Ihnen aber etwas. Wollen Sie es nicht wenigstens mal versuchen? Unsere Pferde hier sind ganz sanft, und die domestizierten sind auch nicht schreckhaft.«

Meret lachte. »Ihr Sohn hat mir schon angedroht, mir die Gegend vom Pferd aus zeigen zu wollen. Ein bisschen reiten kann ich allerdings auch. Ich habe als Kind zweimal Ferien auf einem Ponyhof gemacht und beherrsche zumindest die Grundlagen. Wenn es nicht zu schnell geht, müsste ich es eigentlich hinbekommen.«

»Bis morgen Abend ist das Filmteam noch mit unseren bravsten Tieren unterwegs.« Er musterte sie prüfend. »Aber ich weiß schon, auf wen wir Sie setzen. Wir werden Sie schon an den Sattel gewöhnen!«

Seine Schwiegertochter, die mittlerweile an den Tisch getreten war, lachte. »Du kannst dir gar nicht vorstellen, dass jemand nicht reitet, Papa, oder?« Sie wandte sich an Meret. »Sie müssen sich wehren, wenn er zu sehr über Sie verfügt. In einer halben Stunde essen wir übrigens zu Abend. Sie können natürlich gerne hier draußen bleiben, aber ich empfehle Ihnen doch, hereinzukommen, die Abende im Spätsommer können schon sehr kühl werden.«

»In Ordnung.« Meret erhob sich. »Ich gehe rasch noch einmal auf mein Zimmer und komme dann gleich hinein.«

An Fernand de Mauriac gewandt, fügte sie hinzu: »Essen Sie auch hier zu Abend?«

Er schüttelte den Kopf. »Nein, heute habe ich eine Verabredung, Madame. Aber morgen stehe ich Ihnen gerne zur Verfügung.«

»Das will ich hoffen!« Meret lächelte. »Ich habe noch so viele Fragen. Wenn Sie nichts dagegen haben, werde ich unser Gespräch aufnehmen. Sonst vergesse ich am Ende noch etwas, und das wäre wirklich zu schade.« Kokett fügte sie hinzu: »Ich habe den Eindruck, Monsieur de Mauriac, wir werden interessante Gespräche führen.«

10

Fahrwasser!

(Ruf bei Gefahr, wenn sich zwei Boote begegnen. Leitsatz: Wer rudern will, muss schwimmen können!)

Meret blickte auf die Uhr, als sie in ihr Zimmer ging. Halb sieben. Sie wollte rasch zu Hause anrufen. Das war eines ihrer Rituale: Wenn sie auf Reisen war, rief sie, wenn möglich, frühmorgens und abends kurz zu Hause an, ganz gleich, wie eng ihr Terminplan war. Von dieser Regel machte sie nur dann eine Ausnahme, wenn sie gerade im Dschungel, in der Wüste oder in sonstigem unwegsamen Gelände unterwegs war. Aber hier war es kein Problem. Sie hatte ein Telefon auf dem Zimmer und konnte direkt zu Hause anrufen.

Es läutete nur zweimal, dann war Nina am Apparat. »Guten Abend, Liebes«, sagte sie, als Meret sich meldete. »Deine beiden Männer sind zum Angeln gefahren, aber … Oskar, untersteh dich!«, unterbrach sie sich, um den Labrador zurechtzuweisen.

Meret lachte. »Was macht er denn?« Sie hatten sich den braunen Labrador im vergangenen Jahr zugelegt, als die geliebte Mimi an Altersschwäche gestorben war, aber die Riesenschnauzer-Dame hatte natürlich Maßstäbe gesetzt, die der ungestüme junge Labrador in keiner Weise erfüllen konnte.

»Ach, ich wollte gerade ein Hühnchen in den Backofen schieben, als du angerufen hast. Es steht auf dem Küchentisch, und Oskar ist sehr daran interessiert.«

»Mmmh«, sagte Meret, »dein Zitronenhühnchen?«

»Ja«, bestätigte Nina. »Frau Richrath hat mich gestern angerufen und gesagt, dass sie zwei Hühner geschlachtet hat und ich eines haben könne. Ehrlich gesagt mag ich ja gar kein Huhn mehr im Supermarkt kaufen. Geschmacklich ist das nicht zu vergleichen.«

»Nein, und so, wie du das zubereitest, schon gar nicht. Ich würde am liebsten zu Hause zu Abend essen!« Meret lief das Wasser im Mund zusammen.

»Ach, Kindchen«, sagte Nina liebevoll. »Du willst mir doch nicht erzählen, dass es bei dir in Frankreich nichts Leckeres zu essen gibt. Schreib alles genau auf, ich möchte Rezepte haben.«

»Mache ich«, sagte Meret gehorsam. »Ist denn alles in Ordnung zu Hause? Hast du schon gepackt? Ihr fahrt ja in zwei Tagen.«

»Das meiste habe ich schon fertig. Für dich packe ich den kleinen Koffer. Du hattest mir die Sachen ja herausgelegt. Und ich habe Johannes schon gesagt, dass er das Schlauchboot zur Probe einmal aufpumpen soll.«

»Genau«, bestätigte Meret. »Er soll überprüfen, ob es überhaupt noch dicht ist. Und Nicolas geht es gut?«

»Ja, Süßinka.« Ninas Stimme klang beruhigend. »Mach dir keine Sorgen. Er freut sich schrecklich auf den Urlaub. Er ist schon ganz aufgeregt. Johannes hat ihm vorgeschwärmt, was sie alles machen werden. Sie werden mit dem Boot fahren und Vögel beobachten, Fahrrad fahren und Eis essen und … ach, ich weiß nicht. Alles Mögliche. Und dann kommst du ja auch schon. Genieß deine Zeit in Frankreich, schreib einen schönen Artikel und pass gut auf dich auf, Liebes. Oskar!« Ihr Tonfall wurde scharf. »Ich muss Schluss machen. Dieser Hund kennt keine Hemmungen.«

»Ich melde mich wieder. Ich weiß noch nicht, ob ich morgen früh anrufen kann, aber morgen Abend bestimmt. Küss Nicolas von mir. Johannes eher nicht«, fügte Meret lachend hinzu. »Sag ihm, er fehlt mir, und ich bin bald wieder da.«

Sie legte auf. Eigentlich war sie froh gewesen, nur mit Nina sprechen zu können. Es war schön, dass Vater und Sohn etwas miteinander unternahmen. Angeln war Johannes' neueste Leidenschaft. Er hatte extra einen Angelschein gemacht, und offensichtlich wollte er jetzt auch Nicolas an seinen neuen Sport heranführen. Na ja, Sport war vielleicht nicht ganz der richtige Ausdruck. Beim Angeln bewegte man sich schließlich nicht. Man saß an Land oder im Boot, ruderte vielleicht mal drei Schläge von A nach B und hielt ansonsten bewegungslos die Angel ins Wasser. Meret hatte keine Ahnung, was daran so reizvoll sein sollte. Aber na gut, wenn es Johannes Spaß machte. Sie konnte nur hoffen, dass es Nicolas nicht zu langweilig war. Und dass er nichts fing, denn die Vorstellung, dass ihr kleiner Junge einen Fisch vom Haken popeln sollte, ging ihr gewaltig gegen den Strich.

Rasch zog sie sich um und eilte zum Hauptgebäude. In der großen, scheunenartigen Halle brannte ein Kaminfeuer, das eine angenehme Wärme verbreitete. Tagsüber war es warm gewesen, aber jetzt, wo die Sonne untergegangen war, wurde es empfindlich kalt, und Meret war froh, dass sie eine Strickjacke dabeihatte.

Die einzigen Gäste außer ihr waren zwei ältere französische Ehepaare, die offensichtlich aus dem nahe gelegenen Dorf kamen, und so hatten Thérèse und Thierry Zeit, sich um sie zu kümmern und sich mit ihr zu unterhalten. Das Essen war einfach, aber Meret empfand es als sensationell lecker. Es gab einen warmen Linsensalat als Vorspeise, als Hauptgang Perlhuhn auf Gemüse-Couscous und zum Nachtisch eine Crème Caramel.

»Es war köstlich.« Meret verfiel automatisch in Ninas Ausdrucksweise, als sie das letzte bisschen Karamellcreme von ihrem Teller gekratzt und heruntergeschluckt hatte. »Wenn Sie mich jeden Tag so mästen, können Sie mich nach einer Woche hier durch die Tür rollen!«

Thérèse lachte. »Das glaube ich nicht. Das Essen ist leicht und bekömmlich. Und Sie werden den ganzen Tag auf den Beinen sein – da bleibt gar keine Zeit, um Fett anzusetzen. Sie müssen ja nicht gleich so viel essen wie dieser dicke Mann hier!« Liebevoll tätschelte sie ihrem Mann den Bauch, der gar nicht so gewaltig war, wie Meret fand.

»Besonders lecker war das Hühnchen«, sagte Meret. »Sie sind eine tolle Köchin, Thérèse.«

Wieder lachte Thérèse. »Nicht ich. Was meinen Sie, warum mein Mann so einen Bauch hat!«

Thierry verdrehte die Augen. »Immer zieht sie mich damit auf«, beschwerte er sich. »Aber es stimmt, der Koch hier bin ich. Meine Mutter war eine begnadete Köchin und hat es mir beigebracht. Ich weiß nicht, warum gerade mir – ich habe noch zwei Brüder und eine kleine Schwester, aber die können alle nicht besonders gut kochen. Meine Schwester isst noch nicht einmal besonders gerne.«

»Sie ist ein bisschen aus der Art geschlagen«, erklärte Thérèse. »Sie werden sie morgen Abend kennenlernen.«

»Haben Sie deshalb das Hotel erweitert?«, fragte Meret. »Damit Sie für mehr Gäste kochen können?«

»Ja, vielleicht.« Thierry lächelte. »So habe ich das noch gar nicht gesehen. Aber nein, das Gut war einfach in die Jahre gekommen, und bei der Renovierung, die anstand, hat sich eine Erweiterung angeboten, damit wir mehr Kapazitäten haben. Wirklich groß sind wir ja noch lange nicht.«

»Nein, das stimmt«, pflichtete Meret ihm bei. »Aber Sie wollen hier sicher auch keinen Massentourismus. Die Anlage hat schon etwas sehr Familiäres, und das wird genau die richtigen Gäste anziehen, denke ich.«

»Ja, das hoffen wir auch«, sagte Thérèse. Dann lächelte sie Meret an. »Vor allem, wenn Sie Ihren Artikel geschrieben haben.«

Obwohl Meret noch beim Zubettgehen daran gedacht hatte, sich unbedingt zu merken, was sie träumte, schlief sie tief und traumlos. Am nächsten Morgen wachte sie früh vom Geschrei der Vögel und dem Quaken der Frösche auf. Gerade überlegte sie, sich noch einmal auf die Seite zu drehen, als das Telefon neben ihrem Bett klingelte. Johannes war am Apparat.

»Ich wollte mich rasch melden, bevor wir heute Abend fahren«, sagte er. »Hoffentlich habe ich dich nicht geweckt, ich muss früh im Gericht sein. Wie ist es bei dir? Gefällt es dir auf deinem französischen Landgut?«

»Ja, sehr«, antwortete Meret. Plötzlich fiel ihr Oda Frankenthal ein. Hatte ihre frühere Chefin ihr nicht eingeschärft, sie solle nicht zu begeistert von ihren Reportagereisen schwärmen? Das sei unprofessionell, hatte sie immer gesagt. »Na ja, es ist nicht übel«, schränkte sie ein, auch wenn sie sich ein bisschen albern vorkam. Schließlich war Johannes ihr Mann.

»Na, deine Maßstäbe möchte ich auch mal ansetzen können«, entgegnete Johannes trocken. »Aber du hast natürlich recht, du musst ja arbeiten.«

Eine kleine Pause entstand, und Meret versuchte unbehaglich, das Schweigen zwischen ihnen zu überbrücken. »Schläft Nicolas noch?«, fragte sie.

»Ja. Da er Schulferien hat, solle er ruhig ausschlafen, hat Nina gemeint. Die Fahrt wird aufreibend genug.«

»Ist es dir nicht zu viel, die Nacht durchzufahren?«, fragte Meret besorgt.

»Nein, nein«, beruhigte Johannes sie. »Ich lege mich heute Nachmittag noch zwei Stunden hin, und wenn ich heute Nacht merke, dass es mir zu anstrengend wird, können wir uns auf einen Rastplatz stellen.«

»Na, dann pass bloß auf, dass du das Auto verriegelt hast. Mir hat kürzlich jemand so eine irre Geschichte von einem Paar erzählt, das spätabends auf einem Autobahnparkplatz angehalten hat. Während der Mann zur Toilette gegangen ist, hat die Frau die Autotür geöffnet, um frische Luft zu schnappen. Als der Mann zurückkam, hat sie sie wieder zugeschlagen. Und als sie dann an ihrem Zielort angekommen sind, hat die Frau im Fußraum am Türholm vier abgequetschte Fingerglieder gefunden.«

Johannes lachte. »Die Geschichte habe ich schon mal gehört. Das ist so ein Mythos wie die Vogelspinne in der Bananenkiste. Wie sollen die Finger dahin gekommen sein?«

»Na ja, offensichtlich wollte sich ein Angreifer von hinten an die Frau anschleichen und hatte schon seine Hand um den Türholm gelegt, als sie die Tür zugeschlagen hat.« Meret musste selber grinsen. »Glaubst du, die Story ist erfunden?«

»Ja, natürlich«, antwortete Johannes.

»Aber ganz schön gruselig, oder? Also passt bitte auf!«

»Ich verspreche es.« Die alberne Geschichte hatte die Stimmung ein wenig entkrampft. Meret atmete erleichtert auf. Es kam in der letzten Zeit häufiger vor, dass eine Fremdheit zwischen ihnen entstand, wenn sie unterwegs war und nur über das Telefon mit ihrer Familie kommunizieren konnte. Er bestritt es zwar, aber vielleicht nahm er ihr doch übel, dass sie häufiger weg war.

»Sag Bescheid, wenn ihr gut angekommen seid. Und genießt die Zeit ohne mich – in fünf Tagen gehe ich euch schon wieder auf die Nerven.« Selbst in ihren Ohren klang der kleine Scherz lahm. Johannes ging gar nicht darauf ein.

»Dir auch eine schöne und erfolgreiche Zeit. Bis bald, Merry!« Er schickte ihr einen Kuss durchs Telefon.

Johannes ist immer so souverän, dachte Meret, als sie auflegte. Er hatte es wirklich nicht verdient, dass sie sich ständig so zickig benahm. Ich werde mich bessern, nahm sie sich fest vor. Aber schon, als sie unter der Dusche stand, dachte sie nicht mehr an ihre guten Vorsätze. Viel zu spannend war der Tag, der vor ihr lag.

Nach dem Frühstück nahm Thierry Meret mit zum Stall. Er hatte sich über den Einwand seines Vaters, besser abzuwarten, bis das Filmteam zurück sei, mit dem Argument hinweggesetzt, sie hätten für die Ausritte der Gäste sowieso nur brave, ruhige Pferde. Meret war ein bisschen aufgeregt, als er ihr zeigte, wie sie das Pferd, das er für sie ausgesucht hatte, putzen und satteln musste. Obwohl es noch früh war, schien die Sonne schon heiß, sodass Meret nach ein paar Minuten der Schweiß in den Nacken lief.

»Ich konnte mich gar nicht mehr erinnern, dass Reiten ein so anstrengender Sport ist«, meinte sie und wischte sich mit dem Unterarm über die Stirn. »Ich dachte immer, Rudern sei viel schweißtreibender. Das war wohl ein Irrtum.«

»Na ja«, sagte Thierry entschuldigend, »eigentlich hätte ich Ihnen Lisette fertig geputzt und gesattelt hinstellen müssen, aber ich finde es wichtig, dass Mensch und Tier Gelegenheit haben, eine Beziehung zueinander herzustellen, auch wenn es für den Menschen ein bisschen anstrengender ist«, fügte er lächelnd hinzu. »Ist es Ihnen zu viel?«, fragte er besorgt.

»Nein, nein.« Meret winkte ab. »Sie haben ja recht. Ich freue mich richtig auf den Ausritt.« Sie tätschelte der Stute den Hals. »Und ich habe nur ein bisschen Angst. Legen Sie nicht so viel Tempo vor.«

Thierry schüttelte den Kopf. »Keine Sorge, wir werden hauptsächlich Schritt gehen. Es wird Ihnen nichts passieren!«

Es versprach ein wunderbarer Tag zu werden. Meret setzte sich in ihrem Sattel zurecht und bemühte sich, das anzuwenden, was sie als Kind während ihrer Ferienaufenthalte gelernt hatte. Zum Glück brauchte die kleine Stute kaum Anleitung. Eifrig marschierte sie hinter dem kräftigen weißen Wallach her, auf dem Thierry saß. Im Schritt ging es über den Hof auf den Étang zu. Thierry hatte Meret erklärt, dass die kleinen, weißen Pferde der Camargue besonders gut für das sumpfige Gelände geeignet seien, da sie relativ große, runde Hufe hätten, mit denen sie auf dem schlüpfrigen Boden gut Halt fänden. Sie seien robust und genügsam.

»Eine Besonderheit ist, dass sie ihre Nüstern verschließen können«, erklärte er ihr. »So können sie sogar unter Wasser fressen. Wir sind sehr stolz auf unsere Pferde«, fügte er hinzu. »Wir nennen sie ›Pferde des Meeres‹, und wir gehen respektvoll und behutsam mit ihnen um.«

Von Weitem sahen sie eine Stierherde, kleine, kräftige schwarze Tiere mit großen gebogenen Hörnern, die durch das flache Wasser am Ufer galoppierten. Zwei Männer mit breitkrempigen Hüten ritten neben den Stieren her. Ihre Pferde wurden von einer Herde halbwilder weißer Pferde begleitet.

»Sehen Sie, da«, sagte Thierry und zeigte auf das Schauspiel. »Die beiden Männer sind *Gardians*, die Cowboys der Camargue. Sie arbeiten nicht mit Hunden, nur mit ihren Pferden. Camargue-Pferde sind besonders mutig und schnell, und sie kennen die Stiere am besten. Die Stiere vertrauen ihnen, weil sie schon immer hier zusammen leben. Deshalb haben sie keine Angst vor ihnen.«

»Und die Pferdeherde, die dabei ist?«, fragte Meret. »Das sind Wildpferde, oder?«

»Genau genommen nicht. Wir überwachen zwar den Bestand und reiten Tiere zu, aber den größten Teil des Jahres ziehen sie frei umher. Diese Herde hier lebt relativ nah an der Manade. Von ihr nehmen wir die Tiere für unseren Reitbetrieb. Weiter im Westen gibt es eine größere Herde, die noch ein bisschen freier lebt. Die Tiere sind sozusagen das Forschungsprojekt meiner Schwester. Dort ist sie auch gerade mit dem Filmteam.«

»Ah ja, ich verstehe«, sagte Meret. »Ist die Manade denn noch in Betrieb? Ich habe Ihren Vater gestern Abend so verstanden, dass davon nur noch das Haus geblieben ist, in dem er wohnt.«

»Ja, das stimmt im Prinzip auch. Wir züchten hier nicht mehr selber, wir kooperieren nur mit anderen Betrieben. Aber die Herden gehören nach wie vor zu unserem Gut. Wenn Sie morgen meinen Vater interviewen, werden Sie das alte Haus sehen.«

Der Tag verging wie im Flug. Mittags waren sie wieder auf dem Gut, und da Fernand de Mauriac heute keine Zeit für sie hatte, fuhr Meret nach Les-Saintes-Maries-de-la-Mer. Der Ort war angenehm leer, jetzt in der Nachsaison, und sie schlenderte durch die stillen Gassen, schaute sich die schlichte Kirche mit ihren Marienstatuen an und setzte sich schließlich in ein Café am Markt, um einen Kaffee zu trinken. Gedankenverloren blätterte sie in einem Reiseführer über den Süden Frankreichs, als plötzlich ein Schatten über sie fiel. Meret blickte auf. Vor ihr stand eine dunkelhäutige Frau mit Kopftuch und einer geblümten Schürze über dem einfarbigen Baumwollkleid.

Sie lächelte Meret freundlich an und enthüllte dabei drei Zähne, die weiß wie Mandeln vorne in ihrem Oberkiefer saßen. »Zeig mir deine Hand, Tochter«, sagte sie auf Französisch zu ihr. »Die rechte.«

Meret war so verblüfft, dass sie gehorsam ihre Hand ausstreckte. Erst als die Frau sie ergriff und mit der Handfläche nach oben drehte, merkte sie, was hier vor sich ging. Erschrocken versuchte sie, die Hand zurückzuziehen. Doch offensichtlich wollte die Alte ihr aus der Hand lesen, und sie hielt sie so unerbittlich fest, dass Meret sich nicht aus ihrem Griff befreien konnte.

Na gut, sagte sie sich, soll sie ihren Spaß haben. Ich glaube ja sowieso nicht daran.

Die Frau musterte eingehend die Linien in ihrer Handfläche und ließ sich Zeit. Meret wollte schon ungeduldig werden, da hob die Frau den Kopf und musterte sie aufmerksam. Ihre Augen waren dunkel und unergründlich, sodass Meret nichts in ihnen lesen konnte.

»Ein Mann ist da. Er kommt von weit her«, sagte sie. »Du hast dein Schicksal in der Hand. Du musst dich entscheiden.«

Meret runzelte die Stirn. »Was für ein Mann ist da?«, fragte sie. »Hier ist kein Mann. Oder sehen Sie einen?«, setzte sie spöttisch hinzu.

»Ein Mann ist da«, wiederholte die Alte. »Er ist groß, dunkel und kommt von weit her. Er wird nicht bleiben. Aber du musst dich entscheiden.«

Trotz der Wärme der Nachmittagssonne lief Meret ein Schauer über den Rücken. Unschlüssig blickte sie die Frau an.

Lorenz. Sie hatte Lorenz gemeint. Aber das war unmöglich. Meret war hier in Frankreich.

Er kommt von weit her. Er wird nicht bleiben. Die Worte hallten in ihrem Kopf.

Sie rang sich ein Lächeln ab. »Und sonst sehen Sie nichts? Kinder? Ehemänner? Krankheiten?«

Die alte Frau machte eine wegwerfende Geste. »Du hast ein Kind. Mehr wirst du nicht haben. Du hast einen Ehemann. Es wird dein einziger sein. Du wirst Krankheiten erleiden, aber du wirst ein hohes Alter erreichen.« Ihr Blick wurde lauernd, und sie hielt die Hand auf. »Zweihundert Euro«, sagte sie.

Meret schluckte. »So viel habe ich nicht dabei«, erwiderte sie. »Was soll das überhaupt? Sie überfallen mich hier, und dann verlangen Sie ein Vermögen?«

»Gib, was du hast«, forderte die Frau.

Na, das ist ja wohl eine Masche, dachte Meret. Seufzend zog sie ihr Portemonnaie heraus und legte zwanzig Euro auf den Tisch. »Mehr kann ich Ihnen nicht geben«, sagte sie. »Ich muss auch noch nach Hause fahren.«

Die Frau nahm das Geld und bedachte Meret mit einem unfreundlichen Blick. Dann schlurfte sie davon.

Meret bezahlte ihren Kaffee. Während der Begegnung mit der Wahrsagerin war die Bedienung nicht zu sehen gewesen. Jetzt tauchte sie auf und brachte Meret mit schleimigem Lächeln die Rechnung.

»Das ist doch alles ein abgekartetes Spiel«, murmelte Meret vor sich hin, als sie aufstand und in Richtung des Strandes ging. »Jetzt gibt es nur noch wenige Touristen, da arbeiten die Leute hier wahrscheinlich zusammen. Die Alte hat bestimmt ein Handy und wird jedes Mal angerufen.«

Kopfschüttelnd ging sie die Gasse entlang. Wohl war ihr allerdings bei der ganzen Geschichte nicht. Irgendwie hatte die Frau doch den Kern getroffen. Meret schluckte und schaute sich um. Am anderen Ende der Gasse stand die Wahrsagerin und blickte ihr nach.

11

Alles rückwärts – los!

(Rückwärts rudern, d. i. die gegenläufige Ruderbewegung ausführen)

Pünktlich zum Abendessen war Meret wieder zu Hause. Sie hatte lange auf dem niedrigen Mäuerchen an der Strandpromenade gesessen und aufs Meer geschaut. Die alte Frau war zum Glück nicht mehr aufgetaucht. Das gleichmäßige Geräusch der Brandung hatte seine besänftigende Wirkung nicht verfehlt, und als Meret sich schließlich auf den Heimweg gemacht hatte, war sie einigermaßen beruhigt gewesen. Jetzt machte sie sich rasch frisch und lief zum Hauptgebäude.

Im Gegensatz zu gestern herrschte hier heute lebhafter Betrieb. Die Flügeltüren standen weit auf, und auf der mit Weinlaub berankten Terrasse vor dem Haus saßen nicht nur die beiden französischen Ehepaare, sondern ein weiterer Tisch war besetzt. Drei Männer und eine junge Frau konnte Meret von Weitem ausmachen. Thierry hatte sich zu ihnen gesellt und redete lebhaft auf sie ein.

Das ist bestimmt Thierrys Schwester mit dem Filmteam,

dachte Meret. Sie freute sich schon auf einen interessanten Abend.

Thierry kam auf sie zu. »Ah, Meret, darf ich Ihnen meine Schwester vorstellen?« Er zog sie zum Tisch.

Als er ihren Namen nannte, drehte sich einer der Männer um. Merets Herzschlag setzte für eine Sekunde aus. Das Blut rauschte ihr in den Ohren, und sie hörte kaum, wie Thierry sagte: »Meret, das ist meine kleine Schwester, Olivia.«

»Das ›klein‹ kannst du dir sparen«, protestierte die zierliche dunkelhaarige Frau. Sie war aufgestanden und streckte Meret lächelnd die Hand entgegen. »Ich komme mir immer vor wie ein Kleinkind, wenn er mich als seine ›kleine Schwester‹ vorstellt. Freut mich sehr, Sie kennenzulernen. Sie machen ein Interview mit Papa, nicht wahr?«

Meret löste sich mühsam aus ihrer Erstarrung und ergriff die Hand der jungen Frau. »Ja, freut mich auch«, krächzte sie. Sie hatte ihre Stimme nicht in der Gewalt. Sie musste sich zwingen, Olivia anzusehen, die sie aus ihren dunklen, großen Augen fragend musterte. Verwirrt schüttelte Meret den Kopf. »Entschuldigen Sie«, stammelte sie. »Ich habe gerade ein Gespenst gesehen.« Dann drehte sie sich entschlossen zu Lorenz um, der, wie auch die anderen beiden Männer am Tisch, ebenfalls aufgestanden war.

Gerade wollte sie ihn begrüßen, da kam er ihr zuvor. »Meret, die Frau mit dem schönen Namen«, sagte er mit weicher Stimme und trat auf sie zu, um sie auf die Wangen zu küssen.

Sie wich unwillkürlich zurück und streckte ihm die Hand entgegen. »Lorenz«, sagte sie spröde, »was für eine Überraschung. Mit dir hätte ich hier am wenigsten gerechnet.«

Das Herz klopfte ihr bis zum Hals. Sie war sich im Klaren darüber, dass auch ihre Stimme atemlos klang, aber sie konnte sie nicht kontrollieren. Zu groß war der Schreck gewesen, denn obwohl Lorenz ständig in ihren Gedanken gewesen war, hatte sie nie damit gerechnet, dass er plötzlich vor ihr stehen könnte.

Was hatte die Wahrsagerin gesagt? Ein Mann ist da. Er kommt von weit her. Er wird nicht bleiben.

Trotz der Wärme fröstelte Meret auf einmal. Sie wandte sich an ihre Gastgeber, die sie ein wenig ratlos anschauten, und sagte: »Entschuldigung. Lorenz Fischer ist ein Bekannter von früher. Ich habe geglaubt, er sei in Südamerika, und es hat mich total überrascht, ihm gerade hier zu begegnen.«

Olivia legte ihr die Hand auf den Arm. »Kommen Sie, setzen Sie sich zu uns.« An ihren Bruder gewandt, fügte sie hinzu: »Am besten bringst du Madame Dufresnes ein Glas Wasser.«

Immer noch benommen, ließ Meret sich auf einen Stuhl sinken. »Sagen Sie bitte Meret zu mir«, bat sie. »›Madame Dufresnes‹ klingt so förmlich.«

Olivia lächelte sie an. »Ja, gerne.« Sie wies auf die beiden anderen Männer, die immer noch am Tisch standen und die Szene beobachteten. »Lars Kremer, unser Kameramann, und Gilbert Morin vom Ministerium für Umwelt. Lorenz Fischer kennen Sie ja bereits.«

»Ja, wir kennen uns.« Lorenz lächelte.

Sofort fiel Meret auf, dass seine Zähne jetzt völlig gerade waren. Offensichtlich hatte er die Zeit in Südamerika auch dazu genutzt, einen Kieferorthopäden aufzusuchen.

Er beugte sich vor. »Ich kann dir gar nicht sagen, wie sehr ich mich freue, dich hier zu sehen, meine Schöne! Das ist der krönende Abschluss eines schönen Tages!« Er wirkte völlig entspannt und gelassen.

War er so ein guter Schauspieler, oder ließ ihn die Situation tatsächlich völlig kalt? Wahrscheinlich habe ich all die Jahre über viel zu viel hineininterpretiert, dachte Meret leicht verzweifelt. Allerdings hatte sie auch nicht damit gerechnet, so heftig auf Lorenz' Erscheinen zu reagieren. Sie musste einfach versuchen, das Beste aus der Situation zu machen.

Das war zwar leichter gesagt als getan, aber mit großer Kraftanstrengung gelang es ihr, mit allen Anwesenden zu plaudern, interessierte Fragen zu stellen und sich absolut professionell zu geben. Wenn Lorenz sich an sie wandte – was er häufig tat –, ließ sie ihn so unauffällig wie möglich kühl abblitzen. Sie konnte nur hoffen, dass den anderen ihr Verhalten nicht auffiel, denn sie wollte nicht zickig wirken, wusste sich aber auch nicht anders zu helfen. Zum Glück saß Lorenz so weit von ihr entfernt, dass er sie nicht zufällig berühren konnte. Trotzdem ging es ihr auf die Nerven, wie er ständig Anspielungen machte.

»Ich habe mir eben noch einmal rasch die Aufnahmen von den Flamingos angesehen«, sagte er zum Beispiel. »Sie sind großartig geworden. Weißt du noch, die Flamingos am

Lake Nakuru, Meret?«, fragte er und strahlte sie dabei an. »Ich habe nur die wundervollsten Erinnerungen daran.« Oder er sagte augenzwinkernd: »Ach, wenn ich den Landy hier stehen sehe, dann muss ich an mein Kraftfahrzeug in Afrika denken. Ich hatte damals eine Freundin, die ist auch so gerne damit gefahren.«

Unauffällig beobachtete sie ihn aus den Augenwinkeln. Er sieht gut aus, dachte sie. Das Gesicht war ein wenig markanter geworden, und er war nicht mehr so dünn wie bei ihrer letzten Begegnung, aber das machte ihn beinahe noch attraktiver. Ihm schien es tatsächlich nichts auszumachen, dass sie sich hier so unvermutet begegnet waren. Locker und entspannt beteiligte er sich an der Unterhaltung, wobei er abwechselnd mit ihr und mit der jungen Biologin flirtete. Sein sonores Lachen, das Meret besonders an ihm liebte, ging ihr durch Mark und Bein.

Himmelherrgott, du bist doch ein Profi, schalt sie sich selber, jetzt benimm dich auch mal so!

»Ihr Bruder hat gesagt, Sie seien Biologin«, wandte sie sich an Olivia. »Dann sind die Wildpferde Ihr Spezialgebiet?«

Olivia nickte. »Ja, sie haben mich schon als Kind fasziniert. Sie sind so kraftvoll, so schön und frei. Für meine Doktorthese studiere ich ihre Verhaltensweisen in der Herde, ihre Überlebensmechanismen in der Sumpflandschaft und die Auswirkungen, die die halbe Domestizierung auf die Tiere hat. Die Herde, der wir in den letzten Tagen gefolgt sind, kommt allerdings so gut wie gar nicht mit

Menschen in Berührung. Normalerweise gehen wir auch nicht so nahe heran.«

»Nein«, warf Lorenz ein, »das machen wir nur für den Film. Die Tiere sind sehr scheu. Ohne Olivias Hilfe wären wir aufgeschmissen.« Kurz legte er seine Hand auf Olivias Oberarm.

Bilde ich mir das ein, dachte Meret, oder ist das eine besitzergreifende Geste?

»Ich habe in den letzten Jahren hauptsächlich Tierfilme gemacht«, erklärte er Meret. »Gerade die weltweite Wildpferd-Population ist ein reizvolles Thema, wie du dir denken kannst.« Er lächelte Olivia an. »Olivia ist wirklich eine Expertin. Und zudem noch eine Augenweide. Schön wie ein junges Reh.«

Innerlich verdrehte Meret die Augen. So kannte sie ihn. Hoffentlich fiel die junge Frau nicht auf sein Gesülze herein. Er war schließlich mittlerweile auch schon über vierzig.

Olivia lachte gutmütig. Sie schien es gewohnt zu sein, dass sie der umschwärmte Mittelpunkt war. Die beiden anderen Männer hatten Meret zwar freundlich begrüßt, sich aber danach direkt wieder der jungen Biologin zugewandt. Sie war wirklich hübsch, musste Meret zugeben. Ein wenig sah sie aus wie die junge Audrey Hepburn. Lorenz' Vergleich mit dem Reh war also durchaus berechtigt.

Meret kam sich auf einmal vor wie ein Dorftrampel. Erneut rief sie sich innerlich zur Ordnung. Das alles spielte gar keine Rolle. Sie war aus beruflichen Gründen hier, ebenso wie die drei Männer.

Aber ganz gleich, wie sehr sie sich zusammennahm, Meret fand die Situation ungeheuer anstrengend. Am liebsten wäre sie aufgesprungen und weggelaufen. Zum Glück trat Thierry an den Tisch und sagte ihr, dass sein Vater sich freuen würde, wenn sie ihm beim Abendessen Gesellschaft leisten würde. Damit bot er ihr einen Vorwand, sich zu entschuldigen. Dankbar erhob sie sich und verabschiedete sich von der Runde.

»Es hat mich sehr gefreut, Sie kennenzulernen«, sagte sie an alle gerichtet. »Es tut mir leid, aber die Arbeit ruft. Ich wünsche Ihnen noch einen schönen Abend.«

Die Männer erhoben sich halb, und Olivia sagte: »Mein Vater geht nie sehr spät zu Bett. Wenn Sie möchten, können Sie sich uns gerne noch anschließen. Wir machen nachher hinten auf dem Platz bei den Ställen ein kleines Barbecue, und Sie sind jederzeit willkommen.«

Lorenz fügte hinzu: »Ja, bitte, Meret, komm doch später zu uns. Wir hatten noch gar keine Gelegenheit, uns zu unterhalten.«

Meret atmete ein paarmal tief durch, während sie Thierry zu dem Haus folgte, in dem sein Vater wohnte. Ihr war ein bisschen übel, und das kam ganz bestimmt nicht von dem Aperitif, den sie getrunken hatte. Zum Glück bot ihr das Abendessen mit Fernand de Mauriac einen Vorwand, Lorenz nicht den ganzen Abend gegenübersitzen zu müssen. Wer weiß, vielleicht ergab sich später eine Gelegenheit, in Ruhe mit ihm zu sprechen, auch wenn sie im Moment noch nicht ganz genau wusste, was sein plötzliches Auftauchen eigentlich bei ihr ausgelöst hatte.

Die Zeit ließ sich schließlich nicht einfach so zurückdrehen. Obwohl sie sich all die Jahre ausgemalt hatte, was sie ihm sagen wollte, wenn er erst einmal wieder vor ihr stehen würde, wusste sie jetzt gar nicht, ob es richtig war. Sollte sie ihm endlich erzählen, dass sie von ihm schwanger gewesen war? Interessierte es ihn, wie sehr sie unter der Fehlgeburt gelitten hatte? Sollte sie ihm verraten, wie oft sie in den vergangenen Jahren an ihn gedacht hatte? Und welche Konsequenzen hätte das für sie? Wollte sie überhaupt noch einmal mit ihm zusammen sein? Sie war sich weder im Klaren darüber, wie sie dieses unvermutete Treffen empfand, noch hatte sie ein Gefühl dafür, was Lorenz darin sah. Ihr Kopf sagte ihr, dass es ihm wohl kaum sonderlich viel bedeuten konnte, schließlich hatte er sich in den vergangenen Jahren kaum einmal gemeldet. Und doch spürte sie immer noch dieses unsichtbare Band zwischen ihnen.

Tief in Gedanken versunken, stolperte sie hinter Thierry den Weg entlang.

»Seit dem Tod meiner Mutter lebt mein Vater allein in dem Haus«, erklärte Thierry gerade. Er drehte sich zu ihr um. »Tut mir leid, dass der Weg so schmal und schlecht beleuch…« Er blieb stehen und musterte sie besorgt. »Meret? Alles in Ordnung mit Ihnen? Sie sind ganz blass!«

Sie holte erneut tief Luft. »Nein, nein, alles in Ordnung. Mir ist nur ein bisschen schwindelig. Wahrscheinlich habe ich heute Nachmittag zu lange ungeschützt in der Sonne gesessen. Sie ist ja immer noch ziemlich stark.« Das war zumindest nicht gelogen.

Thierry trat zur Seite und bot ihr den Arm, als sei sie eine alte Dame. »Kommen Sie, wir sind gleich da.«

»Nein, nein«, wehrte sie lächelnd ab. »Keine Sorge, ich falle nicht um. Der Weg ist viel zu schmal, um nebeneinander zu gehen.«

Er nickte und ging wieder voran, blickte sich aber ständig nach ihr um, als hätte er Angst, dass sie hinter ihm zusammenbrechen würde.

Es war tatsächlich nicht mehr weit. Der schmale Pfad öffnete sich auf einen sandigen Vorplatz, an den ein L-förmiges, weiß verputztes Haus mit Reetdach grenzte. Auch hier gab es eine doppelflügelige Eichentür mit Schnitzereien, und vor den kleinen Fenstern waren Klappläden angebracht. Fernand de Mauriac erwartete sie bereits an der Tür.

»Ich hoffe, Sie ernähren sich nicht vegetarisch«, empfing er sie. »Heute Abend gibt es nämlich Ochsenfleisch vom Grill.«

»Ach, du grillst auch«, sagte sein Sohn. »Bei uns gibt es heute auch ein großes Barbecue. Das Filmteam ist zurück. Ich muss gleich wieder zum Haus und mich ums Feuer kümmern.«

»Jaja, ich verstehe schon«, sagte Meret. »Feuermachen und Grillen ist Männerarbeit. Das ist wahrscheinlich überall auf der Welt gleich.« Zu Fernand de Mauriac sagte sie: »Vielen Dank für die Einladung. Und nein, ich bin keine

Vegetarierin. Heute Abend kommt mir ein ordentliches Stück Fleisch gerade recht.«

Sie folgte Fernand de Mauriac durch die große Eingangsdiele auf die Terrasse hinter dem Haus.

»Oh, ist das schön hier!« Bewundernd blieb Meret stehen. Der große Garten wurde von Gruppen leuchtender Kugeln erhellt, die die Bäume und Sträucher in ein sanftes Licht tauchten. Direkt an der großen Terrasse stand in einem Kiesbeet mit großen, runden Flusskieseln eine alte Platane, deren Krone anscheinend immer in Form geschnitten worden war, sodass sie sich jetzt wie ein großer Schirm ausbreitete.

Meret strich andächtig über die silbergraue, fleckige Rinde des Baumes. »Platanen sind meine Lieblingsbäume«, sagte sie.

»Ich finde, sie erzeugen eine ganz besondere Atmosphäre.«

»Ja, das stimmt«, antwortete de Mauriac. »Deshalb habe ich sie auch an die Terrasse gesetzt. Sie ist beinahe fünfzig Jahre alt.«

Der Zauber des Orts verfehlte auch auf Meret seine Wirkung nicht. Sie spürte, wie sie ruhiger wurde, und schließlich plauderte sie ganz entspannt mit dem alten Mann, der so viele interessante Begebenheiten aus seinem Leben zu erzählen wusste.

»Sagen Sie«, fragte sie schließlich, nachdem sie das kleine Diktiergerät eingeschaltet und auf den Tisch gelegt hatte, »wir reden schon die ganze Zeit Deutsch, und Sie sprechen so fließend, dass ich mich zwischendurch immer daran erinnern muss, dass ich in Frankreich mit einem Franzosen spreche. Woher können Sie denn die Sprache so gut?«

Am Kinn des alten Mannes zuckte ein Muskel. Er antwortete nicht sofort. »Ich war im Zweiten Weltkrieg Zwangsarbeiter in Deutschland«, sagte er schließlich. »Von 1941 bis 1945.«

»Oh!« Meret schlug erschrocken die Hand vor den Mund. »Entschuldigen Sie, dass ich gefragt habe. Das ist bestimmt ein schmerzliches Kapitel für Sie.«

»Ja, zweifellos«, antwortete de Mauriac. »Aber wenn ich nicht darüber reden wollte, hätte ich ja nur nicht Deutsch mit Ihnen sprechen müssen.«

Sie nickte. »Das hat mich ja auch so neugierig gemacht. Ihr Deutsch ist wirklich hervorragend, fast akzentfrei.«

»Ich habe großes Glück gehabt. Ich war bei einer Familie an der Mosel untergebracht. Sie hatten einen Winzerbetrieb, haben ihn heute noch, und weil ich vom Weinanbau ein wenig verstand, habe ich mich bald unersetzlich gemacht. Die Winzerin hat mich wie ihren Sohn behandelt, und von ihr habe ich die Sprache gelernt.« Versonnen blickte der alte Mann vor sich hin. »Trotz des Krieges war es beinahe eine Idylle. Allerdings nur beinahe. Der Mann und der ältere Sohn waren Soldaten. Ich glaube, sie waren in Russland an der Front. Die Frau war allein mit ihren beiden Töchtern und dem jüngsten Sohn, der erst fünfzehn war. Der Mann der ältesten Tochter war damals schon gefallen. Alle waren sehr freundlich zu mir, und das nicht nur, weil ich ihnen geholfen habe, die fehlenden Arbeitskräfte zu ersetzen.«

»Haben Sie noch Kontakt zu ihnen?«

Fernand de Mauriac nickte. »Ja, zu den Töchtern. Madame Mère ist vor einigen Jahren gestorben, und Walter, der jüngste Sohn, ist kurz vor Kriegsende doch noch eingezogen worden und gefallen. Die beiden Töchter allerdings, Hedwig und Anna-Maria, haben den Kontakt zu mir über all die Jahre gehalten, auch als ich später verheiratet war und selber eine Familie hatte. Sie sind oft zu Besuch hier gewesen, und ich war mit meiner Frau einige Male auf dem Weingut an der Mosel. Da sie alle kaum Französisch sprechen, habe ich an ihnen meine Deutschkenntnisse lebendig gehalten.«

Meret blickte ihn staunend an. »Das hört sich so friedlich an. Empfinden Sie denn keinen Hass, keinen Groll, wenn Sie an diese Zeit zurückdenken? Schließlich sind Sie nicht freiwillig nach Deutschland gegangen!«

De Mauriac schüttelte lächelnd den Kopf. »Nein, da halte ich es mit Nelson Mandela: Er hat unter der Apartheid-Regierung Furchtbares durchgemacht, und doch immer nur gesagt, dass er seinen Feinden verzeihe und ihnen nichts nachtrage. Hass und Groll vergiften einen nur selber.«

Meret zog die Augenbrauen hoch. »Monsieur de Mauriac, Sie sind ein Heiliger!«

Der alte Mann lachte. »Keine Ahnung. Auf jeden Fall habe ich schrecklichen Hunger. Soll ich uns nicht langsam ein schönes Stück Ochsenfleisch auf den Grill legen?«

Nachdenklich schlenderte Meret nach dem Abend mit Fernand de Mauriac den Weg zum Gut zurück. De Mauriac war wirklich ein toller Mann. Sie war froh, dass sie den Auftrag zu dieser Reise angenommen hatte. Nicht auszudenken, was ihr entgangen wäre, wenn sie zu Hause geblieben wäre. Außerdem wäre sie Lorenz nicht wiederbegegnet …

»Da bist du ja endlich. Ich dachte schon, du kommst gar nicht mehr!«

Sie zuckte erschreckt zusammen, als sich ein Schatten aus einer Baumgruppe löste und auf sie zukam. Aber dann sah sie, dass es Lorenz war. Offensichtlich hatte er auf sie gewartet. Zögernd blieb sie stehen. Er trat auf sie zu, nahm sie ohne weitere Umstände in die Arme und küsste sie, zärtlich und doch voller Leidenschaft.

Merets Körper erinnerte sich sofort an seine Berührungen, an die kleinen Laute, die er von sich gab, an seinen Geruch, der ihr auch nach all den Jahren vertraut war. Eigentlich hatte sie ihm widerstehen wollen, aber sie erlag sofort seinem Zauber. Sie schmiegte sich an ihn und erwiderte seinen Kuss.

Nach einer Weile löste er sich von ihr. Er umfasste ihr Gesicht mit beiden Händen. »Komm«, sagte er rau. »Lass uns zu mir gehen. Du hast mir so gefehlt.« Wieder küsste er sie hungrig und drängte sich an sie. »Meine Bella«, flüsterte er an ihren Lippen. »Davon habe ich geträumt.«

Meret schluckte. Sie wollte ihm sagen, dass sie nichts davon gemerkt hatte, wollte ihm sagen, wie unglücklich sie ohne ihn gewesen war, wie sehr sie gelitten hatte, weil er sich nicht gemeldet hatte. Aber sie sagte nichts. Stattdessen genoss sie seine Küsse und Berührungen und ließ sich widerstandslos, wie hypnotisiert, von ihm zu seinem Bungalow ziehen.

Aus den Augenwinkeln sah sie, dass auf dem Sandplatz an den Stallungen die Reste eines Lagerfeuers glühten. Auf den Strohballen darum herum saß nur noch der junge Kameramann. Ab und zu trank er einen Schluck Bier aus der Flasche und blickte verträumt in die Glut.

Lorenz' Unterkunft war wesentlich geräumiger als ihre und auch komfortabler eingerichtet, aber das nahm Meret nur undeutlich wahr. Wie im Rausch fielen sie übereinanderher, rissen sich gegenseitig die Kleider vom Leib und sanken in einer atemlosen Umarmung aufs Bett.

Lorenz liebte sie so zärtlich und ausschließlich, dass auch ihr letzter Widerstand dahinschmolz. Meret war völlig eingehüllt in seine Wärme und Nähe. Es gab nur sie beide auf der Welt.

Danach lagen sie schweigend eng aneinandergeschmiegt auf dem Bett. Als Meret wieder zu Atem gekommen war, hob sie den Kopf und sah Lorenz aufmerksam an. Mit einem Finger fuhr sie die Konturen seines Gesichts nach. »Wo warst du nur so lange?«, murmelte sie. »Ich habe mich so nach dir gesehnt.«

Lorenz nahm sie in die Arme. »Jetzt bin ich ja da. Komm, meine Schöne, lass uns schlafen. Ich bin müde.« Er begann, die Decke über sie beide zu ziehen.

Irritiert hob Meret erneut den Kopf. »Wie kannst du jetzt

schlafen wollen? Es gibt so viel zu besprechen, so viel zu erzählen. Willst du gar nicht wissen, wie es mir ergangen ist? Und dir? Wie war es denn in Südamerika? Und, Lorenz, einmal habe ich sogar geglaubt, dich in München zu sehen.«

»Morgen, ja?«, sagte er schläfrig. »Heute nicht mehr. Heute bin ich müde.« Er drückte ihr einen Kuss auf die Lippen, drehte sich um und war eingeschlafen.

Eine Weile lag Meret frustriert da und lauschte auf seinen gleichmäßigen Atem. Ihr Verstand riet ihr, aufzustehen und zu gehen, aber ihr Körper prickelte noch von seinen Berührungen. Sie war einfach noch nicht bereit, seine Nähe und Wärme zu verlassen, um sich in ihr einsames Bett zu legen. Ihre Gedanken kreisten unablässig um die letzten Stunden. Wie war es möglich, dass er einfach auftauchte und sie so in seinen Bann zog? Was für ein geheimnisvolles Band war da zwischen ihnen? Zu Hause wartete Johannes auf sie, und vor allem war da Nicolas. Sie konnte doch nicht einfach alles wegwerfen. Und für was? Für ein flüchtiges Gefühl der Wärme, das sie seltsamerweise nur bei Lorenz empfand?

Leise stand sie auf. Lorenz murmelte etwas im Schlaf und drehte sich um, wachte jedoch nicht auf. Sein Mund war leicht geöffnet, und seine schwarzen Haare fielen ihm zerzaust in die Stirn, was ihm im Schlaf ein jungenhaftes, verletzliches Aussehen verlieh. Eine Welle von Zärtlichkeit schlug über Meret zusammen. Nein, sie konnte ihn jetzt noch nicht verlassen. Diese eine Nacht wollte sie mit ihm genießen. Vielleicht konnten sie morgen miteinander reden und alles klären. Sie kletterte wieder ins Bett und schmiegte sich an ihn. Bald darauf war auch sie eingeschlafen.

Die Sonne schien ihr ins Gesicht, als Meret aufwachte. Der Platz neben ihr im Bett war leer. Im Zimmer war es still, und auch aus dem Bad drangen keine Geräusche. Lorenz war anscheinend schon aufgebrochen.

Sie setzte sich auf und blickte auf ihre Armbanduhr, die neben dem Bett auf dem kleinen Tischchen lag. Neun Uhr. Ach, du liebe Güte, sie verschlief die beste Zeit des Tages! Rasch stand sie auf, duschte und schlüpfte in ihre Sachen, die überall auf dem Boden verstreut lagen.

Auf dem Tisch fand sie ein Blatt Papier, ein Gruß von Lorenz: »Danke für die wundervolle Nacht, Bella! Jetzt weiß ich, was mir in den letzten Jahren gefehlt hat … 1000 Küsse und noch einer!«

Unwillkürlich musste Meret lächeln. Es war doch richtig gewesen, dass sie die Nacht mit ihm verbracht hatte. Jetzt würde alles gut werden. Sie würden sich aussprechen, und dann würden sie weitersehen. Auf einmal hatte sie das Gefühl, dass eine Zukunft mit Lorenz wieder in greifbare Nähe gerückt war.

Neue Leichtigkeit erfüllte sie, und alles an diesem Tag erschien ihr besonders. Die Sonne, die die Sumpflandschaft in ein weiches Licht hüllte; die Flamingos, die sich für den Abflug nach Afrika sammelten, wie Thierry ihr erklärte; die Stierherden, unter deren donnernden Hufen das Wasser in glitzernden Fontänen aufwirbelte; die weißen Pferde, die so schön, stark und unabhängig neben ihnen hergaloppierten.

Die Arbeit ging ihr leicht von der Hand. Nach dem Mittagessen setzte sie sich auf ihre kleine Terrasse und schrieb zuerst den Artikel über das Landgut und das angeschlossene Hotel, dann brachte sie das Gespräch mit Fernand de Mauriac zu Papier. Zum Schluss sichtete und ordnete sie noch die Fotos, die sie in den letzten zwei Tagen gemacht hatte.

Aufatmend klappte sie ihren Laptop zu und reckte sich. »Ich glaube, ich springe rasch noch mal in den Pool«, murmelte sie leise vor sich hin. Sie lief in ihr Zimmer, zog ihren Badeanzug an, schlüpfte in ihre Badelatschen und trat aus der Tür.

Leicht enttäuscht stellte sie fest, dass sich bereits vier Personen im Schwimmbecken tummelten: drei Männer und eine Frau. Anscheinend waren Olivia und das Filmteam schon von ihrer heutigen Exkursion zurück. Meret wollte gerade fröhlich winkend auf die Gruppe zulaufen, als sie sah, wie Lorenz die Frau mitten auf den Mund küsste und im Wasser an sich zog. Sie hob lachend das Gesicht zu ihm und strich sich die kurzen dunklen Haare zurück.

Meret stockte der Atem. Das war gar nicht Olivia, sondern eine Frau, die sie noch nie gesehen hatte. Jetzt schwamm sie mit kraftvollen Kraulzügen quer durch das Becken, rief dem jungen Kameramann lachend etwas zu und stemmte sich mit beiden Händen am Beckenrand hoch. Sie war klein und zierlich, deshalb hatte Meret sie auch zunächst für

Olivia gehalten. Sie ergriff ein weißes Handtuch, das am Pool lag, und schlang es sich um die Hüften. Wassertropfen glitzerten auf ihrer gebräunten Haut und ihrem glatten, beneidenswert flachen und trainierten Bauch. Lorenz war ihr nachgeschwommen und hatte sich ebenfalls aus dem Becken gestemmt. Er legte den Arm um die Frau, als sie auf Meret zukamen.

Meret stand wie erstarrt im Schatten der umlaufenden Veranda und blickte den beiden entgegen. Lorenz bemerkte sie erst, als sie fast auf ihrer Höhe waren. Er gab nicht zu erkennen, dass er sie sah, wurde jedoch knallrot, als er an ihr vorbeiging. Meret hörte, wie die Frau ihn auf Deutsch fragte: »Sagt man um diese Uhrzeit eigentlich noch ›*bonjour*‹ oder schon ›*bonsoir*‹?«

Abrupt drehte sich Meret um und flüchtete in ihr Zimmer. Verwirrt ließ sie sich auf ihr Bett sinken. Was war das denn gewesen? Ihre Gedanken überschlugen sich. Sie hatte das Gefühl, diese Frau auch in München mit ihm gesehen zu haben. War das etwa seine Ehefrau? Aber er hatte nicht erwähnt, dass er verheiratet war. Na ja, wenn sie ehrlich war, hatte er sowieso kaum etwas gesagt, es war also alles möglich.

Eine ganze Weile saß sie so da. Vor ihrem inneren Auge lief alles noch einmal ab. Sie sah sich in Afrika, ihre Begegnung mit Lorenz, die wunderbaren zehn Tage mit ihm zusammen. Sie dachte an den ersten Brief, den er ihr geschrieben hatte, an seine Anrufe, die meist nach kurzer Zeit unterbrochen worden waren, und an die schreckliche Zeit, als sie nach dem Schwangerschaftsabbruch ganz allein gewesen war. Dann das unvermutete Treffen in Köln. Seine Postkarte aus Cambridge. War er überhaupt in Südamerika gewesen? Aber was spielte das jetzt für eine Rolle? Immer wieder dachte sie an die Begegnung hier, dachte daran, wie er sie gestern Abend auf der Terrasse erwartet hatte, und an die leidenschaftliche, wundervolle Nacht, die sie miteinander verbracht hatten. Aber das war wohl nur Sex gewesen. Sonst nichts. Sie musste sich eingestehen, dass die Romanze damals in Afrika nur noch eine ferne Erinnerung war. Nichts davon hatte die Zeit überdauert. Nichts war geblieben.

Draußen war es dunkel geworden, aber Meret saß immer noch im Badeanzug auf dem Bett. In der Dämmerung hatte es einmal an ihre Tür geklopft. Lorenz hatte leise »Meret?« gerufen. Als sie nicht öffnete, war er sogar nach hinten auf ihre Terrasse gekommen und hatte versucht, in ihr Zimmer zu blicken. Aber die Vorhänge waren zugezogen, und da es im Zimmer dunkel war, konnte er sie nicht erkennen. Sie hatte seine Silhouette gesehen, aber sie hatte ihm nicht aufgemacht. Was sollte das bringen? Jetzt brauchten sie auch nicht mehr zu reden.

Sie konnte sich die Geschichte zusammenreimen, sie war so banal und gewöhnlich, dass es nicht schwerfiel. Vielleicht hatte er heute wirklich mit ihr reden wollen, bestimmt hatte er sich auf eine weitere schöne Nacht mit ihr gefreut. Doch dann war wohl überraschend seine Frau zu Besuch gekommen. Pech!

Meret konnte ihm noch nicht einmal böse sein. Sie hatte sich im Grunde nicht anders verhalten als er. Auch sie war verheiratet und hatte mit Lorenz geschlafen, ohne ein einziges Mal an Johannes zu denken. Nein, das stimmte nicht ganz, sie hatte an ihn gedacht, allerdings – wie so oft – erst in dem Moment, in dem die Sache für sie nicht rund lief. Hätte Lorenz sich so verhalten, wie sie es sich gewünscht hatte, dann hätte sie sicher keinen Gedanken an Johannes, an ihre Familie verschwendet.

Die Journalistin in Afrika fiel ihr ein. Damals hatte Meret nicht darüber nachgedacht, aber die Frau war sicher mit Lorenz zusammen gewesen und hatte zusehen müssen, wie er sich einer anderen zuwandte. Ihr hat er bestimmt auch nichts erklärt, dachte sie.

»Du bist keinen Deut besser als er«, sagte sie zu sich. Die Einsicht löste ihre Starre. Endlich erhob sie sich von ihrem Bett, zog sich an und ging nach draußen. Hoffentlich bekam sie noch etwas zu essen. Auf einmal hatte sie schrecklichen Hunger.

Die wenigen Gäste saßen alle auf der Terrasse. Thierrys Schwester begrüßte Meret fröhlich und forderte sie auf, sich zu ihnen zu setzen. Wie alle Männer stand auch Lorenz auf, als sich Meret einen Stuhl nahm und sich zu der Runde setzte.

»Darf ich dir meine Frau Claudia vorstellen?«, sagte er und wies auf die zierliche dunkelhaarige Frau, die die ältere Schwester von Olivia hätte sein können. Nichts in seinem

Verhalten gab zu erkennen, ob ihm die Situation unangenehm war. Er wirkte entspannt und locker. Es war wirklich bewundernswert, wie er sich im Griff hatte. »Claudia, das ist Meret Dufresnes. Ich habe dir von ihr erzählt. Wir haben uns vor vielen Jahren in Kenia kennengelernt und sind uns hier zufällig wiederbegegnet.«

»Wie schön, Sie kennenzulernen, Meret«, sagte die Frau lächelnd. Sie hatte eine klare, melodische Stimme, die auf eine Sprechausbildung schließen ließ. »Lorenz hat mir wirklich viel von Ihnen erzählt.«

Was du kannst, kann ich auch, dachte Meret mit einem kühlen Blick auf Lorenz. »Ich freue mich auch, Sie kennenzulernen«, sagte sie zuckersüß. »Ich hatte ja keine Ahnung, dass Lorenz eine so reizende Frau hat.« Wie eine Endlosschleife ging ihr durch den Kopf, dass sie sich in München keineswegs geirrt hatte. Aus der Tram heraus hatte sie tatsächlich Lorenz mit seiner Frau gesehen. Und da hatten sie glücklich gewirkt. Warum also hatte er hier das Theater mit ihr veranstaltet?

In Claudias Augen blitzte es einmal kurz auf, aber Lorenz griff rasch ein, indem er sagte: »Warum siezt ihr euch? Wenn ich dabei bin, wird geduzt.«

Zum Glück trat in diesem Moment Thierrys Frau an den Tisch. »Oh, da sind Sie ja«, sagte sie zu Meret. »Ich habe schon befürchtet, Sie hätten keinen Hunger heute Abend. Ich habe nämlich ein *Gardianne de Taureau* gemacht. Wenn Sie mögen, können Sie mit mir in die Küche kommen und noch etwas essen. Es ist reichlich übrig.« Sie warf einen

Blick auf die Runde um ihre Schwägerin und fügte lächelnd hinzu: »Obwohl die Anwesenden heute anscheinend besonders großen Hunger hatten!«

»Oh, nur zu gerne«, sagte Meret. »Ich habe so lange mit meinem Mann und meinem Sohn telefoniert, dass ich ganz die Zeit vergessen habe. Und *Gardianne de Taureau* ist ja wohl das Nationalgericht der Camargue, das kann ich mir an meinem letzten Abend kaum entgehen lassen.« Sie stand auf. Ihr war nicht entgangen, dass Lorenz leicht zusammengezuckt war, als sie ihren Mann und Sohn erwähnt hatte. Sie genoss ihren kleinen Triumph. Geschieht ihm recht, dachte sie, als sie sich von der Gruppe verabschiedete. Dann folgte sie Thérèse ins Haus, ohne sich noch einmal umzusehen.

12

Wende über Steuerbord

(Befehl zum Wenden über die Steuerbordseite)

»Mama, Mama!« Nicolas sprang vom Fahrrad und rannte auf sie zu.

Vor drei Stunden war Meret in Wien gelandet und hatte sich sofort in ein Taxi nach Illmitz gesetzt. Sie verbrachten jetzt schon den dritten Sommer in Folge am Neusiedler See, sodass es sich ein bisschen anfühlte, als käme sie nach Hause. In der Camargue – vor allem mit Lorenz – hatte sie das wilde, gefährliche Leben gespürt, aber hier war ihre Familie, und die Ferien bestanden aus immer wiederkehrenden Ritualen.

Im Seewinkel, dem malerischen Gebiet östlich des Neusiedler Sees, schien die Sonne, und auf der Fahrt hierher hatte Meret gesehen, dass die Weinstöcke voller reifer Trauben hingen. Sie empfand die Gewissheit, dass auch dieser Urlaub in vorhersagbaren, festen Bahnen verlaufen würde, als tröstlich und beruhigend, zumal die Begegnung mit Lorenz sie doch mehr aus dem Gleichgewicht gebracht hatte, als sie erwartet hatte. Hier würde sie zur Ruhe kommen, und sie hatte sich fest vorgenommen, sich ausschließlich um Mann und Kind zu kümmern.

Stürmisch warf sich Nicolas in ihre Arme, und sie drückte ihn fest an sich. Aber nach einem kurzen Begrüßungskuss machte er sich ungeduldig wieder los.

»Mama, Mama«, sprudelte er hervor, »wir waren im Tierpark, und ich habe Büffel gesehen – mit *sooo* großen Hörnern!« Er breitete die Arme aus. »Und Papa ist mit mir über den ganzen See gerudert. Im Boot! Und ich mache einen Surfkurs! Vielleicht kann ich auch segeln lernen.« Er schaute sie mit seinen großen, blaugrauen Augen, die in der Form so sehr ihren ähnelten, bedeutungsvoll an. »Bleibst du jetzt hier, Mama? Mittags essen wir immer Langosch. Das schmeckt gut! Und guck mal, das Storchennest! Es ist riesig.« Er zeigte auf das Dach des Hotels, auf dem gerade ein Storch landete.

Lächelnd wuschelte Meret ihm durch die blonden Locken. Er hörte gar nicht mehr auf zu reden. »Ja, Süßer, ich bleibe jetzt hier. Das hört sich alles toll an.« Sie wandte sich zu Nina, die gerade von ihrem Fahrrad abstieg. »Ihr seid ja schon richtig braun geworden! Gut siehst du aus, Nina!« Sie umarmte die Kinderfrau.

»Kindchen, wie schön, dass du da bist! Hattest du einen guten Flug?« Nina musterte sie prüfend.

Meret nickte. »Ja, pünktlich und reibungslos. Wo ist Johannes? Habt ihr den Papa abgehängt?«, wandte sie sich an ihren Sohn.

Bevor Nina antworten konnte, sagte Nicolas kichernd: »Nein, der liegt im Bett, mit einem Schuss.«

Meret warf Nina einen fragenden Blick zu. »Was für ein Schuss?«

»Johannes hat einen Hexenschuss. Er wollte Nicolas' Fahrrad aufpumpen, und danach ist er nicht mehr hochgekommen«, erklärte Nina. »Jetzt liegt er im Bett und schont seinen Rücken. Ich habe ihm Salbe in der Apotheke besorgt.«

»Ich habe Nina geholfen, Papa den Rücken einzureiben«, warf Nicolas wichtig ein.

»Wann ist das denn passiert? Warum habt ihr mir nicht Bescheid gesagt?«

»Kindchen, reg dich nicht auf«, sagte Nina besänftigend. »Es ist erst heute früh passiert, und da warst du schon unterwegs.«

Nicolas, den der Gesundheitszustand seines Vaters anscheinend wenig berührte, mischte sich erneut ein. »Nina und ich sind mit dem Fahrrad am See gewesen. Da war auch Ninas Freund.«

»Nicolas«, sagte Nina streng zu ihm, »das ist nicht mein Freund.«

»Doch, ist er wohl«, sagte Nicolas und riss die Augen auf.

Meret musste lachen. »Na, das müsst ihr mir alles ganz genau erzählen. Jetzt bringe ich aber erst einmal meine Sachen rein und schaue nach dem Papa. Nicolas, kommst du mit? Du musst bestimmt duschen nach dem Tag am See.«

»Ich nehme ihn mit zu mir«, sagte Nina. »Kümmere du dich um deinen Mann. Komm, Nicolas, wir gehen aufs Zimmer.«

Eigentlich hatte Meret erwartet, Johannes sitzend im Bett vorzufinden. Normalerweise hielt er es auch im Urlaub kaum einen halben Tag aus, ohne zu arbeiten. Aber im Zimmer war es dämmerig. Die Vorhänge waren zugezogen, und Johannes lag auf der Seite, mit angezogenen Knien, und schlief. Anscheinend hatte es ihn schlimmer erwischt, als sie angenommen hatte. Die Luft war stickig, offensichtlich war den ganzen Tag noch nicht gelüftet worden.

Leise trat Meret ans Fenster. Sie zog die Vorhänge ein wenig zurück und öffnete einen Fensterflügel. Der Kippmechanismus quietschte ein bisschen, und Johannes wachte auf. »Meret?«, fragte er leise.

»Ja, ich bin da«, sagte sie und trat ans Bett. »Wie geht es dir? Nein, bleib liegen«, fügte sie hinzu und drückte ihn sanft herunter, als er sich aufrichten wollte. »Du solltest dich besser nicht so viel bewegen.«

»Ach, es geht schon«, murmelte Johannes. »Der Arzt war da und hat mir eine Spritze gegeben. Morgen bin ich wieder fit. Aber jetzt bin ich müde.«

Meret nickte. »Das liegt wahrscheinlich an der Spritze.« Insgeheim war sie dankbar dafür, dass er so benommen war. Dann konnte er ihr wenigstens keine unangenehmen Fragen stellen. Sie hatte sowieso keine Lust, ihm von der Reise zu erzählen. »Möchtest du etwas trinken?«, fragte sie ihn. »Oder hast du Hunger?«

»Durst«, sagte er und wies auf den Nachttisch, wo eine Wasserkaraffe mit Zitronenscheiben stand.

»Na, da hat dich die Familie Reiser wenigstens gut versorgt während meiner Abwesenheit«, sagte sie betont munter. Sie schenkte ihm ein wenig Wasser ein und stützte ihm den Kopf, damit er trinken konnte. Johannes war verschwitzt, und seine Haut war fahl. Er trank das Wasser in kleinen Schlucken aus, dann sank er erschöpft zurück aufs Bett.

Meret gab ihm einen Kuss auf die Wange und strich ihm die feuchten Haare aus der Stirn. »Schlaf noch ein bisschen, Lieber. Ich dusche mich rasch und gehe mit Nina und Nicolas zum Essen.«

Nach dem Essen, das wie immer viel zu reichhaltig gewesen war, spazierte sie mit Nina durch den Ort. Nicolas rannte voraus.

»Ich weiß nicht, ob ich die Küche hier zwei Wochen lang überstehe«, sagte Meret. »Ich habe heute Abend schon das Gefühl, mindestens zwei Kilo zugenommen zu haben. In Frankreich habe ich auch nicht gerade wenig gegessen. Ich fühle mich wie aufgepumpt.«

»Das sind bestimmt nur Wassereinlagerungen vom Flug«, meinte Nina.

»Na, ich glaube eher, es ist der Palatschinken mit Vanilleeis, der sich bereits bemerkbar macht. Der Serviettenknödel mit Gulasch war auch nicht ohne. Aber lecker!«

»Wie war es überhaupt in der Camargue?«, fragte Nina. »Ich habe Nicolas Fotos gezeigt von den weißen Pferden und den Stierherden, und natürlich von den Flamingos. Er …«

Nicolas, der vorausgelaufen war, kam zurück. »Nina, da vorne ist dein Freund!«, rief er.

Nina wurde rot. »Nicolas, ich habe dir doch gesagt …«, setzte sie an, aber der kleine Junge ließ sich nicht beirren.

»Da«, sagte er und zeigte zur Terrasse des Eiscafés, »da sitzt er. Guck, jetzt ist er gerade aufgestanden! Er kommt her.«

Meret lächelte Nina zu, als ein schlanker, älterer Herr freudestrahlend auf sie zukam. Ninas Gesicht war mittlerweile zartrosa angelaufen.

Nicolas zupfte Meret am Ärmel, damit sie sich zu ihm herunterbeugte. »Sie haben sich geküsst«, flüsterte er ihr ins Ohr.

Sie warf Nina einen amüsierten Blick zu, aber die ältere Frau hatte die Augenbrauen leicht zusammengezogen und schaute konzentriert dem Mann entgegen. Meret fand, er sah ein bisschen so aus, wie sie sich einen Rittmeister vorstellte.

Als er jedoch vor ihnen stand, musste sie feststellen, dass gar nichts Preußisches an ihm war. Sein Tonfall war unverkennbar wienerisch, als er sich ihr mit den Worten vorstellte: »Und das ist doch sicherlich die Frau Tochter? Mein Name ist Magister Franz Anwander. Küss die Hand, gnä' Frau.«

Meret unterdrückte ein Lachen. Ach je, alte österreichische Schule! Aber Nina schien es zu gefallen. Sie war, wenn es überhaupt möglich war, noch rosiger angelaufen und kicherte verlegen, als er Meret als »Frau Tochter« bezeichnete. Sie warf ihr einen Blick von der Seite zu, als sie jedoch sah, dass Meret keine Anstalten machte, die Verwandtschaftsverhältnisse richtigzustellen, entspannte sie sich und ließ sich ebenfalls die Hand küssen.

»Darf ich die Damen – und natürlich den kleinen Buben«, wandte er sich an Nicolas, der ihn mit großen Augen anschaute, »auf ein Eis einladen?«

»Mama, warum spricht der Mann so komisch?«, fragte Nicolas, als sie auf die Eisdiele zusteuerten.

Meret lachte leise. »So sprechen die Leute hier«, sagte sie. »Das weißt du doch. Du spielst doch in den Ferien immer mit dem Andreas vom Hotel.«

»Ja, aber der spricht nicht so«, belehrte Nicolas sie.

Wo er recht hat, hat er recht, dachte Meret. Ninas Schwarm redete besonders wienerisch, und insgeheim fand sie, dass ihm das eine leicht schleimige Ausstrahlung verlieh. Aber sie freute sich trotzdem für Nina. Sie war eine gut aussehende Frau, und jetzt schon viel zu lange allein. Ein kleiner Flirt konnte ihr nicht schaden.

Franz Anwander stellte sich als charmanter Unterhalter heraus. Er führte ihnen vor, wie unterschiedlich in den verschiedenen Wiener Bezirken gesprochen wurde, und brachte damit alle zum Lachen. Nicolas faszinierte er damit, dass er mit den Händen Schattenrisse von Tieren an die

Mauer des Eiscafés zauberte, die richtig lebendig wirkten. Meret bemerkte, dass er sehr um Nina bemüht war. Zwar siezten die beiden sich noch, aber ab und zu berührten sich ihre Hände wie durch Zufall, und Nina kam aus dem Strahlen gar nicht mehr heraus.

»Da hast du ja eine wunderbare Eroberung gemacht«, sagte Meret zu ihr, als sie sich schließlich verabschiedet hatten und zum Hotel zurückschlenderten. »Sehr angenehm, dein Herr Anwander!«

Nina strahlte sie an. »Ja, nicht wahr?«

»Heiratest du jetzt?«, fragte Nicolas, der müde zwischen ihnen hertrottete.

»Nein«, sagte Nina. »Wie kommst du denn darauf?«

»Weil er dir die Hand geküsst hat«, erklärte Nicolas.

Meret lachte. »Jemandem die Hand küssen kann man auch, ohne zu heiraten, mein Schatz!«, sagte sie. Hoffentlich stimmte das in dem Fall auch.

Am nächsten Tag ging es Johannes schon besser, und am übernächsten kam er mit ins Strandbad. Wie immer spielte sich das Leben im Burgenland sehr viel gemächlicher ab als zu Hause. Sie machten Schiffsausflüge, paddelten im Schlauchboot über den flachen See oder spielten Minigolf auf der weitläufigen Anlage, was Nicolas besonders liebte. Der Junge machte große Fortschritte in seinem Surfkurs, und Meret, die einmal selber versucht hatte, auf dem Brett die Balance zu halten, wobei sie kläglich gescheitert war, bewunderte den sportlichen Ehrgeiz ihres Sohnes.

Nina nahm an den Familienaktivitäten immer seltener teil. Herr Anwander, Franz, wie sie ihn mittlerweile nannte, belegte sie zunehmend mit Beschlag. Sie machten Ausflüge in die Umgebung oder nach Wien, bei denen Meret und Johannes sie nicht stören wollten.

»Meinst du, das ist etwas Ernstes bei den beiden?«, fragte Meret eines Mittags, als sie am Seeufer ihren obligaten Langosch mit Knoblauch und grobem Salz verzehrten.

Johannes zuckte mit den Schultern. »Sieht so aus«, sagte er kauend und beobachtete seinen Sohn, der mit Andreas, dem gleichaltrigen Jungen aus dem Hotel, in dem sie wohnten, in Sichtweite am Ufer hockte und Dämme aus Kieselsteinen baute. Sie hatten schon ein richtiges kleines Hafenbecken abgetrennt. Ihre Hefefladen lagen vergessen auf dem Rasen.

»Aber stell dir mal vor, sie ziehen zusammen oder so. Das wäre ja furchtbar«, sagte Meret.

»Wieso sollten zwei kleine Jungen denn zusammenziehen?«, fragte Johannes.

Es dauerte einen kurzen Moment, bis Meret aufging, dass ihr normalerweise so ernster Mann sie auf den Arm nahm.

»Ach, Mensch!« Sie versetzte ihm einen sanften Schubs. »Ich meine doch Nina und ihren Wiener Magister!«

Johannes lachte. »Na ja, so furchtbar ist Zusammenziehen auch wieder nicht, oder? Nina ist schließlich eine ziemlich erwachsene Frau.«

»Nein, aber ich meine, vielleicht hätte sie dann keine Zeit mehr für Nicolas.«

Johannes warf ihr einen seltsamen Blick von der Seite zu, sagte aber nichts. Sofort meldete sich Merets schlechtes Gewissen. Er fand bestimmt, dass sie sich nicht genug um ihr Kind kümmerte. Aber sie wollte die entspannte Urlaubsstimmung nicht verderben, deshalb kommentierte sie seine Miene nicht.

»Immerhin hängt er sehr an ihr«, fügte sie hinzu. »Und wenn sie zum Beispiel mit Franz auf Reisen gehen möchte …«

»Dann können wir auch nicht viel machen«, sagte Johannes. »Wir müssen es eben nehmen, wie es kommt. Schließlich ist Nina nicht mit uns verwandt. Sie hat ein Recht auf ihr eigenes Leben. Wenn sie wirklich mit dem Mann zusammenziehen will, finden wir eine Lösung.«

»Ja, du hast natürlich recht«, lenkte Meret ein. Aber wohl war ihr nicht bei dem Gedanken, dass Nina möglicherweise aus ihrem Leben verschwinden würde. Nicht nur für Nicolas, auch für sie würde das große Probleme mit sich bringen.

Ihre Sorgen wurden nicht kleiner, als Nina am nächsten Morgen ungewöhnlich strahlend zum Frühstück kam. Die Veränderung fiel sogar Nicolas auf. »Bist du heute schön, Nina!«, rief er bewundernd.

Nina streichelte ihm über den Kopf. »Ach, ich habe nur ein bisschen Lippenstift und Rouge aufgelegt«, murmelte sie verlegen in Richtung von Meret und Johannes.

Johannes lächelte sie an, widmete sich dann aber weiter mit Appetit seiner Kümmelstange, die er vor jedem Bissen sorgfältig mit Butter bestrich.

Meret jedoch konnte es sich nicht verkneifen zu fragen: »Na, war es schön?«

»Süßinka«, sagte Nina verweisend, fügte aber errötend hinzu: »Ja, sehr.« Zögernd fuhr sie fort: »Ich müsste da noch etwas mit euch besprechen.«

Leicht alarmiert blickte Meret sie an, aber Johannes sagte nur: »Was gibt's denn?«

»Ja, nun, Franz und ich möchten gerne noch zwei Wochen an den Gardasee fahren. Franz überlegt, ob er sich in Gargnano eine Wohnung kaufen soll, und er möchte mich gerne dabeihaben, damit ich ihm helfe, das Passende zu finden. Also wollte ich euch fragen, ob ich für die nächsten zwei Wochen Urlaub haben kann.«

»Selbstverständlich«, sagte Johannes sofort. Er schaute Meret an. »Du hast doch in den nächsten Wochen keine Reise geplant, oder?«

»Nein«, sagte Meret. »Natürlich kannst du fahren, Nina. Es freut uns, dass du es offensichtlich so gut getroffen hast«, fügte sie ein wenig mühsam hinzu. »Eine Wohnung in Gargnano, das hört sich gut an.«

»Ja, am liebsten mit Blick auf den See«, sagte Nina und lächelte versonnen.

»Hmm«, sagte Johannes, »das würde mir auch gefallen. Wann wollt ihr denn aufbrechen?«

»Morgen«, sagte Nina. »Und ihr habt ganz bestimmt nichts dagegen?«

»Nein, Unsinn, was sollten wir denn dagegen haben?«, fragte Johannes.

»Schließlich kannst du tun und lassen, was du willst«, rutschte es Meret heraus. Um ihren ungewollt spitzen Tonfall ein wenig abzumildern, schob sie schnell hinterher: »Im Gegenteil, Nina, wir freuen uns, wenn du glücklich bist. Das ist das Wichtigste.«

»Gut«, sagte Nina erleichtert und atmete hörbar auf. »Es hat mir ziemlich auf der Seele gelegen, schließlich lasse ich euch nicht gerne im Stich. Aber wenn du wirklich in der nächsten Zeit nicht verreisen musst, Meret, dann brauche ich mir ja wegen Nicolas keine Sorgen zu machen.«

»Ich habe echt die größten Bedenken«, sagte Meret am Telefon zu Barbara. Vor zwei Tagen waren sie aus Österreich zurückgekommen, und nun hatte Meret endlich ein paar freie Minuten gefunden, um ihrer Freundin von ihrem Urlaub zu berichten. Seit sie wieder arbeitete, sprach und sah sie Barbara viel zu selten. Doch wenn Meret etwas auf der Seele brannte, konnte sie sich immer darauf verlassen, dass Barbara ein offenes Ohr – und oft auch einen guten Rat – für sie hatte. »Jetzt sind sie in Italien, und Nina hat Bescheid gegeben, dass sie noch zwei Wochen länger bleiben müssen. Wer weiß, was ihnen da noch alles einfällt. Am Ende bleibt sie gleich mit ihm da.«

»Das glaube ich nicht«, sagte Barbara. »Aber wie sieht es denn aus? Kommt sie rechtzeitig wieder, damit du mit auf Wanderfahrt gehen kannst?«

Barbara war immer noch aktives Mitglied im Heidelberger Ruderverein, und die Frauen hatten für den Herbst eine

Rudertour über ein langes Wochenende geplant. Sie wollten von Cannstatt nach Heidelberg rudern. Meret liebte diese Touren auf dem Fluss und hatte deshalb begeistert zugesagt, als Barbara sie gefragt hatte, ob sie mitkommen wolle. So lange hatte sie schon keine Gelegenheit mehr gehabt, den Sport auszuüben. Jedes Mal, wenn sie sich vornahm, endlich wieder Mitglied in einem Ruderverein zu werden, kam irgendetwas dazwischen.

»Ach, du lieber Himmel«, sagte sie jetzt erschrocken, »daran habe ich gar nicht mehr gedacht. Johannes hat mich mit seiner Frage, ob ich in der nächsten Zeit auch wirklich zu Hause wäre, so unter Druck gesetzt, dass ich das komplett ausgeblendet habe. Wann geht es noch mal los?«

»Na ja«, sagte Barbara, »in knapp zwei Wochen. Du müsstest übernächsten Mittwoch zu mir kommen. Wir wollen an dem Donnerstag danach ganz früh aufbrechen. Das wird schwierig, wenn Nina nicht da ist. Was willst du dann mit Nicolas machen?«

Meret seufzte. »Wahrscheinlich findet ihr so schnell auch keinen Ersatz für mich. Mit wie vielen Booten fahren wir überhaupt?«

»Mit zwei Fünfern. Zur Not bleibt ein Platz frei, aber es wäre natürlich schöner, du würdest mitfahren. Ich habe mich schon so darauf gefreut.«

»Ja, ich mich auch.« Meret runzelte die Stirn. »Ich muss mal überlegen. Wenn Nina gar nicht mehr wiederkommt, muss ich mir ja auch was einfallen lassen.«

»Ach, sie kommt bestimmt wieder«, beruhigte Barbara sie. »Der Wiener könnte ja auch mit in ihre Wohnung auf dem Hof ziehen.«

»Hm«, sagte Meret. »Lass uns noch mal telefonieren, wenn ich das wegen des Wochenendes geklärt habe.«

»Hoffentlich klappt es. Wir haben ziemlichen Nachholbedarf an Gesprächen. Ich weiß immer noch nicht genau Bescheid über deine Frankreichreise.«

Allzu viel hatte Meret bisher nicht von ihrer Begegnung mit Lorenz in Frankreich erzählt. Sie war sich selber noch nicht sicher, was das Treffen in ihr bewirkt hatte. Außerdem hatte sich die Qualität ihrer Freundschaft zu Barbara anscheinend verändert. Oder wir haben uns verändert, dachte Meret. Das ist wahrscheinlicher. Früher hätte sie versucht, im Gespräch mit der Freundin sozusagen laut darüber nachzudenken, aber mittlerweile machte sie diese Dinge lieber mit sich alleine aus, zumal Barbara für Merets Geschmack mittlerweile zu viel über ihr anstrengendes Familienleben jammerte.

Johannes war natürlich sowieso nicht der richtige Gesprächspartner für dieses Thema, aber auch abgesehen davon hatte sie ihm gegenüber noch nie viel von sich preisgegeben, was auch nicht richtig war. Michael, mit dem sie vielleicht besser hätte reden können, war nicht mehr in der Nähe. Er war schon vor einem Jahr mit seinem Partner nach Berlin gezogen, und sie telefonierten noch selten, weil er beruflich so eingespannt war. Und Nina war eigentlich für diese intimeren Themen keine Ansprechpartnerin.

Nachdenklich schüttelte Meret den Kopf. Mann, Mann, du wirst eigen, murmelte sie vor sich hin.

13

Einen Krebs fangen

(Technischer Fehler, durch den das Ruderblatt zu tief ins Wasser gerät und im schlimmsten Fall das Boot zum Kentern bringen kann.)

Es sah so aus, als müsse Meret entweder auf die Rudertour verzichten oder jemanden suchen, der zumindest für die drei Wochentage auf Nicolas aufpasste. »Schließlich wohnen wir doch auf einer Hofanlage«, sagte sie abends im Bett zu Johannes. »Vielleicht können sich Simone und Dieter um Nicolas kümmern.«

Johannes blickte sie entgeistert an. »Wirklich, Meret! Du kommst auf Ideen! Wie soll das denn gehen?«

Die beiden Architekten, mit denen zusammen sie damals den Vingsthof gekauft hatten, hatten sich mittlerweile in einer der Scheunen ein Büro eingerichtet und arbeiteten sozusagen »von zu Hause aus«.

»Wir können froh sein, wenn sie wieder den Hund nehmen«, fuhr Johannes fort. »Aber du kannst nicht im Ernst von ihnen verlangen wollen, dass sie neben ihrer Arbeit auf unseren Sohn aufpassen, während du deinem Vergnügen nachgehst.«

»Du hast ja recht«, lenkte Meret ein. »Das ist wirklich eine Schnapsidee. Ich würde nur so gerne mal wieder mit Barbara und den anderen Frauen eine Wanderfahrt machen. Es konnte ja keiner ahnen, dass Nina so lange wegbleibt.«

Johannes beugte sich zu seiner Frau, um ihr einen Gutenachtkuss zu geben. »Wenn alle Stricke reißen, nehme ich mir frei. Übernächste Woche geht das schon. Es sind ja auch nur zweieinhalb Tage.«

Überrascht blickte Meret ihn an. »Danke. Das ist ein nettes Angebot. Damit hätte ich jetzt gar nicht gerechnet.«

Johannes ließ sich zufrieden in die Kissen sinken. »Ich habe eben viele unerwartete Seiten.«

Aber dann brauchte Johannes sich doch keinen Urlaub zu nehmen – Nina kam rechtzeitig zurück.

Einen Tag vor Merets Aufbruch nach Heidelberg war sie wieder da. Sie wirkte gut erholt und strahlend, erzählte aber kaum etwas. Auf ihre Frage, wie es denn gewesen sei, bekam Meret nur ein lapidares »schön« zur Antwort.

»Nina«, sagte sie, »hat mein Sohn auf dich abgefärbt? Wenn ich Nicolas frage, wie es in der Schule war, sagt er auch immer nur ›schön‹. Das war schon früher im Kindergarten so. Jetzt sag doch mal: Hat denn dein Magister Anwander eine Wohnung gekauft?«

»Noch nicht«, sagte Nina. »Aber wir haben uns einige Objekte angeschaut. Vielleicht wird es auch ein Haus.« Sie lächelte vor sich hin. Offensichtlich hatte sie äußerst angenehme Erinnerungen an die letzten zwei Wochen.

»Ein Haus?« Meret blickte sie verwundert an. »Das klingt toll! Aber du willst doch hoffentlich nicht für immer dahin ziehen?«, sagte sie. »Hast du mal mit deinem Sohn gesprochen?«

»Ich kann noch gar nichts sagen«, wehrte Nina ab. »Es ist alles noch in der Schwebe.«

Und mehr war aus ihr nicht herauszubekommen.

Hinterher hätte Meret nicht sagen können, warum sie so ein merkwürdiges Gefühl gehabt hatte, als sie zur Rudertour aufbrach. Sie verabschiedete sich von Nicolas und Johannes so innig, als ginge sie auf Weltreise, und daher sagte Johannes dann auch einigermaßen verwundert: »Was ist los mit dir, Merry? Du bist doch in ein paar Tagen schon wieder da.«

Meret hatte gar nichts geantwortet, sondern noch einmal ihr Kind umarmt, als sähe sie es zum letzten Mal.

Es war noch früh am Morgen, doch als Meret aus der Haustür trat, kam auch Nina gerade aus ihrer Wohnung. Meret kam es beinahe so vor, als ob sie zögerte, auf sie zuzukommen und sich zu verabschieden.

»Nina«, rief sie und winkte. »Ich bin jetzt weg! Pass gut auf alle auf!«

Nina, die immer noch an ihrer Haustür stand und anscheinend am Schloss herumfummelte, winkte ebenfalls und nickte, machte aber keine Anstalten, zu ihr zu kommen. Da Meret es eilig hatte, stieg sie ins Auto und fuhr los. Als sie an Nina vorbeifuhr, hatte sie kurz den Eindruck, im

Gesicht der Kinderfrau rotgeränderte Augen und eine rote Nase zu erblicken, aber da war sie auch schon vorbei, und als sie auf die Landstraße einbog, hatte sie die Szene bereits vergessen.

Gut gelaunt machte sie sich auf die Fahrt nach Heidelberg. Das Wetter war zwar ein bisschen ungemütlich, weil es schon seit der Nacht in Strömen regnete, aber das konnte sich ja durchaus noch ändern, je weiter sie in den Süden kam. Sie hatten verabredet, dass sie Barbara und noch eine weitere Frau vom Ruderverein abholte, um dann gemeinsam nach Cannstatt zu fahren. Die anderen Frauen fuhren in dem Kleinbus, der den Hänger mit den Booten zog.

Und dann geschah es. Kurz vor Heidelberg, auf einem waldreichen Abschnitt der Autobahn, schoss plötzlich eine Stichflamme aus der Kühlerhaube von Merets Auto. Sie war gerade dabei, eine Kolonne von Lastwagen zu überholen, die zusätzlich noch für reichlich Spritzwasser auf der Scheibe sorgten, als sie auf einmal merkte, dass der Wagen langsamer wurde. In dem Moment, als sie das Feuer sah, setzte sie sofort den Blinker. Sozusagen mit dem letzten Rest an Tempo fuhr sie von der Überholspur quer herüber auf die Standspur. Der letzte Lkw, den sie gerade noch überholt hatte, kam viel zu schnell angedonnert, aber sie schaffte es gerade noch. Kaum hatte sie die Standspur erreicht, erstarb der Motor. Die Rauchwolke, die vorne aus dem Kühler drang, wurde immer größer, und auch im Innenraum des Fahrzeugs roch es nach Rauch. Zum Glück regnete es immer noch in Strömen, was wahrscheinlich Schlimmeres verhinderte.

Geschockt starrte Meret auf das Armaturenbrett, an dem sämtliche Lichter erloschen waren. Ihr alter Volvo war ihr bisher immer als das sicherste Auto der Welt erschienen. Das hatte sich jetzt im Bruchteil einer Sekunde gewandelt.

Ich muss hier raus, dachte sie. Links von ihr rauschten die Lkws vorbei, einer schneller als der andere, trotz der nassen Fahrbahn und des heftigen Regens. Auf der Fahrerseite konnte sie auf gar keinen Fall aussteigen. Sie rutschte auf den Beifahrersitz und öffnete dort die Tür. Geistesgegenwärtig griff sie nach ihrer Regenjacke, die auf dem Sitz lag, und stieg aus. Der Regen hatte sie schon durchnässt, noch bevor sie in die dünne Ruderregenjacke geschlüpft war.

Was machte man in so einem Fall? Man musste über die Leitplanke steigen, um die Autobahn schnellstmöglich zu verlassen. Nein, vorher musste sie noch das Warndreieck aufstellen. Wo war das noch mal? Entschlossen trat sie an ihren Kofferraum. Das musste hinten unter der Abdeckung liegen. Als sie den Kofferraumdeckel öffnete, kam ein Lkw mit Anhänger an ihr vorbei, und spritzte eine gewaltige Wasserwelle gegen ihre Beine. Fluchend trat sie so weit wie möglich zur Seite.

»Gehen Sie sofort hinter die Leitplanke«, ertönte auf einmal eine laute Stimme hinter ihr. Erschrocken fuhr Meret zusammen. Sie wandte den Kopf. Auf der Gegenfahrbahn fuhr ein Polizeiwagen vorbei. »Wir kommen zu Ihnen«, erscholl die Stimme wieder.

Da ihr nichts anderes übrig blieb, kletterte Meret über die Leitplanke. Die Dinger waren erstaunlich hoch und scharfkantig. Zum Glück hatte sie schon die lange Ruderhose an und war dementsprechend sportlich unterwegs. Aber dass ihre Sneakers klatschnass wurden, konnte sie nicht verhindern.

Leise fluchend stand Meret am Rand der Autobahn und beobachtete, wie ihr nicht mehr funktionsfähiges Auto leise vor sich hin qualmte. Trotz ihrer Regenjacke war sie mittlerweile nass bis auf die Haut. Aber das Wetter war wahrscheinlich das sprichwörtliche Glück im Unglück, weil ihr Wagen sonst vielleicht richtig gebrannt hätte.

Da Meret keine Ahnung hatte, wie lange die Polizei brauchen würde, bis sie bei ihr war, zog sie ihr Handy aus der Tasche und rief Barbara an.

»Ihr braucht nicht auf mich zu warten«, sagte sie. »Mein Auto brennt, und ich stehe im Regen.«

»Merry!«, rief Barbara alarmiert. »Was erzählst du da? Hast du getrunken?«

Meret lachte bitter. »Das hätte ich besser mal getan«, erwiderte sie. »Vielleicht würde ich dann alles nicht so schlimm finden. Nein, nein, das war kein Witz. Mein Auto hat aus irgendeinem Grund angefangen zu qualmen, und jetzt stehe ich hier irgendwo vor dem Viernheimer Dreieck und kann nicht mehr weiter.«

»Um Gottes willen!«, rief Barbara besorgt. »Können wir dir irgendwie helfen?«

Meret schüttelte gedankenversunken den Kopf, bis ihr einfiel, dass die Freundin das nicht sehen konnte. »Nein«, sagte sie. »Fahrt ihr mal. Ich kann dir nicht sagen, wie lange das hier dauert, aber mit Rudern wird das nichts mehr. Ihr müsst halt mit einer weniger im Boot auskommen. Als wenn ich's geahnt hätte«, fügte sie resigniert hinzu.

»Na gut«, meinte Barbara zögernd. Tröstend sagte sie: »Das Wetter soll sowieso das ganze Wochenende über nicht viel besser werden.«

»Hmm«, sagte Meret, »das ist doch schon mal was. Oh, ich muss aufhören, dahinten kommt die Polizei. Also, viel Vergnügen euch, und wir telefonieren.«

Zwei Stunden vergingen, in denen Meret jedoch wenigstens im Trockenen in der Station der Autobahnpolizei saß, bis der Abschleppwagen gekommen und der Hergang des Unfalls aufgenommen worden war. Anschließend fuhr sie mit dem Abschleppwagen zurück nach Neuss, und als das Auto schließlich in der Werkstatt abgeliefert worden war und sie mit dem Taxi in den Vingsthof einbog, war es bereits früh am Abend. Meret war völlig erschöpft.

Nina, die sie von unterwegs informiert hatte, kam ihr mit Nicolas entgegengelaufen. Ihr Sohn überschüttete sie mit Fragen. »Mama, hat das Auto richtig gebrannt? So mit Flammen und so? Wo ist das Feuer denn rausgekommen? Aus dem Motor?«

Nachdem sie ausführlich berichtet hatte, was ihr widerfahren war, wobei es Nicolas wohl weniger um die Gefährdung seiner Mutter als um die technischen Details ging, sagte Nicolas beiläufig: »Nina hat den ganzen Tag geweint, Mama.«

»Was?« Meret warf Nina einen erschrockenen Blick zu. »Was ist los, Nina? Bist du krank?«

Nina schüttelte den Kopf. Offensichtlich kämpfte sie schon wieder mit den Tränen. »Geh erst mal unter die Dusche, Kind, und zieh dir was Warmes an. Ich möchte nicht, dass du dich erkältest! Und ruf Johannes an!«

Erst am späten Abend, als Johannes zu Hause war, Nicolas schon längst im Bett lag und die drei Erwachsenen bei einem Glas Wein die Ereignisse des Tages verarbeiteten, sagte Nina: »Ich muss mit euch reden.«

Erwartungsvoll blickten Meret und Johannes sie an. In Meret stieg leise Angst auf. Jetzt kam bestimmt die Eröffnung, dass Nina nach Italien zu ihrem Franz ziehen wollte. Was sollten sie bloß ohne die vertraute Kinderfrau machen? Seit Merets Mutter mit ihrem neuen Freund nach Mallorca gezogen war, war sie die perfekte Ersatzoma für Nicolas gewesen. Nicht vorstellbar, dass sie nicht mehr da sein sollte.

»Ja, nun, ich weiß gar nicht, wie ich anfangen soll«, sagte Nina und schluckte.

Meret wurde es ganz kalt. Auf einmal brach Nina in Tränen aus.

»Entschuldigung«, schluchzte sie. »Entschuldigung, das ist sonst nicht meine Art …« Sie suchte nach ihrem Taschentuch und putzte sich umständlich die Nase, während Johannes beruhigende Laute von sich gab.

Meret schaute sie besorgt an. Das konnte doch nur das Schlimmste bedeuten.

Nach einer Weile hatte Nina sich wieder einigermaßen gefasst. Sie setzte sich aufrecht hin und sagte: »Ich bitte euch, mich nicht zu unterbrechen, sonst bringe ich es nicht über die Lippen.« Dann begann sie mit ernster Stimme: »Ich habe euch ja erzählt, dass Franz am Gardasee eine Wohnung kaufen wollte. Als wir in Gargnano waren, haben wir uns Wohnungen, aber auch Häuser angeschaut. Eines hat uns am allerbesten gefallen. Es liegt am Hang, hat einen kleinen Garten, und von der Terrasse aus hat man einen wundervollen Blick auf den See. Das Problem war nur, dass es ziemlich teuer war.« Erneut putzte sie sich die Nase. »Franz hat Kontakt zu den Eigentümern aufgenommen – er spricht ja fließend Italienisch …« Sie unterbrach sich und blickte Meret und Johannes an. »Es ist eine solche Freude, ihm zuzuhören. Ich fand es immer ganz wunderbar, wenn er im Hotel, im Restaurant oder in den Geschäften mit allen reden konnte. Aber verstanden habe ich natürlich nichts.« Dann fuhr sie fort: »Nun ja, er hat also Kontakt zu den Leuten aufgenommen, und der Preis war, wie gesagt, recht hoch. Ja, nun, und im Laufe des Abends haben wir uns darüber unterhalten, dass wir in so einem schönen Haus natürlich auch wunderbar unseren Lebensabend verbringen könnten. Ihr müsst euch vorstellen, man sitzt dort auf der mit Weinreben umrankten Terrasse und schaut auf den See … es ist so idyllisch. Wundervoll!«

Sie geriet beinahe ins Schwärmen. Meret ahnte schon, worauf das Ganze hinauslief, und warf Johannes einen bangen Blick zu. Sie sah ihm an, dass auch er schon Bescheid wusste.

»Nun ja, und dann habe ich ihm angeboten, meinen Teil dazu beizusteuern. Das war nur vernünftig. Es ist von mir ausgegangen, er hat gar nicht danach gefragt.« Wieder blickte Nina sie an. In ihren Augen standen Tränen. »Nein, wirklich, es ist nicht von ihm ausgegangen«, beteuerte sie. »Ihr wisst, dass ich dieses Tagesgeldkonto für den Notfall habe, und seit dem Tod meiner Tante von Hoheneck-Lichtenau ist ja doch eine große Summe darauf.« Sie räusperte sich. »Gewesen«, fügte sie leise hinzu.

Meret hielt die Luft an.

»Nun ja, also – Franz hat behauptet, die Leute wollten eine Anzahlung von 150.000 Euro, und er könne so schnell höchstens 50.000 lockermachen. Er hat mir ein Konto bei einer italienischen Bank in Riva genannt, und dann habe ich mit meiner Bank telefoniert und das Geld dahin überweisen lassen.«

Meret stieß entsetzt die Luft aus. »Machen die das einfach? So viel Geld?«

»Ja, es war ja auf meinem Konto«, sagte Nina kläglich. »Sogar noch ein bisschen mehr. Was sollen sie dagegen haben, wenn ich es auf ein anderes Konto transferieren will?«

Johannes schüttelte den Kopf, und Meret warf Nina einen mitleidigen Blick zu. »Und dann?«, fragte sie.

Nina zuckte mit den Schultern. »Er musste angeblich noch einmal kurz nach Wien, um dort mit seinem Anwalt alle rechtlichen Dinge des Hauskaufs abzuklären. Da ich sowieso zurückwollte, weil du geplant hattest, zum Rudern zu fahren, bin ich ebenfalls abgereist.« Sie schluckte und nippte nervös an ihrem Wein. »Na ja, und seit gestern Abend erreiche ich ihn nicht mehr. Er ist verschwunden, als ob er sich in Luft aufgelöst hätte. Das Geld auch. Er hat es noch am gleichen Tag abgehoben und das Konto aufgelöst. Dabei wollte er ein Geschenk für mich kaufen, weil er es, wie er sagte, so unglaublich lieb und großzügig von mir fand, dass ich diese Summe beigesteuert habe – und dann war er plötzlich weg. Ich habe gestern im Hotel angerufen, weil er nach seiner Reise nach Wien wieder dorthin wollte, um den Kaufvertrag zu machen. Sie haben mir gesagt, seine Sachen würden noch im Hotelzimmer hängen, aber er sei noch nicht zurück. Er hat sie einfach dagelassen, aber es war sowieso nicht viel. Alles Persönliche hat er wohl bei sich getragen. Und das Hotelzimmer muss ich auch alleine bezahlen.« Sie schniefte wieder. Kreisrunde rote Flecken hatten sich auf ihren Wangen gebildet.

Meret stellte ihr Glas ab, stand auf und trat zu ihr, um sie in den Arm zu nehmen. »Meine arme Nina! Aber ganz ehrlich, es ist doch nur Geld. Dir ist zum Glück nichts passiert!«

»Na ja«, warf Johannes ein. »Eine ganze Menge Geld. Aber du hast schon recht, Meret, es hätte Gott weiß was passieren können.« Er tätschelte Nina die Hand. »Es ist kaum zu glauben, wie viele Psychos heutzutage frei herumlaufen. Stell dir vor, er hätte dir etwas angetan!«

Nina weinte schon wieder. »Es geht mir eigentlich auch nicht um das Geld«, schluchzte sie. »Und ihr habt recht, ich darf gar nicht daran denken, wie vertrauensselig ich im Umgang mit ihm war. Aber genau das schmerzt auch am meisten: Ich habe ihm vertraut, und er hat mich so enttäuscht. Nie hätte ich geglaubt, dass ich in meinem Alter so blind auf einen Betrüger hereinfallen würde!«

»Wein doch nicht, Nina!« Meret strich ihr über die Haare. »Das hätte doch jedem passieren können!« Mir wahrscheinlich auch, setzte sie in Gedanken hinzu. Ich falle doch genauso blauäugig auf jedes charmante Lächeln herein. »Er hat schließlich einen so guten Eindruck gemacht. Keiner von uns wäre auf die Idee gekommen, dass mit ihm etwas nicht stimmt.«

»Na, ich werde mich jedenfalls nicht noch einmal so um den Finger wickeln lassen.« Resolut putzte Nina sich die Nase und richtete sich auf. »Genug geheult. Es gibt wichtigere Dinge im Leben!« Dann wandte sie sich an Johannes. »Kannst du mir einen guten Anwalt empfehlen? Ich hätte es verdient, dass ich nie wieder was von dem Geld sehe, so blöde, wie ich mich habe hereinlegen lassen, aber Franz soll nicht ungeschoren davonkommen. Ich werde Anzeige gegen ihn erstatten.«

»Heißt er denn überhaupt Franz Anwander?«, fragte Meret.

Johannes zuckte mit den Schultern. »Wahrscheinlich nicht, aber vielleicht hat er Spuren hinterlassen. Ich rede mal mit Knesebeck, der ist spezialisiert auf solche Fälle.«

Rolf Knesebeck war Privatdetektiv mit einer Vorliebe für knifflige Fälle. Er hatte mit Johannes zusammen Jura studiert, allerdings vor dem ersten Staatsexamen abgebrochen und sich selbstständig gemacht. Sein Büro war ganz in der Nähe des Landgerichts, und die beiden Männer trafen sich manchmal zum Mittagessen. Johannes schätzte ihn sehr.

»Und einen Anwalt kann ich dir auch empfehlen.« Wieder tätschelte er Nina tröstend den Arm. »Du wirst sehen, alles wird gut.«

Insgeheim dachte Meret, wie froh sie war, dass die Sache mit Franz Anwander für Nina jetzt vorbei war. Aber diesen egoistischen Gedanken äußerte sie natürlich nicht laut.

14

Backbord überziehen

(Auf Backbord wird besonders kräftig gezogen)

»Puh!« Meret wischte sich den Schweiß von der Stirn. Sie liefen schon seit zweieinhalb Stunden über den von Baumwurzeln durchzogenen Dschungelpfad. Man konnte sich nicht einen einzigen Moment der Unaufmerksamkeit leisten, weil man dann unweigerlich stolperte. An ihrer linken Ferse hatte sich eine dicke Blase gebildet, die bei jedem Schritt schmerzhaft scheuerte, und der schwere Rucksack drückte ihr auf die Schultern. Ihre Beine waren bleischwer, und ihre Kehle wie ausgedörrt – und dabei lag der größte Teil des Weges noch vor ihnen.

»So anstrengend hatte ich mir das nicht vorgestellt«, murmelte sie vor sich hin.

Es war der erste Tag eines Überlebenstrainings der Bundeswehr, zu dem sie als einzige Frau und einzige Journalistin eingeladen worden war.

Johannes hatte sie zweifelnd angeschaut, als sie ihm das Zusageschreiben vorgelesen hatte. »Und du hast dich von dir aus da beworben?«, fragte er. »Stell dir das nicht so einfach vor. Das sind lauter Kerle. Harte Burschen. Was glaubst du, was die mit so einer Elitetruppe anstellen? Die fliegen doch nicht zum Spaß um die halbe Welt.«

»Ach«, Meret winkte ab. »So schlimm kann das doch gar nicht sein. Außerdem wollte ich immer schon mal ins Amazonas-Gebiet. Ich stelle mir das echt abenteuerlich vor.«

Es waren vor allem Abenteuer und Freiheit gewesen, die sie gelockt hatten. Wenn sie ehrlich war, noch mehr die Freiheit als das Abenteuer. In den ersten Wochen nach einer Reise genoss sie das Leben zu Hause, den Rhythmus des Alltags, der durch den Beruf ihres Ehemanns und durch Nicolas' Bedürfnisse bestimmt wurde, die Treffen mit Freunden, die Abende mit Johannes zu Hause, zumal sie sich gut verstanden, seit Meret aus der Camargue wiedergekommen war. Sie gab sich aufrichtig Mühe, und je mehr Mühe sie sich gab, desto leichter fiel es ihr, seine Liebe zu erwidern und an seinem Leben mit wirklichem Interesse Anteil zu nehmen. An Lorenz dachte sie nur noch selten, und dann hatte sie das Gefühl, dass der unterschwellige Schmerz nicht mehr da war.

Aber so angenehm ihr Familienleben auch war, unweigerlich kam der Zeitpunkt, an dem sie sich langweilte und sich weit weg sehnte. Sie liebte ihr Kind, war gerne mit Johannes zusammen, genoss das Wohnen in der Hofanlage, die Freunde, die kulturellen Ereignisse, die dort stattfanden – aber wenn sie zu sehr in die Wärme der Gemeinschaft eintauchte, fühlte sie sich manchmal selbst in Gegenwart der vertrautesten Menschen fremd.

»Kennst du das?«, hatte sie Johannes eines Abends gefragt, als sie von einem Essen bei Freunden zurückfuhren. Es hatte geregnet, die Straße glitzerte nass im Licht der Scheinwerfer. Es war wohl Neumond – die Nacht war jedenfalls sehr dunkel. »Ich habe manchmal das Gefühl, ich gehöre nicht dazu. Ihr unterhaltet euch, lacht und erzählt, und ich bin irgendwie nicht dabei.« Sie blickte ihren Mann Hilfe suchend von der Seite an. Es fiel ihr immer noch schwer, ihm ihr innerstes Wesen zu offenbaren.

Johannes warf ihr einen irritierten Blick zu. »Hat irgendjemand etwas Falsches gesagt? Hat dir einer was getan?«

»Nein, nein«, lenkte Meret ein. »Ich kann es gar nicht genau beschreiben. Ich gehöre einfach nicht dazu.«

»Findest du das nicht ein bisschen überheblich?«, fragte er. »Vielleicht möchtest du einfach nur im Mittelpunkt stehen«, setzte er herausfordernd hinzu. »Aber es dreht sich nicht alles nur um dich.«

Meret war gekränkt. Sah er das so? »Nein, darum geht es gar nicht«, versuchte sie zu erklären. »Ich denke nur manchmal, jeder kennt seinen Platz, jeder weiß, wohin er gehört und was von ihm erwartet wird, nur ich, ich komme nirgendwo an. So als ob ich immer nur suche, aber nie finde.« Sie biss sich auf die Unterlippe. Das klang entsetzlich falsch, fast so, als ob es ein Fehler gewesen wäre, Johannes zu heiraten. Am besten hätte sie von vorneherein den Mund gehalten. Nervös blickte sie ihren Mann an.

Er schwieg und tat so, als müsse er sich aufs Fahren konzentrieren. Aber er wirkte verletzt. Sie kannte diesen Zug um seinen Mund, wenn ihm etwas gegen den Strich ging. In dieser Beziehung hatte ihr Mann – leider – sehr viel Ähnlichkeit mit seiner Schwiegermutter. Und darauf wiederum reagierte Meret allergisch. Himmel, es ging doch gar nicht gegen ihn! Wahrscheinlich hatte er nur den Teil gehört, in dem sie vom Suchen und Nicht-Finden gesprochen hatte. Aber vermutlich würde sie alles noch schlimmer machen, wenn sie versuchen würde, ihm klarzumachen, was sie wirklich gemeint hatte. Zudem wusste sie es selbst nicht genau.

Sie wusste nur, dass sie dieses vage Gefühl bereits ihr ganzes Leben lang mit sich herumschleppte. Schon als Kind hatte sie sich in bestimmten Situationen in sich zurückgezogen. Damals konnte sie das Gefühl des Fremdseins natürlich noch nicht in Worte fassen, aber sie hatte dann einfach aufgehört, am Geschehen teilzunehmen, und vor sich hingestarrt. Ein kleiner Alien auf dieser Welt.

An jenem Abend fuhren sie schweigend nach Hause und gingen schweigend zu Bett. Bevor sie das Licht ausmachte, streckte Meret die Hand aus und sagte: »Johannes, wir haben uns doch geschworen, nie im Streit einzuschlafen! Was mache ich denn, wenn einer von uns beiden die Nacht nicht überlebt?«

Johannes verzog keine Miene und drehte sich einfach um. Kurz darauf verkündeten seine regelmäßigen Atemzüge, dass er eingeschlafen war.

Meret hatte sich die halbe Nacht schlaflos von einer Seite auf die andere gewälzt, und als Nicolas am nächsten Morgen fröhlich ins Bett seiner Eltern getobt war, hatte sie sich wie gerädert gefühlt. Über ihre Fremdheit sprachen sie nie wieder.

In den Wochen danach jedoch nahm Meret so gut wie jeden Auftrag an und bemühte sich aktiv um die Reportagen, die ihr am abenteuerlichsten erschienen. Ständig war sie unterwegs, in den Emiraten, in Tibet, im Amazonas-Gebiet und auf Haiti. Sie gehörte zu den innovativsten Reporterinnen, eine Frau, die sich nicht scheute, im Ausland auch heiße Eisen anzupacken. Sie redete mit den Frauen im Harem, kletterte mit Soldaten über schwankende Hängebrücken, schwamm in reißenden Flüssen und nahm an Voodoo-Zeremonien teil. Alle glaubten, Meret Dufresnes hätte vor nichts Angst. Dabei lief sie ständig nur vor sich selbst weg.

»Das ist das größte Problem«, sagte sie zu Michael bei einem ihrer seltenen Treffen. Sie hatte gerade eine Reportage in Spitzbergen hinter sich gebracht und war auf dem Weg nach Sylt, wo sie sich mit Johannes, Nina und Nicolas treffen wollte. Michael war in der Zwischenzeit mit seinem mittlerweile festen Lebensgefährten nach Hamburg gezogen, hatte Karriere in einem Computer-Unternehmen gemacht und engagierte sich immer noch bei den Grünen. »Egal, wohin du fährst, du nimmst dich immer mit. Ich kann dir gar nicht sagen, wie leid ich das alles bin. Manchmal sehne ich mich danach, einfach nur zur Ruhe zu finden, irgendwo angekommen zu sein.«

Michael legte ihr den Arm um die Schultern und zog sie an sich. »Dann lauf doch nicht ständig weg«, schlug er vor. »Wenn ich mich richtig erinnere, hast du bei Johannes und Nicolas alles, was du brauchst.«

Meret schmiegte sich an ihn. »Wenn du das sagst, klingt es so einfach. Ach, ich weiß nicht.«

Er lachte. »Es klingt nicht nur so, es ist einfach. Du machst aus allem ein Riesenproblem! Entspann dich einfach mal. Macht Urlaub zu zweit, geht in einen Sportverein, irgendwas in der Richtung. Ihr müsst Gemeinsamkeiten schaffen – das funktioniert immer.«

Meret nickte. »Du hättest Eheberater werden sollen. Aber du hast ja recht – wie so oft.«

Eine Zeit lang ging tatsächlich alles gut. Meret hatte sich Michaels Rat zu Herzen genommen und achtete darauf, dass sie auch Zeit mit Johannes alleine verbrachte. Zusammen mit einem befreundeten Paar besuchten sie einen Tanzkurs für Ehepaare. Obwohl Meret sich zunächst albern und spießig dabei vorgekommen war, stellte sie nun fest, dass es ihr Spaß machte, gemeinsam mit Johannes neue Schrittkombinationen und Tänze zu lernen. Johannes war immer ein begabter Tänzer gewesen, aber erst jetzt merkte Meret, wie sie auf der Tanzfläche miteinander harmonierten. Diese Erkenntnis tat auch ihrer Ehe gut.

Sie hatte versucht, Johannes zum Rudern zu animieren, aber es machte ihm keinen Spaß. Wasser war nicht sein Element, obwohl er am Fluss aufgewachsen war. Wenn sie gemeinsam im Boot saßen, stritten sie sich ständig, weil er Merets Meinung nach alles falsch machte. Da Nicolas anscheinend die Abneigung seines Vaters gegen den Rudersport geerbt hatte und lieber – ungewöhnlich für einen Jungen – reiten lernen wollte, gab Meret schließlich den Gedanken an diesen Sport auf. Sie würde ihn wohl nie gemeinsam mit ihrer Familie ausüben können. Aber es machte ihr nicht wirklich etwas aus, dazu war ihr Leben viel zu angenehm.

An einem trüben Novembertag, vier Monate nach Merets 39. Geburtstag, starb Michael. Alle Welt dachte nur ans Feiern, alle planten große Feste, besondere Events und rauschende Partys an den verrücktesten Orten – und Michael Wallersheim starb. Eine Geisterfahrerin war auf der Autobahn frontal mit seinem Wagen zusammengeprallt. Die 78-Jährige hatte den Unfall nicht überlebt. Obwohl es dem Notarzt gelungen war, Michael wiederzubeleben, war auch er wenige Stunden später im Krankenhaus gestorben.

Wie erstarrt stand Meret an seinem Grab. Johannes hielt ihre Hand. Schon lange hatten sie sich einander nicht mehr so nahe gefühlt. Die Beerdigung ihres langjährigen Freundes verwischte alle Differenzen. Sie trauerten beide um ihn, und es tröstete sie, dass sie gemeinsam weinen konnten.

Meret war wie betäubt. Sie konnte nicht glauben, dass der beste Freund, den sie jemals gehabt hatte, gegangen war. Rückblickend betrachtet, kam es ihr so vor, als ob er allein sie verstanden hätte, als ob sie nur bei ihm immer alles hatte aussprechen können.

»Das Leben ist so ungerecht«, sagte sie heftig, als Johannes ihr am Abend dieses schrecklichen Tages ein Glas Rotwein einschenkte. »So ungerecht. Er war doch noch so jung. Und er hatte noch so viel vor.«

»Ja.« Johannes rieb sich mit beiden Händen müde durchs Gesicht. »Und es macht uns Angst, weil uns klar wird, dass das Leben endlich ist.« Ernst blickte er sie an. Seine Augen waren vom Weinen noch leicht gerötet. Er hatte die Rede auf dem Friedhof gehalten, eine sehr emotionale Rede, für die Meret ihn bewundert hatte. Ich bilde mir ein, ihn so gut zu kennen, hatte sie leicht verwundert gedacht. Und dann zeigt er mir eine weiche und tiefe Seite, die ich nie bei ihm vermutet hätte. Der Gedanke war nur flüchtig gewesen und vom Schmerz des Verlusts gleich wieder verdrängt worden, aber als er sie jetzt ansah, fiel es ihr wieder ein.

Spontan gab sie ihm einen Kuss. »Ich danke dir«, sagte sie leise.

»Wofür?« Verwundert zog er die Augenbrauen hoch.

»Für deine Geduld. Und deine Langmut.« Erneut küsste sie ihn, dieses Mal leidenschaftlicher. »Ich denke manchmal, du hast es wirklich nicht leicht mit mir.«

»Ach, Meret«, sagte er und nahm sie in die Arme, »wo du recht hast, hast du recht. Du bist oft abweisend. Aber mittlerweile solltest du wissen, dass ich nicht so schnell aufgebe.«

Sie nickte an seiner Schulter. »Ja, das stimmt. Und wenn ich verspreche, mich zu bessern?« Sie hob das Gesicht zu ihrem Mann. »Ich weiß, wie schrecklich ich sein kann. Aber ich liebe euch wirklich, dich und Nicolas. Und dass ich so oft weg bin, hat nur mit meinem Beruf zu tun.«

»Das weiß ich doch.« Zärtlich küsste Johannes sie.

Eine Zeit lang gab Meret sich Mühe, ihr Versprechen zu halten, auch wenn es sie viel Kraft kostete. Michaels Tod hatte ihr nur zu deutlich vor Augen geführt, wie schnell das Leben vorbei sein konnte, und dass sie gerade dabei war, es zu verträumen und zu vertun. Sie blieb häufiger zu Hause und kümmerte sich um ihre kleine Familie. Vor allem bemühte sie sich das erste Mal, seit sie sich kennengelernt hatten, wirklich um Johannes. Ich habe alles immer viel zu selbstverständlich genommen, dachte sie. Ich habe ihm keine Chance gegeben, weil ich eigentlich gar nicht mit ihm vertraut werden wollte. Ständig habe ich nur an Lorenz gedacht, habe Johannes in Gedanken mit ihm betrogen, als ob das hier nur ein Leben auf Abruf wäre, sozusagen die Vorbereitung auf das richtige Leben. Dabei ist das reale Leben an mir vorbeigerauscht. Aber jetzt wird alles anders und besser, gelobte sie sich.

Ihr verändertes Verhalten fiel Johannes natürlich auf, und manchmal musterte er sie neugierig, wenn sie es nicht bemerkte. Aber er sagte nichts dazu, sondern beschloss, erst einmal abzuwarten. Er liebte seine Frau, und es gefiel ihm, dass sie auf einmal so viel sorgsamer und liebevoller mit ihm umging. Aber er war auch durch und durch Jurist. Es lag ihm nicht, vorschnelle Schlüsse zu ziehen.

Natürlich gab es auch Rückschläge. Obwohl Meret klar vor Augen stand, dass es nicht weitergehen konnte wie bisher, war sie doch noch lange nicht geheilt.

Eines Abends – Johannes war unterwegs – hatte sie sich auf dem Sofa in ihre Lieblingsdecke eingekuschelt und endlich angefangen, den Roman zu lesen, den ihr eine Freundin ans Herz gelegt hatte. Im Hintergrund lief leise Musik, das »süße« Violinkonzert von Bruch, das sie trotz – oder gerade wegen – seines Kitschs so liebte. Ab und zu, wenn sie gerade hinhörte, summte sie ein paar Takte mit. Der Roman gefiel ihr, er spielte in Afrika, und das Setting kam ihr seltsam vertraut vor, auch wenn die Reise nach Kenia schon sehr lange zurücklag. Manchmal hatte Meret sogar das Gefühl, sie habe in einem anderen Leben stattgefunden.

Die Protagonistin des Romans war eine Frau, die hoffnungslos in einen bindungsunfähigen Mann verliebt war. Sie versuchte, von ihm loszukommen, aber letztendlich war er es, der sie verließ. Es kostete die Frau all ihre Kraft, über ihn hinwegzukommen.

Meret hob den Kopf und blickte zur Terrasse. Die graue Katze des Nachbarn huschte durch den dunklen Garten, der nur von der Gruppe Kugellampen beleuchtet wurde, die wie weiß schimmernde Steine unter der mächtigen alten Buche lagen. Der schnelle zweite Satz des Violinkonzerts löste sich auf in die langsameren Akkorde des Schlusssatzes.

Meret zuckte zusammen, als das Telefon klingelte. Wer rief denn jetzt noch an? Sie blickte auf die Uhr. Zwanzig vor zehn. Ob irgendwas mit Johannes war? Hastig griff sie zum Telefon.

»Ja? Dufresnes-Andermatt?«

»Hallo, schöne Frau«, sagte eine Stimme, die sie sogleich an Schokolade denken ließ. »Mein Name ist Lorenz Fischer.«

Meret stockte der Atem. »Lorenz!«, stieß sie hervor. Beinahe wäre ihr das Telefon aus der Hand gefallen. Nicht im Traum hatte sie daran gedacht, dass Lorenz Fischer anrufen würde. Rasch hatte sie sich jedoch wieder gefangen. Er konnte doch nicht immer einfach anrufen und so tun, als hätten sie sich erst gestern verabschiedet!

Insgeheim verfluchte sie sich, dass sie nicht sofort auflegte. Sie wusste doch schon, wie das endete. Wenn sie erst einmal mit ihm redete, dann war sie schon verloren. Mühsam beherrscht setzte sie hinzu: »Hatten wir nicht eine Abmachung? Wir wollten uns nicht mehr anrufen.«

»Ich weiß«, erwiderte er zerknirscht. »Aber es ging nicht anders. Wie hätte ich dich sonst erreichen sollen? Ich muss unbedingt mit dir sprechen. Ich habe mich von Claudia getrennt.«

Meret wurde es heiß. »Was soll das heißen, getrennt?«, fragte sie.

»Ja, nun …«, drang Lorenz' Stimme zögernd durch die Leitung. »Also, na ja, getrennt halt.«

»Bist du ausgezogen, oder was? Und warum? Was ist denn vorgefallen?«

»Das kann ich dir am Telefon nicht erklären«, sagte Lorenz. »Aber eines kann ich dir versichern: Es ist für immer! Du musst nicht zufällig geschäftlich nach München? Dann könnten wir uns sehen, und ich könnte dir alles erzählen«, setzte er hoffnungsvoll hinzu.

Sie seufzte. »Nein, eigentlich hatte ich nicht vor, in der nächsten Zeit zu verreisen. Lorenz, es geht sowieso nicht. Ich habe eine Verpflichtung meiner Familie gegenüber. Das musst du doch verstehen.« Schon als sie es sagte, wusste sie, dass sie ihn liebend gerne sehen würde. Sie hatte auf einmal solche Sehnsucht nach ihm.

»Tja, dann …«, sagte Lorenz. »Dann geht es wohl nicht.«

»Warte«, sagte sie hastig. Das war doch immer dasselbe. Er gab viel zu schnell auf, und sie hatte dadurch das Gefühl, ihm seinen Wunsch erfüllen zu müssen, damit er nicht zu enttäuscht war. Sie vergab sich ja nichts, wenn sie mit ihm redete. Vielleicht meinte er es dieses Mal ernst, dann musste sie sowieso alles überdenken. »Ich könnte es vielleicht einrichten«, fügte sie hinzu. »Aber höchstens für ein paar Tage!« Dabei überlegte sie bereits, was sie am besten vorschieben konnte, um möglichst unauffällig wegzukommen.

Sofort hellte sich seine Stimmung auf. »Ja, Bella«, sagte er mit weicher Stimme, »das wäre schön. Ich habe viel an dich gedacht.«

»Ach, komm, Lorenz, nicht immer dasselbe Geschmuse.«

»Doch, du weißt gar nicht, wie oft du in meinen Gedanken bist«, beharrte er, und gegen ihren Willen ließ Meret sich von seinen zärtlichen Worten einlullen.

Johannes zog unmerklich die Augenbrauen hoch, als Meret ihm sagte, sie müsse dringend nach München. »So plötzlich?«, sagte er nur, fragte jedoch nicht weiter nach.

»Ja«, erwiderte sie und wollte zu ihrer vorbereiteten Erklärung ansetzen, aber Johannes winkte bereits ab. »Jaja, ist in Ordnung«, sagte er. »Ich frage Nina, ob sie Zeit hat, mich ins Konzert zu begleiten.«

»Was für ein Konzert?« Meret runzelte die Stirn.

»Übermorgen, das Klavierkonzert in der Tonhalle«, sagte Johannes.

»Ach je, das habe ich ganz vergessen.« Meret spürte, wie ihr die Röte in die Wangen stieg.

»Macht ja nichts. Wenn der Job ruft – du kannst eben nicht anders.«

»Nein, ich kann nicht anders«, sagte Meret leise.

Als Meret im Flieger nach München saß, bereute sie die Aktion bereits. Sie kam sich unendlich dumm vor. Natürlich hatte Johannes gemerkt, dass sie ihn angelogen hatte. Langsam sollte sie wirklich mal vernünftig werden. Sie hatte so gute Vorsätze gehabt! Wie kam sie dazu, wegen eines Anrufes alles wieder hinzuwerfen? Auf Lorenz war kein Verlass, das wusste sie doch! Wie oft hatte er ihr schon erzählt, er wolle sich trennen! Wie oft hatte sie es ihm nur zu bereitwillig geglaubt, um dann festzustellen, dass es nichts als heiße Luft gewesen war. Dieses Mal sei es ganz anders, hatte er beteuert. Er könne am Telefon nicht so viel sagen, aber Claudia sei schon ausgezogen. Meret solle doch wenigstens für drei Tage nach München kommen, damit sie alles ausführlich bereden könnten.

Wie immer hatte der Zauber seiner Stimme gewirkt. Ihre Hoffnung war aufs Neue gewachsen, und jetzt saß sie wider besseres Wissen im Flugzeug und flog zu ihm.

Wie dumm war sie eigentlich? Wenn es ihm ernst wäre, hätte er auch zu ihr kommen können. Sie biss sich auf die Unterlippe. Wachs in seinen Händen, dachte sie. Sie war nichts anderes als eine Marionette, die er tanzen lassen konnte.

Johannes gegenüber war es nicht fair. Sie hätte schon längst reinen Tisch machen müssen. Über ihr leuchteten die Anschnallzeichen auf, und entschlossen setzte sie sich aufrecht hin, während sie ihren Gurt schloss. Wenn Lorenz dieses Mal tatsächlich die Wahrheit gesagt hatte, würde sie sich von Johannes trennen und mit Lorenz zusammenleben. Einmal musste sie diesen Schritt gehen, sonst würde sie sich ihr Leben lang Vorwürfe machen, weil sie es nicht wenigstens versucht hatte.

Als die Maschine auf dem Rollfeld aufsetzte, stand ihr Entschluss fest. Dieses Hin und Her musste ein Ende haben – es war für alle Beteiligten nur noch eine Qual.

Lorenz stand hinter der Absperrung, als sie aus der Ankunftshalle kam. Er winkte zwar lächelnd, als er sie sah, wirkte aber bedrückt. »Geliebte«, sagte er ein wenig melodramatisch, als er sie in die Arme schloss. Er drückte ihr einen Kuss auf den Scheitel und murmelte in ihre Haare: »Ich habe leider nicht so gute Nachrichten.«

Meret, die sich gerade noch glücklich in seine Umarmung geschmiegt hatte, erstarrte. Sie löste sich von ihm und blickte ihn an. »Was ist los?«

»Ich kann leider nur bis heute Abend bei dir bleiben, dann muss ich nach Hause.«

Meret runzelte die Stirn. »Ich verstehe nicht. Wir fahren doch in deine Wohnung, oder? Ich dachte, du hast dich endgültig getrennt?«

»Nein, lass uns erst einmal ins Hotel fahren«, bat Lorenz. »Ich erkläre dir alles. Und mach nicht so ein Gesicht, ich kann doch nichts dafür.« Er versuchte, Meret zu küssen, aber sie drehte den Kopf weg.

»Nein«, sagte sie unwirsch, »warum sollen wir ins Hotel fahren? Ich habe mich auf drei gemeinsame Tage mit dir in München eingerichtet, weil du gesagt hast, Claudia sei ausgezogen, und jetzt musst du auf einmal zurück nach Hause? Ich verstehe das nicht, Lorenz!«

»Ich erkläre dir alles, aber nicht hier. Komm, wir setzen uns da vorne ins Café.« Er wandte sich zum Gehen, blieb dann aber stehen. »Oder sollen wir nicht doch lieber ins Hotel fahren? Da sind wir viel ungestörter. Ich kann wirklich nichts dafür.« Schmeichelnd blickte er sie an.

»Na gut«, sagte Meret. Widerstrebend ließ sie sich von ihm mitziehen. »Dass du nichts dafür kannst, ist mir klar«, murmelte sie. »Das war ja schon immer so.«

In ihr stieg Wut auf. Wut auf sich, Wut auf ihn – warum fiel sie immer wieder darauf herein? Schweigend saß sie im Auto neben ihm und blickte ihn nicht an. Sie fuhren zu einem kleinen Hotel in Schwabing, in das Lorenz anscheinend schon eingecheckt hatte, denn sie gingen direkt auf sein Zimmer.

Obwohl sie zunächst versuchte, sich dagegen zu sperren, war in der Intimität des kleinen Raumes sofort alles wie immer. Lorenz küsste sie leidenschaftlich, wie ausgehungert, und Meret genoss es, seinen warmen, starken Körper eng an ihrem zu spüren. Tief atmete sie seinen Duft ein und schmiegte sich an seine Brust. Nur einen Moment lang nichts denken – nur fühlen, riechen, schmecken.

Hinterher lagen sie auf dem Bett, die letzten Strahlen der Abendsonne tauchten das unpersönliche, karg eingerichtete Hotelzimmer in ihr warmes Licht. »Du hast mir so gefehlt«, sagte Lorenz und blickte sie aus seinen wachen, graugrünen Augen aufmerksam an.

Meret stützte sich auf den Ellbogen und erwiderte seinen Blick. »Deine Pupillen sind ganz klein«, stellte sie fest.

Lorenz lachte leise. »Was soll das heißen?«

»Eigentlich soll es heißen, dass deine Aussage nicht stimmt. Wenn du die Wahrheit sagen würdest, müssten deine Pupillen erweitert sein, wenn du mich ansiehst.«

»Quatsch!«, sagte er spöttisch. »Ich gucke ins Licht, deshalb sind sie klein.«

Sie schüttelte den Kopf. »Nein, sie müssten trotzdem erweitert sein. Das sind sie immer, wenn man etwas anschaut, was man liebt.«

»Deine sind auch klein«, entgegnete Lorenz ungehalten. Dann richtete er sich auf. »Bist du auch so dehydriert wie ich? Ich muss unbedingt etwas trinken.« Er trat an die Minibar und holte eine Flasche Bier heraus. Durstig setzte er sie an und trank sie mit dem ersten Zug fast leer. Anschließend betrachtete er kopfschüttelnd die Flasche. »Mann, das sind ja die reinsten Eierbecher.«

Meret hatte ihn irritiert beobachtet. Immer, wenn er unangenehmen Fragen aus dem Weg gehen wollte, entzog er sich. Nach dem Sex hatte sie das Gefühl gehabt, ihm ganz nahe zu sein, aber dieses Gefühl hatte nur kurz angehalten. Eigentlich sollte sie mittlerweile wissen, dass er zu viel Nähe nicht aushielt. »Trinkst du immer noch so viel Bier?«, fragte sie ärgerlich.

Lorenz winkte ab. »Nein, wie kommst du darauf? Hier ist nur so trockene Luft. Möchtest du auch eins?«

»Nein, danke«, erwiderte Meret. »Ich denke, ich sollte lieber nüchtern bleiben. Also, was wolltest du mir sagen? Am Telefon hast du mir erklärt, du hättest dich dieses Mal endgültig getrennt. Was ist so plötzlich dazwischengekommen? Warum lügst du mich an?«

Er trank den letzten Schluck aus der Flasche und nahm sich eine weitere aus dem Kühlschrank. »Ich lüge dich nicht an.« Er öffnete auch diese Flasche und nahm einen großen Schluck. »Ich hatte mich getrennt. Ich habe Claudia ehrlich und aufrichtig gesagt, dass du die Liebe meines Lebens bist …« Er trat einen Schritt auf sie zu. Meret zog sich die Bettdecke bis ans Kinn und starrte ihn böse an. »Das bist du wirklich, Bella. Ich kann ohne dich nicht leben.« Er trank noch einen Schluck. »Aber Claudia tut sich etwas an, wenn ich sie verlasse. Sie hat die ganze Nacht geweint. Und sie hat im Schlaf gewimmert. Es war furchtbar.« Er warf Meret einen bekümmerten Blick zu. »Ich halte das nicht aus. Ich halte es einfach nicht aus.«

Meret schüttelte resigniert den Kopf. »Nein, natürlich hältst du das nicht aus. Nicht, wenn du noch die ganze Nacht neben ihr liegst. Du hättest gehen müssen, nachdem du es ihr gesagt hast.«

Lorenz trat ans Bett und setzte sich auf die Kante. »Du bist immer so hart und so klar«, sagte er und drehte die Bierflasche in den Händen. »Das bewundere ich an dir – du bist eine Alphafrau. Aber Claudia ist nicht so stark wie du. Wenn ich sie verlassen würde, würde ich sie vernichten. Wir sind immerhin verheiratet.«

Meret schossen die Tränen in die Augen. »Ich bin auch verheiratet. Ich habe sogar ein Kind. Und deinetwegen habe ich Johannes und Nicolas immer wieder allein gelassen.« Sie schluchzte. »Ich liebe dich schon so lange. Dass du mich mit deinem ewigen Hin und Her kaputt machst, scheint dich nicht zu interessieren.«

Lorenz verzog gequält das Gesicht. »Bella, du bist viel zu stark, ich kann dich gar nicht kaputt machen. Abgesehen davon hast du dich von Johannes auch noch nicht getrennt.« Er blickte sie an. »Und das ist auch richtig so, schließlich habt ihr die Verantwortung für euer gemeinsames Kind.«

Am liebsten hätte Meret ihm ins Gesicht geschrien, dass sie ihr gemeinsames Kind damals verloren hatte. Auf einmal merkte sie, dass sie all die Jahre unbewusst Lorenz dafür die Schuld gegeben hatte, weil er sich nicht gemeldet und sich nicht um sie gekümmert hatte. Als hätte sie keine Fehlgeburt gehabt, wenn er da gewesen wäre. Aber diese Gedanken führten zu nichts. Was sollte das jetzt noch bringen?

Müde blickte sie ihn an. »Ich würde meine Familie aber jederzeit für dich verlassen«, erwiderte sie. »Und ich würde auch bei dir bleiben. Das ist der Unterschied zwischen uns.«

Noch während sie es aussprach, durchzuckte sie der Gedanke, dass das vielleicht gar nicht stimmte. Sie wusste doch im Grunde, dass sie sich etwas vormachte. Hatte sie sich nicht schon längst entschieden, bei Nicolas und Johannes bleiben zu wollen? Es war diese irrationale Faszination, die Lorenz auf sie ausübte, die sie immer wieder von ihrer Familie wegzog. Aber sie war jetzt nicht in der Lage, darüber nachzudenken, dazu war sie viel zu verwirrt und erschöpft. So verstrich der Moment, und Meret sank frustriert in die Kissen zurück. Dieses Gespräch war absurd.

Das schien auch Lorenz so zu empfinden. »Komm, lass uns über etwas anderes reden«, sagte er. »Wir wollen uns den schönen Abend nicht verderben.«

»Ach was«, entgegnete Meret bitter, »ist das deine Vorstellung von einem schönen Abend? Meine sieht anders aus. Ich bin hierhergekommen, weil ich geglaubt habe, dieses Mal wollten wir wirklich über unsere gemeinsame Zukunft reden. Großer Irrtum, was?« Sie blickte Lorenz an. Er starrte auf die Bierflasche und schwieg. »Und weißt du was? Es reicht. Mir reicht es jetzt. Endgültig.« Sie schaute auf ihre

Armbanduhr, die auf dem Nachttisch lag. »Du musst sowieso gleich gehen. Geh zu deiner Claudia. Bleib bei ihr oder verlass sie. Es ist mir egal. Ich kann nicht mehr.« Die Tränen schnürten ihr die Kehle zu, und ihre Stimme versagte.

Lorenz warf ihr einen unsicheren Blick zu. »Wein doch nicht«, sagte er.

Sie sah ihm an, wie unangenehm es ihm war. Er streckte die Hand nach ihr aus, aber sie wich zurück. Als er merkte, dass sie nicht bereit war, weiter mit ihm zu reden, schlug seine Stimmung um. Er zuckte mit den Schultern.

»In Ordnung.« Er begann, seine Sachen einzusammeln und sich anzuziehen. »Wenn es dir lieber ist, dann gehe ich jetzt. Oder?«

Meret antwortete nicht. Sie hatte die Knie unter der Decke angezogen und die Arme darum geschlungen. Tränen brannten ihr in den Augen, aber sie konnte nicht mehr weinen. Blicklos starrte sie vor sich hin.

Als Lorenz angezogen war, trat er zu ihr ans Bett. »Aber einen Kuss darf ich dir doch zum Abschied geben, oder?«, fragte er. Meret drehte den Kopf weg. »Darf ich dir denn wenigstens schreiben?«, bettelte er. »Dich ab und zu mal anrufen?«

Sie blickte auf. »Hau endlich ab!«, stieß sie hervor.

Wortlos drehte er sich um und verließ das Zimmer.

Als sie hörte, wie die Tür ins Schloss fiel, kamen endlich neue Tränen, und Meret weinte, bis ihr der Hals wehtat und ihr Gesicht rot und verquollen war. Zusammengerollt lag sie auf dem Bett und betrauerte laut schluchzend das endgültige Ende einer Beziehung, die von Anfang an keine gewesen war. Schließlich jedoch versiegten die Tränen, und sie setzte sich auf. Eine Weile saß sie auf der Bettkante und starrte vor sich hin, dann erhob sie sich, mühsam wie eine alte Frau, schlurfte ins Bad und trank ein Glas Wasser. Danach legte sie sich wieder aufs Bett und starrte an die Decke.

Das war es dann wohl. Jetzt war es endgültig vorbei. Wer weiß, wozu es gut ist, dachte sie erschöpft. Wenigstens in einem Punkt hat Lorenz recht gehabt: Ich muss mich meiner Verantwortung für Nicolas stellen. Johannes und ich waren auf einem guten Weg. Den werde ich jetzt weitergehen.

15

Hoch abscheren!

(Kommando bei starkem Wellengang)

Mitte April fuhren Meret und Johannes für ein langes Wochenende nach Rügen. Johannes hatte einen Juristenkongress in Rostock besucht, wo Meret ihn abholte. Sie verbrachten seit Langem wieder einen kurzen Urlaub nur zu zweit. Nicolas ging jetzt in die vierte Klasse. Er war bei Nina bestens aufgehoben und hatte mittlerweile an den Wochenenden »eigene Termine« wie Springturniere, zu denen Nina, die in ihrer Jugend selber eine begeisterte Reiterin gewesen war, ihn nur zu gerne begleitete.

Rügen tat ihnen beiden gut. Sie waren zum ersten Mal auf der Insel, und die weiten Strände, das grüne Hinterland und die hübschen Orte gefielen ihnen. Zum Schwimmen in der Ostsee war es noch zu kalt, aber ihr Hotel, das in Sellin oberhalb des Strands lag, hatte ein großes Schwimmbad, in dem sie jeden Morgen ihre Runden drehten. Sie machten ausgedehnte Strandspaziergänge, erkundeten die Insel mit dem Fahrrad und genossen ihre gemeinsame Zeit. Johannes, der in den letzten Monaten viel gearbeitet hatte und oft geistesabwesend über seinen Akten gebrütet hatte, war locker und fröhlich. In dieser entspannten Atmosphäre fiel es ihnen beiden leicht, zueinanderzufinden.

Das Frühjahr ging in einen ungewöhnlich heißen Sommer über. Schon frühmorgens flirrte die Hitze über den Feldern und Wiesen, wenn Meret mit Oskar spazieren ging. Sie hatte sich ihre Tage gut eingeteilt. Wenn Nicolas sich auf den Weg in die Schule gemacht hatte, trank Meret noch eine Tasse Tee mit Nina, drehte ihre Runde mit dem Hund und setzte sich anschließend an den Schreibtisch. Neben den Artikeln für diverse Magazine arbeitete sie an einem Buch, in dem sie ihre bisher spannendsten Reportagen versammeln wollte.

Sie war ruhiger geworden. Seit dem Kurzurlaub an der Ostsee war sie ausgeglichen und zufrieden, und alle versicherten ihr, wie strahlend sie aussähe. Die Arbeit an dem Buch ging ihr leicht von der Hand, und sie fühlte sich zum ersten Mal in ihrem Leben rundherum wohl.

Nina war gerade in die Küche gekommen und hatte Teewasser aufgesetzt. Der Wasserkocher summte, als Meret mit dem Hund hereinkam. Zufrieden blickte sie sich um. Der rötlich braune Steinboden schimmerte in der Morgensonne, und die hellen Eichenmöbel machten den Raum gemütlich. Meret füllte Oskars Fressnapf und wusch sich anschließend die Hände. Sie warf Nina einen prüfenden Blick zu.

»Alles in Ordnung?«, fragte sie die ältere Frau. »Du siehst ein bisschen nachdenklich aus. Ist irgendwas?«

Nina schüttelte den Kopf. »Nein, nichts.« Sie machte sich mit der Teekanne zu schaffen.

Irgendwie wirkte sie bedrückt, fand Meret. Das war umso verwunderlicher, als sie in den letzten Wochen besonders gut gelaunt gewesen war. Meret vermutete, dass der kultivierte ältere Herr, den Nina beim Hundespaziergang kennengelernt hatte und von dem sie gelegentlich erzählte, nicht unschuldig daran war. In der letzten Zeit war sie aufgeblüht wie eine Rose. Hoffentlich erlebte sie mit diesem Mann nicht wieder einen Reinfall. Es hatte damals lange gedauert, bis sie über den österreichischen Betrüger hinweggekommen war. Richtig beruhigt hatte sie sich erst, als der Mann, der natürlich nicht Franz Anwander geheißen hatte, festgenommen und vor Gericht gestellt worden war. Zwar hatte er ihr Geld – und das von mindestens vier anderen Frauen – verjubelt, und da bei ihm nichts zu holen war, hatte sie keinerlei Aussicht auf Entschädigung, aber er war für seine Tat bestraft worden. Danach hatte sich Nina von Männern erst einmal ferngehalten, bis ihr vor Kurzem Dr. Hansmann begegnet war.

Vorsichtig fragte Meret: »Es hat aber nichts mit Herrn Dr. Hansmann zu tun, oder?«

»Ach, Kindchen!« Nina lächelte. »Du machst dir immer Gedanken. Nein, es hat nichts mit Herrn Dr. Hansmann zu tun. Oh, das Wasser kocht.« Sie griff nach dem Kessel und goss das Wasser in die vorbereitete Teekanne.

»Lenk nicht ab«, sagte Meret. »Irgendetwas ist doch. Ich sehe es dir an.«

»Ach, es ist albern«, wehrte Nina verlegen ab. »Ich habe nur gerade darüber nachgedacht, dass ich in der letzten Zeit so viel zugenommen habe. Das quält mich. Ich kann machen, was ich will, ich kriege die Pfunde einfach nicht herunter.«

»Frag mich mal«, sagte Meret. »Das mit dem Zunehmen muss in der Luft liegen. Ich habe in den letzten Wochen auch ganz ordentlich zugelegt, ohne dass ich mehr gegessen hätte als sonst.«

Nina blickte sie erstaunt an. »Aber bei dir ist das doch ganz normal, Kind. Schließlich bist du schwanger.«

Meret riss die Augen auf. »Ich? Schwanger? Wie kommst du denn darauf?«

»Bist du nicht?«, fragte Nina. »Ich habe mich schon gewundert, warum du es mir nicht sagst. Aber mittlerweile sieht das ja ein Blinder.«

Erschreckt sah Meret an sich herunter. »Das kann nicht sein, Nina. Ich hatte ganz normal meine Periode.« In dem Moment, als sie den Satz aussprach, fiel ihr ein, dass sie genau diesen Satz damals, als sie von Lorenz schwanger gewesen war, zu Barbara ebenfalls gesagt hatte. Ihr wurde heiß. »Oder meinst du ...« Entgeistert blickte sie Nina an.

»Ich würde an deiner Stelle einen Test machen«, schlug die ältere Frau vor. »Nein, besser gehst du gleich zum Frauenarzt.« Sie musterte Meret. »Den Test vorher kannst du dir, glaube ich, sparen.«

Nina hatte recht gehabt. Meret war bereits im dritten Monat. Der Arzt riet ihr, sich zu schonen und vor allem während der Schwangerschaft keine Fernreisen zu machen.

»Es ist zwar alles in Ordnung, und heutzutage sind Sie mit Ende dreißig keine Spätgebärende mehr, zumal Sie auch schon ein Kind haben. Aber es ist trotzdem besser, ein wenig vorsichtig zu sein.«

»Ich muss in zwei Monaten eigentlich nach Kuba«, sagte Meret. »Aber dann lasse ich das lieber. Kuba läuft mir nicht weg.« Sie war nur mäßig enttäuscht. Sie hatte sich zwar auf die Insel gefreut, aber dass sie jetzt noch einmal schwanger war, kam ihr wie ein unerwartetes Geschenk vor.

»Vielleicht wird es ein Mädchen«, sagte sie zu Johannes. »Nicolas ist ja schon neun, da kann er richtig auf seine kleine Schwester aufpassen.«

»Ach was, ich nehme alles, was kommt«, erwiderte ihr Mann und küsste sie zärtlich. »Hauptsache, gesund.«

»Genau«, sagte Meret fröhlich. »Und so hübsch und klug wie Nicolas!«

Es war beinahe rührend zu sehen, wie sehr Johannes sich freute. Er umsorgte Meret, achtete darauf, dass sie nur ja nichts Schweres trug und sich ausreichend schonte.

Meret fühlte sich großartig. Sie sah es als gutes Omen an, dass sie gerade in diesem schönen, entspannten Urlaub auf Rügen schwanger geworden war. Natürlich war der Altersunterschied zwischen den Kindern gewaltig, aber Nicolas würde bestimmt ein stolzer großer Bruder sein. Allerdings hatte er die Neuigkeit eher mit beiläufigem Interesse aufgenommen. Sport und seine Freunde waren ihm zurzeit wichtiger. Aber Meret nahm sich vor, ihn an der Schwangerschaft so viel wie möglich teilhaben zu lassen. Voller Vorfreude dachte sie an die Zeit, wenn ihr Bauch runder werden würde und Nicolas die Bewegungen des Babys spüren und auch sehen konnte.

Meret stand auf dem Wochenmarkt und wählte an einem Stand Käse für die Käseplatte aus, die sie ihren Gästen am Abend nach dem Essen vorsetzen wollte, als plötzlich ein scharfer Schmerz durch ihren Bauch fuhr. Kurz wurde ihr schwarz vor Augen.

»Entschuldigung«, stammelte sie und hielt sich mit beiden Händen an der Theke des Verkaufswagens fest.

»Um Gottes willen! Ist Ihnen nicht gut?«, fragte die Marktfrau besorgt. »Warten Sie, ich bringe Ihnen einen Hocker. Dann können Sie sich einen Moment hinsetzen.« Sie kam mit einem Klapphocker aus ihrem Wagen geeilt.

Dankbar ließ Meret sich darauf sinken. Sie beugte sich leicht vornüber und umklammerte schützend ihren Bauch. »Es geht schon wieder, es war nur so ein kurzer, scharfer Schmerz. Und mir ist ein bisschen flau.«

»Im wievielten Monat sind Sie denn?«, fragte die ältere Frau und musterte sie mit Kennerblick. »Vielleicht sollte ich besser einen Krankenwagen rufen?«

»Nein, nein, es ist schon vorbei. Weiß der Himmel, was das war«, beruhigte Meret sie. Mühsam erhob sie sich, ergriff ihre Tasche und beendete ihre Einkäufe. Aber ganz wohl war ihr nicht. Sie spürte, dass irgendetwas nicht in Ordnung war, und als sie schließlich in ihrem Auto saß, fuhr sie nicht nach Hause, sondern gleich zur Praxis ihres Gynäkologen.

Eine Stunde später saß Meret vor dem Schreibtisch des Frauenarztes. Als sie sich vor der Untersuchung ausgezogen und das Blut in ihrem Slip gesehen hatte, hatte sie schon Bescheid gewusst. Trotzdem hatte sie sich an die wilde, kleine Hoffnung geklammert, dass es nur eine harmlose Blutung gewesen war. Während der Arzt mit dem Ultraschallkopf über ihren Bauch gefahren war und aufmerksam auf seinen Monitor geschaut hatte, hatte sie die ganze Zeit darauf gewartet, dass er sagen würde: »Alles in Ordnung, das Kind ist gesund und munter.«

Aber das hatte er natürlich nicht gesagt. Es waren keine Herztöne mehr zu hören gewesen, und der Fötus hatte sich nicht mehr bewegt, das hatte sogar Meret erkennen können.

Jetzt, im Sprechzimmer, reichte Dr. Tohaus ihr eine Einweisung über den Schreibtisch. Er war höchstens ein paar Jahre älter als sie, ein freundlicher, sportlicher Mann, der mit seinen Patientinnen einfühlsam und geduldig umging. »Ich habe schon im Krankenhaus angerufen«, sagte er zu ihr. »Sie sollten nicht mehr selber Auto fahren. Kann Ihr Mann Sie abholen kommen? Sie sollten so schnell wie möglich in die Klinik, damit eine Ausschabung vorgenommen werden kann. Es tut mir leid.«

Meret blickte ihn unglücklich an. »Wie konnte das passieren? Ich bin doch schon im vierten Monat. Habe ich etwas falsch gemacht?«, fragte sie.

Der Arzt schüttelte den Kopf. »So etwas kommt vor, auch noch im vierten Monat. Die Frucht war aus irgendeinem Grund nicht lebensfähig, und dann kommt es zu einer Fehlgeburt.« Er blickte sie an und wiederholte: »Es tut mir leid. Ich weiß, dass das kein Trost für Sie ist, aber Sie müssen sich sagen, dass in diesem Fall ein früher Abortus am besten ist.«

Meret nickte stumm. Draußen schien die Sonne, aber um sie herum war auf einmal alles grau und kalt. Jetzt hatte sie schon das zweite Kind verloren. Unablässig quälte sie der Gedanke, dass im Grunde nur sie selber daran schuld sein konnte, dass auch diese Schwangerschaft so plötzlich geendet hatte.

Johannes holte sie an der Praxis ab, um sie ins Krankenhaus zu fahren, aber als er sie tröstend in die Arme nehmen wollte, um ihren Kummer zu teilen, reagierte sie nicht. Ihr war, als ob mit dem Kind in ihr auch alle ihre Emotionen abgestorben waren.

Nach der Ausschabung blieb sie ungewöhnlich lange im Krankenhaus, weil sie einfach nicht auf die Beine kam. Sie weinte viel, und ihr Körper fühlte sich noch Tage danach schwer und schwanger an. Alle sagten, es liege an den Hormonen, und mit dem Verstand begriff sie das auch, aber sie kam gegen die große Traurigkeit, die sie überwältigte, nicht an.

Monate vergingen, ehe sie zum ersten Mal wieder lächeln konnte, aber sie fühlte sich selbst dann immer noch erschöpft und ausgelaugt. Nicolas ging ihr aus dem Weg, weil sie nicht in der Lage war, unbeschwert mit ihm umzugehen. Er war noch zu klein, um die Zusammenhänge zu verstehen, und ihm war es unangenehm, dass seine Mutter ständig in Tränen ausbrach. Meret litt darunter, aber sie konnte nichts dagegen unternehmen. Sie kam ja noch nicht einmal mit sich selber zurecht.

Ihr Eheleben war auf dem Nullpunkt angekommen. Sie schlief nicht mehr mit Johannes, und ihr Mann reagierte so, wie er immer reagiert hatte, wenn er mit ihrem Verhalten nichts anzufangen wusste. Anfangs hatte er versucht, sie ungeachtet seines eigenen Kummers zu trösten und auf andere Gedanken zu bringen, aber als alles nichts nützte, gab er seine Bemühungen auf und zog sich zurück. Wenn er zu Hause war, unternahm er viel mit Nicolas, der sich eng an seinen Vater hielt, oder er vergrub sich in seinem Arbeitszimmer hinter Aktenbergen. Nina beobachtete die Situation bekümmert, versuchte zu vermitteln, jedoch ohne Erfolg.

Als im Januar der errechnete Geburtstermin nahte und Merets Stimmung sich dem Tiefpunkt näherte, lag eines Tages die Einladung zu einer Podiumsdiskussion im Goethe-Institut in Neapel in der Post. Bis dahin hatte sie alle Aufträge und Reisen abgesagt, aber das Thema – Abenteuer Italien – gefiel ihr. Außerdem war sie noch nie in Neapel gewesen. Zwar zahlte das Goethe-Institut so gut wie gar kein Honorar, dafür übernahmen sie aber Flug und Hotel. Ihre Familie redete ihr zu, die Einladung anzunehmen. Sie hofften wohl alle, dass sich der Aufenthalt in Italien positiv auf Merets Stimmung auswirken würde. Auch sie selber hatte das Gefühl, dass ein Auslandsaufenthalt jetzt genau das Richtige wäre. Kurz entschlossen sagte sie zu.

Es nieselte in Neapel, als sie aus dem Flieger stieg, aber im Vergleich zu Deutschland war die Temperatur relativ mild. Als Meret im Taxi zum Hotel saß und die Häuser der Hafenstadt an ihr vorbeizogen, hatte sie das Gefühl, die richtige Entscheidung getroffen zu haben. Viel zu lange schon hatte sie nicht mehr gearbeitet. Es hatte ihr gutgetan, sich in den letzten zwei Wochen in das Thema einzulesen und sich vorzubereiten. »Das Rumgammeln schadet dir nur«, murmelte sie.

»*Scusi?*« Der Fahrer suchte im Rückspiegel ihren Blick.

Lächelnd schüttelte Meret den Kopf. »Nichts«, erwiderte sie auf Italienisch. »Ich habe nur mit mir selber geredet.« Sie blickte auf ihre Armbanduhr. Heute Abend war eine kleine Einführungsparty geplant, damit die Teilnehmer der Diskussion sich kennenlernten. Bis dahin blieb ihr gerade noch genügend Zeit, um im Hotel ihren Koffer auszupacken, sich frisch zu machen und sich umzuziehen.

Pünktlich um 19 Uhr stand sie vor dem schweren Holzportal der alten Villa, in der der Direktor des Goethe-Instituts in Neapel residierte. Er hatte darauf bestanden, die Teilnehmer in seinen Privaträumen zu empfangen, und jetzt verstand Meret auch, warum.

»Nobel, nobel«, murmelte sie, als sie läutete. Ihr Erstaunen wuchs noch, als ein Butler in Livree die Tür öffnete, ihr den Mantel abnahm und sie bat, ihm zu folgen. Ein Leihbutler? dachte sie, aber dann fiel ihr ein, dass Reinhard Schilling, der Direktor, mit einer reichen italienischen Erbin verheiratet war. Der Abend versprach interessant zu werden.

Der Butler ging auf eine hohe Flügeltür zu und öffnete sie. Puh, zum Glück bin ich nicht die Erste, dachte Meret, als sie sah, dass an den französischen Fenstertüren, die offenbar auf eine Terrasse führten, bereits eine kleine Gruppe von Leuten ins Gespräch vertieft war. Der Gastgeber und seine Frau traten auf sie zu, und als sie Meret begrüßten, drehte sich der Mann, der ihnen am nächsten stand, um.

Lorenz war ebenfalls in Neapel.

Als er sie sah, weiteten sich seine Augen in einem Erstaunen, das auch sie verspürte. Dann trat er mit raschen Schritten auf sie zu. »Meret«, sagte er, »du bist ja auch hier!« In seiner Stimme lag ehrliche Freude. »Ich hatte keine Ahnung! Reinhard hat mir gar nichts davon gesagt.«

Meret musterte ihn aufmerksam. Sie hatte in der letzten Zeit nicht mehr häufig an ihn gedacht, zumal sie sich geschworen hatte, sich nie wieder auf ihn einzulassen. Aber jetzt überwältigte sie das Gefühl, dass es Lorenz gewesen war, der ihr gefehlt hatte. Sie öffnete den Mund, um etwas zu sagen, aber sie bekam kein Wort über die Lippen. Verlegen räusperte sie sich. Es war wie immer: Sie sah ihn – und sofort war das vertraute, warme Gefühl zurück. Am liebsten hätte sie sich ihm in die Arme gestürzt, und auch Lorenz machte unwillkürlich einen Schritt auf sie zu.

Als er sie auf beide Wangen küsste, sagte er leise: »Ich bin allein hier. Du auch?«

Meret nickte stumm. Ihr kam es vor, als hätten sie sich verabredet. Nach dem Empfang holten sie gemeinsam ihr Gepäck aus dem Hotel, und wie selbstverständlich ging sie mit in Lorenz' Zimmer.

Erst, als sie in seinen Armen lag, brachen bei Meret sämtliche Dämme. Sie weinte haltlos, ohne eigentlich zu wissen, warum. Zum ersten Mal seit der Fehlgeburt hatte sie das Gefühl, allen Schmerz und allen Ballast loswerden zu können. Lorenz hörte ihr geduldig zu, streichelte sie zärtlich und bedeckte ihr Gesicht und ihren Hals mit kleinen Küssen. Er bedrängte sie nicht, und als ihre Umarmungen immer leidenschaftlicher wurden, war auch Meret bereit.

In jener Nacht war Lorenz mitteilsamer als jemals zuvor. Er erzählte ihr, wie er seine Frau kennengelernt und warum er sie geheiratet hatte.

»Ich fand sie nett«, sagte er, »aber ich wäre nie auf die Idee gekommen, sie zu heiraten.«

»Das kann aber nichts mit Claudia zu tun gehabt haben«, warf Meret ein. »Du hattest vorher schon unzählige Liebschaften, und bist nie auf die Idee gekommen zu heiraten. Bei mir ja auch nicht«, fügte sie hinzu.

»Ach, meine kleine Spießerin.« Lorenz lachte zärtlich.

»Nein, bei dir auch nicht, obwohl ich es mir bei dir durchaus hätte vorstellen können. Aber eigentlich wollte ich überhaupt nie heiraten.«

»Und wie hat sie es erreicht?«, fragte Meret.

»Sie hat mir das Messer auf die Brust gesetzt. Sie hat gesagt, sie sei schwanger, und als ich ihr gesagt habe, dass das für mich kein Grund zum Heiraten sei, hat sie einen Selbstmordversuch unternommen. Ich habe sie in der Badewanne gefunden.«

»Hatte sie sich die Pulsadern aufgeschnitten?«, fragte Meret entsetzt.

»Nein, das würde sie nie tun. Ich glaube, sie hat viel zu viel Angst vor den Schmerzen. Sie hatte Tabletten genommen. Wenn ich sie nicht gefunden hätte, wäre sie wohl ertrunken.« Lorenz blickte nachdenklich vor sich hin.

»Und da hast du sie geheiratet?«

Lorenz nickte. »Ja. Weißt du«, er blickte sie nachdenklich an, »ich habe mir auch gedacht, es kann nicht schaden, wenn ich mal zur Ruhe komme, tatsächlich eine Familie gründe. Damals war ich gerade aus Afrika zurück nach Deutschland gekommen …«

»Was?«, unterbrach Meret ihn. »Du hast nach Afrika schon geheiratet? Ich habe damals in Frankreich gedacht, du wärst erst seit Kurzem verheiratet.«

Lorenz lächelte schief. »Na ja«, gab er zu, »ich hätte es dir wohl sagen müssen. Aber es hat sich einfach nie eine Gelegenheit ergeben.«

Meret schüttelte den Kopf. »Nein, du hast dich ja sowieso

kaum gemeldet. Aber egal«, fügte sie hinzu, »das ist Schnee von gestern. Erzähl weiter.«

»Ich saß also in München, wo ich eigentlich nicht sein wollte, hatte einen Job, der mir nicht gefiel, und da war jemand, der wollte, dass ich Verantwortung übernehme«, fuhr Lorenz fort. »Auf einmal hatte ich das Gefühl, dass es mir besser gehen würde, wenn ich mir einen festen Rahmen setze und mich wirklich auf jemanden einlasse. So, als ob ich dadurch ein besserer Mensch werden würde. Kannst du das verstehen?« Lorenz blickte Meret fragend an.

Sie nickte. »Ich glaube schon.« Das kam ihr bekannt vor. War es ihr nicht ähnlich gegangen? Einen Moment lang überlegte sie, ob sie ihm jetzt erzählen sollte, dass sie nach Afrika ein Kind von ihm erwartet hatte. Nicht auszudenken, wenn sie bei ihm diese Überlegung ausgelöst hätte. Dann wären sie heute vielleicht ein Paar. Oder auch nicht mehr, dachte sie. Nein, sie würde nichts erwähnen. Heute war es wohl wichtig für ihn, über sich zu sprechen – sie wollte diese neue Verbundenheit, die sie zwischen ihnen beiden spürte, nicht zerstören.

»Es war ein rauschendes Hochzeitsfest«, fuhr Lorenz fort, und Meret spürte einen kleinen eifersüchtigen Stich. »Claudias Patentante ist eine italienische Contessa, und sie hat ein Landgut in der Nähe von Udine. Über sie habe ich auch Reinhard und seine Frau kennengelernt. Wir haben unsere Familie und unsere Freunde eingeladen und drei Tage lang gefeiert. Ich weiß gar nicht mehr, wie oft Claudia sich in diesen Tagen umgezogen hat, aber sie sah immer hinreißend aus. Damals habe ich sie geliebt.«

Meret zog die Augenbrauen hoch. »Hat sie in Italien mit dickem Bauch geheiratet? Hat keiner was gesagt?«

Lorenz schüttelte den Kopf. »Nein, sie war gar nicht schwanger.«

»Was?«, fragte Meret entgeistert.

»Sie hatte die Schwangerschaft nur erfunden, um ihr Ziel zu erreichen«, erklärte Lorenz. »Wir haben seitdem immer versucht, Kinder zu kriegen, es hat aber nie geklappt.« Er atmete tief durch. »Vielleicht liegt es an mir.«

Meret hätte ihm am liebsten mit deutlichen Worten gesagt, wie unterirdisch sie solche Tricks bei Frauen fand, schwieg aber.

»Ja«, fuhr Lorenz fort, »um die lange Geschichte abzukürzen: Mir ist schon vor einigen Jahren klar geworden, dass wir nicht zueinanderpassen …«

»Diesen Eindruck hatte ich in Frankreich aber gar nicht«, sagte Meret.

Er verzog den Mund. »Warum nicht?«, fragte er.

Sie zuckte mit den Schultern. »Soll ich dir das jetzt wirklich erklären?«

Lorenz schüttelte den Kopf. »Na, es ist dir ja nicht neu, dass ich sie schon länger verlassen will, aber wie du dir denken kannst, ist es schwer. Ich habe Angst, dass sie noch einmal den Versuch macht … du weißt schon.«

Erneut zuckte Meret mit den Schultern. »Tja«, meinte sie gedehnt, »Hunde, die bellen, beißen nicht. Vielleicht nimmt sie es nur als Druckmittel.«

»Ja, das kann sein, oder?« Lorenz blickte sie dankbar an.

Auf einmal hatte Meret keine Lust mehr, so ausführlich über die Befindlichkeiten der anderen Frau zu sprechen. Außerdem war es schon spät, und sie mussten früh aufstehen. Sie beugte sich vor und küsste ihn. »Weißt du was, mein Liebster? Wir schlafen jetzt! Heute Nacht können wir das sowieso nicht mehr klären. Aber vielleicht bietet sich die Gelegenheit, dass wir unser Gespräch noch einmal vertiefen.«

Lorenz nahm die Gelegenheit, sich nicht erklären zu müssen, dankbar an. Er zog sie an sich. »Genau! Das habe ich auch gerade gedacht! Wir können unsere Zeit sinnvoller nutzen.« Lächelnd ließ er seine Hand zwischen ihre Beine gleiten.

»Ach, ich wünschte, ich könnte jeden Morgen so mit dir aufwachen«, sagte sie am Morgen des letzten Tages in Neapel und schmiegte sich an ihn.

Lorenz legte träge den Arm um ihre Schultern. »Und warum tust du es nicht?«

Lächelnd stieß sie ihn mit dem Ellbogen in die Seite. »Ach, Mensch, Lorenz, nicht schon wieder diese Leier. Nimm mich doch mal ernst.«

»Das tue ich«, erwiderte er. »Ich nehme dich immer ernst. Deshalb habe ich mir etwas überlegt. Heute Nacht habe ich nämlich nicht geschlafen«, sagte er und grinste sie an. »Im Gegensatz zu gewissen schnarchenden Damen in meinem Bett!«

»Das ist nicht wahr«, protestierte Meret. »Das hast du erfunden! Ich habe noch nie geschnarcht.«

»Nein, das stimmt!« Er küsste sie, bevor er die Bombe platzen ließ. »Ich verspreche dir, mich von Claudia zu trennen, wenn du dich von deinem Mann trennst. Aber du musst richtig mit ihm reden und es aussprechen.«

Meret richtete sich entgeistert auf. »Und dann? Willst du mit mir zusammenleben? Oder wie stellst du dir das vor?«

Lorenz nickte. Bittend sah er sie an. »Können wir es nicht versuchen? Meret, meine Schöne, ich liebe dich. All die Jahre habe ich immer nur dich geliebt. Mit dir wäre alles so einfach!«

Sie setzte sich auf und schaute ihn an. Dann öffnete sie den Mund, um etwas zu sagen, machte ihn jedoch wieder zu.

16

Fertig machen zum Aussteigen! Steigt aus!

(Befehl zum gemeinsamen Aussteigen)

»Barbara, er meint es ernst! Dieses Mal ist es ihm wirklich ernst!« Meret war von Neapel aus gleich nach Heidelberg gefahren. Dass die Freundin am Telefon müde geklungen hatte, war ihr gar nicht aufgefallen. Sie saßen in der hellen, gemütlichen Wohnküche des alten Hauses in Heidelberg. Von hier oben hatte man einen grandiosen Ausblick auf den Neckar, und an einem sonnigen Tag wie heute mochte man sich aus den Korbsesseln an dem blank gescheuerten Pinienholztisch gar nicht mehr wegbewegen.

Barbara goss sich noch eine Tasse Kräutertee ein. »Merry, ich weiß nicht. Das kommt mir alles ein bisschen plötzlich.«

»Na ja, es ist jetzt auch schnell gegangen«, gab Meret zu, »aber es fühlt sich einfach so richtig an, weißt du?« Sie verdrehte schwärmerisch die Augen und seufzte leise.

Barbara beugte sich besorgt vor. »Meret, ich kenne dich gar nicht wieder! Es kann doch nicht sein, dass du wegen zwei heißen Nächten alles aufs Spiel setzen willst, deinen Mann, dein Kind – ich verstehe dich langsam wirklich nicht mehr. Überleg doch mal, was er dir schon alles geboten hat! Beim letzten Mal, als er dich enttäuscht hat, warst du hinterher völlig durch den Wind.«

»Ach, du hast gut reden«, erwiderte Meret. »Du mit deiner perfekten Ehe und Familie. Guck dich doch bloß mal hier um …« Sie wies auf die Küche, »mit alldem hier könntest du glatt Werbung machen!«

»Bei uns ist auch nicht immer alles nur Hochglanz und Sonnenschein«, erwiderte Barbara leise. »Du kannst mir glauben, es kostet Mühe, alles am Laufen zu halten. Manchmal ist es einfach nur anstrengend.«

»Jaja, was du schon so als anstrengend bezeichnest.« Meret machte eine abfällige Handbewegung. Sie hörte der Freundin gar nicht richtig zu, sonst hätte sie vielleicht nachgefragt. »Bei dir beschränkt sich die Mühe doch auf einen abwechslungsreichen Speiseplan und darauf, dein Gewicht zu halten, damit du für Bruno attraktiv bleibst.« Sie warf Barbara einen prüfenden Blick zu. »Übrigens bist du ganz schön dünn geworden. Steht Bruno neuerdings auf überschlanke Frauen?« Sie wartete die Antwort gar nicht erst ab, sondern fuhr fort: »Das liebe ich an Lorenz: Ihm ist es ganz egal, wie ich aussehe, er liebt meine schöne Seele.« Sie kicherte.

Barbara machte sich nicht die Mühe zu antworten. Sie sagte lediglich vorwurfsvoll: »Jetzt mach aber mal einen Punkt! Johannes hat dich immer geliebt, und du hast nie auch nur einen Finger dafür krumm machen müssen. Und jetzt willst du ihn verlassen, um mit diesem windigen Kerl zusammenzuziehen? Hat er sich denn wenigstens schon von seiner Frau getrennt?«

Meret warf der Freundin einen giftigen Blick zu. »Sei doch nicht so spießig! Lorenz ist nicht ›windig‹. Nein, noch hat er sich nicht getrennt. Er meint, ich solle erst einmal unser Liebesnest suchen, dann kommt er nach. Aber dieses Mal ist es ihm absolut ernst. Wirklich, Barbara, das habe ich bei jedem Wort gespürt.«

»Ah ja!« Barbara zog die Augenbrauen hoch. »Und was wird aus Nicolas? Willst du ihn mit eurer heißen Seelenliebe konfrontieren?«

»Nein, natürlich nicht.« Meret schüttelte den Kopf. »Nicolas bleibt bei Johannes und Nina, da ist er am besten aufgehoben.«

»Das hast du dir ja sauber ausgedacht!« Barbara schnaufte empört. »Was bist du für eine Mutter? Weißt du denn gar nicht, was du dem armen kleinen Kerl damit antust? So langsam habe ich den Eindruck, du bist diesem Lorenz hörig.«

Meret sprang auf. »Jetzt hör aber auf! Dass wir uns so lange kennen, gibt dir nicht das Recht, mir Vorhaltungen zu machen. Wie ich mich entscheide, musst du schon mir überlassen. Du kannst weder beurteilen, wie ich mich mit Johannes fühle, noch weißt du, was für Nicolas das Beste ist.«

»Wenn ich nur zu deinem Verhalten Ja und Amen sagen soll, brauchst du gar nicht hierherzukommen«, erwiderte Barbara. »Ich hatte eigentlich gedacht, du legst Wert auf meinen Rat.«

»Ach, du hast doch nur Vorurteile gegenüber Lorenz. Dabei kennst du ihn noch nicht einmal.« Erregt marschierte Meret in der Küche auf und ab. »Den Weg hierhin hätte ich mir sparen können. Du willst mich ja doch nur von einer Trennung abhalten. Was anderes kommt für dich offensichtlich gar nicht infrage. Das hätte ich mir denken können!« Sie warf Barbara einen verächtlichen Blick zu.

Bei ihren Worten traten Barbara die Tränen in die Augen. »Meret, was ist nur mit dir los?«, sagte sie. »Seit Jahren höre ich mir klaglos dein Gerede wegen Lorenz an. Dass es dir ohne ihn immer viel besser gegangen ist, hast du doch selber schon gemerkt! Komm endlich zur Vernunft! Du kannst nicht einfach alles aufs Spiel setzen für einen Mann, der sich nie auch nur eine Sekunde um dich gekümmert hat!«

Meret schüttelte heftig den Kopf. »Weißt du, was du bist, Barbara? Eine spießige, kleingeistige Hausfrau, nichts anderes! Du hast keine Ahnung, was Liebe überhaupt bedeutet! Du kannst immer nur in den Dimensionen deiner kleinen, beschränkten Welt denken. Aber keine Sorge, ich werde dein blödes, langweiliges Leben nicht weiter in Unordnung bringen. Und ›das Gerede wegen Lorenz‹ brauchst du dir auch nicht mehr anzuhören. Ich glaube nicht, dass ich noch einmal etwas mit dir zu tun haben möchte!« Auf ihren Wangen brannten zwei kreisrunde rote Flecken.

Barbara liefen mittlerweile die Tränen über die Wangen. Mühsam beherrscht sagte sie: »Ich werde mich nicht dafür entschuldigen, dass du mich offensichtlich so missverstehen willst. Wenn du mich nicht mehr sehen willst, dann ist das okay. Aber ich bitte dich noch einmal, denk an Nicolas!«

Doch Meret war bereits aus der Küche gestürmt. Mit einem lauten Knall fiel die Haustür hinter ihr ins Schloss.

Was bildet Barbara sich bloß ein? dachte sie wütend, während sie zu ihrem Auto lief. Der Zorn war wie eine Stichflamme in ihr hochgeschossen, als Barbara nicht aufgehört hatte, auf Nicolas hinzuweisen und von Vernunft zu reden. Sie, Meret, hatte doch nur dieses eine Leben, und sie war fest entschlossen, sich ihre Entscheidung für Lorenz nicht ausreden zu lassen. Sie wusste einfach – er war die Liebe ihres Lebens. Sie konnte gar nicht anders handeln. Und dieses Mal würde es gut gehen.

Aber das würde sie auf keinen Fall mehr mit Barbara bereden. Von jetzt an würde sie niemanden mehr fragen. Sie würde tun, was sie für richtig hielt. Das musste auch Johannes einsehen.

Es war schon spät am Abend, als sie mit dem Taxi in der Hofanlage ankam, die in den letzten Jahren ihr Zuhause geworden war. Kurz blieb sie stehen, nachdem sie den Fahrer bezahlt hatte, und schaute sich um. Aus ein paar Fenstern drang noch Licht, neben einer der Haustüren lag ein vergessenes Kinderfahrrad, und der graue Kater der Nachbarn hockte neben dem Brunnen auf dem Rasenrondell in der Mitte des Hofs und starrte aufmerksam auf eine Stelle, die im Schatten lag.

Meret fröstelte auf einmal, was jedoch nicht an der Kühle des Abends lag. Hatte sie die richtige Entscheidung getroffen? Wollte sie überhaupt hier weg? Wollte sie tatsächlich ihre Familie verlassen für eine Zukunft, die mehr als ungewiss vor ihr lag?

Aber dann straffte sie die Schultern. Sie hatte sich doch entschieden. »Wenn ich es nicht wenigstens versuche, erfahre ich nie, ob es das Richtige ist«, murmelte sie. Bevor sie der Mut verließ, ging sie ins Haus.

Johannes saß am Schreibtisch. Wie immer, dachte Meret in einer Aufwallung von Trotz.

»Meret!« Er schaute auf, als sie eintrat. »Da bist du ja wieder. Wie geht es Barbara?«

»Gut«, erwiderte sie. »Johannes, ich muss mit dir reden!«

»Ja?« Sein Blick wurde wachsam – oder bildete sie sich das nur ein? »Was gibt es?«

Sie ließ sich auf den Stuhl vor dem Schreibtisch sinken. »Ich … ich weiß nicht so recht, wo ich anfangen soll. Ich …« Sie blickte auf ihre Hände. »Ich gehe weg!«, stieß sie schließlich hervor.

Johannes zog eine Augenbraue hoch. »Wie meinst du das?«, fragte er.

»So, wie ich es sage«, fuhr sie ihn an. »Ich verlasse dich. Ich liebe einen anderen Mann und werde mit ihm zusammenziehen.«

Jetzt war es heraus. Meret lauschte ihren eigenen Worten nach. Es hörte sich irgendwie merkwürdig an. Johannes schien das auch zu finden. Er runzelte die Stirn, als hätte er Mühe zu verstehen, was sie gesagt hatte.

»So plötzlich?«, fragte er.

»Nein, nicht plötzlich. Ich kenne ihn schon lange«, sagte Meret. Auf einmal spürte sie das überwältigende Bedürfnis, Johannes die ganze Geschichte zu erzählen. Am liebsten hätte sie ihm jede Einzelheit geschildert, aber gleichzeitig war ihr klar, dass das natürlich nicht ging. Sie wollte ihn verlassen – da konnte sie nicht auch noch von ihm verlangen, dass er sie verstand. Sie ging in die Offensive. »Jetzt sag nicht, du hättest es nicht gewusst.«

Johannes fuhr sich mit einer Hand durchs Haar. »Was soll ich denn gewusst haben? Wir sind doch verheiratet«, setzte er ein wenig hilflos hinzu. »Bist du denn so unglücklich mit mir?«

Meret schüttelte den Kopf. »Nein«, gab sie zu. »Es geht nur nicht mehr. Ich kann nicht anders. Ich liebe Lorenz. Schon immer. Ich habe dich noch gar nicht gekannt, da habe ich ihn schon geliebt. Wenn ich nicht wenigstens versuche, mit ihm zusammenzuleben, mache ich mir vielleicht mein ganzes Leben lang Vorwürfe. Ich habe doch nur dieses eine Leben.«

Er blickte sie ratlos an. »Tja, das geht uns allen so«, murmelte er. Dann kniff er die Augen zusammen. »Und was ist mit Nicolas?«

Sie schluckte. »Er bleibt natürlich hier.«

»Natürlich?« Johannes zog erneut eine Augenbraue hoch. »Bedeutet er dir so wenig? Bedeuten wir dir so wenig?«

»Ach, mach es mir nicht so schwer«, erwiderte Meret heftig. »Du weißt genau, wie sehr ich Nicolas liebe, und, ja, ich liebe auch dich, aber ich kann nicht anders, Johannes.« Niedergeschlagen blickte sie wieder auf ihre Hände. Es schien ihr unmöglich, ihre Gedanken und Gefühle in Worte zu fassen. Sie kannte sich mit sich selber nicht mehr aus.

Johannes schwieg. Schließlich sagte er: »Und wann?«

»Ich habe gedacht, ich verabschiede mich morgen früh von Nicolas und fahre dann«, sagte Meret.

Er verzog den Mund. »Mir wäre es ehrlich gesagt lieber, du würdest heute Abend schon fahren, damit wir zunächst nicht so viel erklären müssen. Auch Nina gegenüber. Ich werde Nicolas sagen, du hättest geschäftlich weggemusst.« Er überlegte kurz. »Glaub mir, das ist vorläufig besser.«

Im ersten Impuls wollte Meret widersprechen, aber dann nickte sie zögernd. Wahrscheinlich hatte er recht. Sie wusste selber nicht, was sie eigentlich erwartet hatte. Johannes reagierte so, wie er immer reagiert hatte. Ruhig, überlegt, vielleicht ein wenig zu kühl. Einerseits war sie erleichtert, dass er ihr offenbar keine Steine in den Weg legen wollte, andererseits tat es ihr weh, so sang- und klanglos gehen zu müssen.

Sie stand auf. »Gut, dann packe ich rasch ein paar Sachen zusammen und bestelle mir ein Taxi.«

Johannes erhob sich ebenfalls. »Verzeih, wenn ich dich nicht im Hof verabschiede.« Er streckte ihr steif die Hand entgegen. Seine Augen glitzerten im Schein der Schreibtischlampe. »Pass gut auf dich auf. Wir hören voneinander.«

Auf dem Weg zum Bahnhof saß Meret grübelnd hinten im Taxi. Beinahe war sie ein bisschen enttäuscht. Johannes hatte ihre Ankündigung so ruhig, fast ungerührt aufgenommen. So, als nähme er sie gar nicht ernst. Aber die Verabschiedung … Waren das etwa Tränen in seinen Augen gewesen? Nein, das konnte nicht sein. Bisher hatte sie ihn nur einmal weinen sehen, und das war auf Michaels Beerdigung gewesen.

Die erste Zeit mit Lorenz verging wie im Rausch. Meret war nach München gezogen, weil Lorenz gemeint hatte, es sei für ihn beruflich am einfachsten.

»Dir ist es doch egal, von wo aus du arbeitest, oder?«, sagte er zu Meret.

»Ja, schon«, erwiderte sie, »aber ist dir das nicht ein bisschen zu nah an deinem alten Leben? Ich meine, Claudia wohnt immerhin noch in eurer Wohnung in Solln. Sollen wir uns nicht lieber ganz woanders etwas Neues aufbauen?«

Er winkte ab. »Das Kapitel Claudia ist abgeschlossen, das habe ich dir gesagt. Und Schwabing ist ziemlich weit weg von Solln.«

Meret war sich da nicht ganz so sicher gewesen, hatte es aber nur zu gerne glauben wollen. Sie war mutig ins kalte Wasser gesprungen, hatte Mann und Kind verlassen und war weit weggezogen, um mit der Liebe ihres Lebens zusammen zu sein. Jetzt musste sich erst einmal zeigen, ob sie das Richtige getan hatte.

Die Ernüchterung kam schneller, als sie vermutet hatte. In den ersten Wochen waren sie so mit sich und dem Einrichten ihres kleinen »Liebesnests« beschäftigt gewesen, dass kein Raum für Zweifel geblieben war. Aber nach vierzehn Tagen kam Lorenz mit zerknirschter Miene vom Einkaufen zurück.

»Bella, ich muss leider morgen für vier Tage verreisen. Du kommst ohne mich klar, oder?«

»Warum? Ich kann doch mitkommen«, erwiderte Meret arglos. »Ich habe im Moment keinen dringenden Auftrag.«

Dass Lorenz darauf so heftig reagieren würde, hatte sie nicht erwartet. »Wir brauchen nicht ständig aneinanderzukleben«, sagte er gereizt. »Ehrlich gesagt kann ich meine Arbeit besser erledigen, wenn ich alleine bin.« Als er sah, wie Meret die Stirn runzelte, fügte er besänftigend hinzu: »Du lenkst mich einfach zu sehr ab, meine Schöne.«

»Was ist das für ein Auftrag?«, fragte Meret, ärgerte sich aber im gleichen Moment schon über ihre Frage. Schließlich wollte sie ihm keineswegs hinterherspionieren. Sie fand es selber grässlich, über jeden Schritt Rechenschaft ablegen zu müssen.

»Ach, so eine Recherche-Sache«, erwiderte Lorenz ausweichend. »Mitten in der Provinz, in Thüringen. Das würde dir sowieso keinen Spaß machen. Stinklangweilig. Bleib du lieber hier und mach es dir gemütlich. In ein paar Tagen bin ich zurück. So lange kannst du dir ja schon einmal überlegen, wie du mich empfangen möchtest …« Er küsste sie und ließ seine Hände an ihren Seiten heruntergleiten.

Es erstaunte Meret, wie einsam sie sich ohne Lorenz in der hübschen Schwabinger Wohnung fühlte. Das Wetter war, obwohl es Frühsommer war, nicht einladend, sondern grau und trüb. Als sie spürte, wie ihre Stimmung immer schlechter wurde, schlüpfte sie kurz entschlossen in ihre Laufschuhe, um im Luitpold-Park zu joggen. Gerade war sie über die Straße in die kleine Allee gesprintet, als jemand ihren Namen rief. Auf der Stelle tretend, blickte sie sich um. Eine Frau lief winkend über die Straße und blieb keuchend vor ihr stehen.

»Mann, du hast vielleicht ein Tempo drauf! Und ich mit meinen High Heels!« Die mollige Blondine rang nach Luft. »Erkennst du mich nicht? Meret, ich bin's, Anna!«

Erst jetzt erkannte Meret die ehemalige Kollegin aus der Redaktion von *Schöner Reisen*. Sie fiel ihr um den Hals. »Anna, wie schön! Wie geht es dir? Wir haben uns ja ewig nicht gesehen!«

»Allerdings! Warte mal, wann bist du denn von *Schöner Reisen* weggegangen? Das ist doch mindestens zwölf Jahre her! Was machst du denn hier? Wohnst du in München?«

Meret nickte. »Ja, seit Kurzem wieder. Und du, wohnst du auch in Schwabing?«

»Ich habe meine Tante besucht und bin gerade aus dem Haus gekommen, als du daran vorbeigelaufen bist! Das ist ja super, dass wir uns hier treffen. Bist du immer noch bei *LadyTravel*? So hieß doch die Firma, zu der du damals gewechselt hast, oder?«

»Nein, ich mache nur noch freie Aufträge. Damit habe ich

angefangen, als ich meinen Sohn bekommen habe. Er ist zehn. Und du?«

»Ich habe vor fünf Jahren geheiratet und arbeite in der Firma meines Mannes mit. Wir wohnen in Bogenhausen.« Anna schaute auf die Uhr. »Oh, Mann, tut mir leid, ich muss mich beeilen, ich habe gleich einen Termin.« Sie verzog das Gesicht. »Bei meinem Zahnarzt. Aber es wird hoffentlich nicht so schlimm.« Sie kramte in ihrer Tasche und reichte Meret eine Visitenkarte. »Willst du nicht heute Nachmittag auf einen Kaffee bei uns vorbeikommen? Dann können wir ein bisschen über alte Zeiten quatschen. Du kannst auch gerne deine Familie mitbringen. Ich habe zwar keine Kinder, aber vielleicht nimmt dein Sohn ja auch mit unseren beiden Möpsen vorlieb. So gegen halb vier?«

Meret lächelte. Möpse passten zu der rundlichen Anna. »Er hätte bestimmt Spaß daran«, sagte sie und blickte auf die Adresse. »Anna von Benthien!«, las sie laut vor. »Schöner Name! Ich komme gerne, allerdings alleine. Meine Familie ist im Moment nicht hier.« Sie musste ja nicht schon auf der Straße die ganze Geschichte preisgeben.

»Wunderbar. Ich freue mich! Bis später dann!« Eilig stöckelte Anna davon.

Das Haus der Benthiens lag in einer der stillen, breiten Seitenstraßen in Bogenhausen. Eigentlich war es eher eine von einer hohen Mauer umgebene Villa. Schönes Haus, dachte Meret, als das Tor surrend aufging. Ihre Schritte knirschten auf dem Kiesweg, der zum zweiflügeligen Eingangsportal führte. Anerkennend blickte sie sich in dem weitläufigen, gepflegten Vorgarten um. Oben an der Treppe wurde bereits die Tür aufgerissen, und zwei Möpse wackelten bellend auf sie zu. Hinter ihnen trat Anna heraus.

»Oh, schön, dass du kommst!« Sie lächelte Meret an. »Aus, ihr beiden Giftzwerge!«, wandte sie sich an die Hunde. »Keine Sorge«, sagte sie zu Meret. »Die tun nur so gefährlich. In Wirklichkeit sind sie ganz harmlos.«

»Ich habe keine Angst«, beruhigte Meret sie. »Wir haben einen Labrador …« Schon als sie es aussprach, korrigierte sie sich im Stillen. Ich habe keinen Labrador mehr, dachte sie. Der feine Stich, den sie bei diesem Gedanken verspürte, erstaunte sie ein wenig.

»Stell dir vor, Wolfgang, Meret lebt mit Lorenz Fischer zusammen! Mit dem Dokumentarfilmer! Du kennst ihn doch gut.«

Annas Gatte, ein großer, untersetzter Mann hatte gerade das Wohnzimmer betreten, in dem die beiden ehemaligen Kolleginnen seit anderthalb Stunden saßen. Anna hatte die beiden einander gerade vorgestellt.

Wolfgang von Benthien lächelte Meret zerstreut an. »Hat er sich von seiner Frau getrennt? Merkwürdig, ich habe die beiden gestern Abend noch in der Evangelischen Akademie in Tutzing gesehen. Im Moment sind die Afrika-Tage, und nach den Diskussionen ist eine Tanztruppe aus Nairobi aufgetreten«, fügte er hinzu.

Der Tisch war unglücklicherweise aus Glas, sodass Meret

ganz deutlich sah, wie Anna ihrem Mann einen Tritt gegen das Schienbein versetzte. »Aber ich kann mich auch getäuscht haben«, murmelte er geistesgegenwärtig, nur leider ein bisschen zu spät. »Der Saal war ziemlich voll.«

Meret schwieg. Was sollte sie auch sagen? Es kam ihr so vor, als hätte sie die ganze Zeit schon gewusst, dass Lorenz sich keineswegs von seiner Frau getrennt hatte. Aber konnte sie ihm einen Vorwurf machen? Schließlich war auch sie noch nicht geschieden.

»Habe ich dir übrigens schon erzählt, dass ich kürzlich Oda Frankenthal in der Stadt getroffen habe?«, wechselte Anna geschickt das Thema.

»Ach ja?« Meret war mit den Gedanken ganz woanders. Nur mit Mühe konnte sie Annas Worten folgen.

»Ja, ich glaube, sie leidet sehr darunter, dass sie jetzt endgültig in Rente ist«, plapperte Anna eifrig weiter. »Sie hat gearbeitet, bis sie siebzig war. Nein, warte mal, ich denke, sie war sogar schon zweiundsiebzig. Die Redaktion war ihr Leben. Hast du eigentlich noch mal was von ihr gehört?«

Meret schüttelte den Kopf. »Entschuldigt bitte«, sagte sie zu Anna und ihrem Mann, »ich möchte nicht unhöflich erscheinen, aber mir ist auf einmal furchtbar übel. Ich glaube, ich fahre besser nach Hause.«

»Ach, du lieber Himmel!«, rief Anna aus und warf ihrem Mann einen Blick zu. »Hoffentlich war die Torte in Ordnung! Am Ende hast du dir bei mir noch den Magen verdorben!«

»Nein, nein!«, wehrte Meret ab. Sie lächelte gequält und stand auf. »Die Torte war ganz köstlich. Ich weiß auch nicht, was auf einmal mit mir los ist.«

Annas Mann sah sie an, als wisse er ganz genau, was mit ihr los sei.

Auf dem Weg nach Hause kreisten Merets Gedanken unablässig um die Frage, ob sie Lorenz zur Rede stellen oder erst einmal abwarten sollte. Vielleicht irrte Annas Mann sich? Aber tief im Inneren wusste sie, dass es stimmte, und sie fragte sich, ob sie überhaupt eine Zukunft hatten, wenn sie von vorneherein mit einer Lüge lebten.

»Bella, da bin ich wieder!« Strahlend kam Lorenz auf Meret zu und zog sie in die Arme. Flüchtig dachte sie, dass er sich übertrieben benahm, aber sie freute sich, dass er endlich zurück war, und genoss die Wärme seiner Umarmung. In den letzten vierundzwanzig Stunden hatte sie pausenlos über ihre Beziehung nachgedacht, war aber zu keinem Ergebnis gekommen. Wahrscheinlich ist es das Beste, ich lasse alles auf mich zukommen, dachte sie. Vielleicht gab es eine einfache Erklärung.

»Du hast mir gefehlt!«, murmelte Lorenz an ihrem Hals. »Es war so langweilig, so furchtbar schrecklich langweilig ohne dich. Ich hätte dich doch besser mitgenommen. Komm …« Er ergriff ihre Hand. »Lass uns erst einmal Wiedersehen feiern.« Er wollte sie Richtung Schlafzimmer ziehen.

Das fand Meret allerdings ein bisschen zu dick aufgetragen. Sie wand sich aus seinem Griff. »Nein, warte, ich habe gekocht. Ich dachte, wir essen zuerst einmal, und du erzählst mir, wie deine Reise verlaufen ist. Wir haben doch noch den ganzen Abend Zeit.«

Anfangs ungläubig, dann zunehmend verärgert hörte sie seinem ausführlichen Bericht über eine unglaublich langweilige Rechercheereise zu, die letztendlich noch nicht einmal zu einem Ergebnis geführt hatte. Seine Worte klangen falsch und unaufrichtig.

»Ach, mit dir wäre es viel schöner gewesen!«, endete Lorenz schließlich und seufzte. »Hätte ich dich doch nur mitgenommen!«

Meret schüttelte den Kopf. »Wärst du dann am Freitagabend mit zwei Frauen in die Evangelische Akademie gegangen?«

Lorenz zog die Augenbrauen hoch. »Wie kommst du darauf?«

»Du bist gesehen worden. Mit deiner Frau.« Sie lächelte traurig. Sie kam sich vor wie in einem schlechten Film.

Lorenz schüttelte energisch den Kopf. »Was erzählst du da? Ich war nicht in Tutzing. Und schon gar nicht mit meiner Frau. Ich war in Suhl. Und es war nicht besonders lustig, das kannst du mir glauben.«

Meret runzelte die Stirn. Wenn sich nun Annas Mann doch geirrt hatte? Aber wie sollte er sich irren, wenn er gleich zwei Personen erkannt hatte? Sie beschloss, zum Angriff überzugehen. »Wenn das wirklich so ist, könnten wir ja langsam deine Sachen aus eurer Wohnung holen, oder?«

»Welche Sachen?«, fragte Lorenz. »Ich habe doch hier, was ich brauche.«

»Na ja«, erwiderte Meret. »Du hast etwas zum Anziehen, aber es gibt bestimmt persönliche Gegenstände, die du gerne hier hättest. Und du hast sicher auch irgendwelche Unterlagen, die du brauchst.«

»Ach so. Ja, sicher«, sagte er lässig. »Das können wir gerne machen. Lass uns nächste Woche noch einmal darüber reden, ja?« Damit stand er auf und trat zu ihr, um sie in seine Arme zu ziehen und zu küssen.

In der Woche darauf war jedoch nicht mehr die Rede davon, dass sie in seine Wohnung fahren wollten, um Persönliches zu holen. Meret, die jeden Tag zu Hause anrief, um mit Nicolas zu sprechen, merkte, wie ihre Unzufriedenheit wuchs. Sie hatte das Gefühl, in jeder Hinsicht zu scheitern. Lorenz war aalglatt, sie konnte ihn nicht wirklich fassen. Johannes war kühl und abwartend; wenn sie telefonierten, gab er so gut wie nichts von seiner Einstellung zu der Entwicklung preis. Und mit Nicolas zu sprechen, war einfach nur schwierig.

Noch hatte Johannes ihm anscheinend nichts davon gesagt, dass die Abwesenheit seiner Mutter von Dauer sein würde. Einerseits war Meret froh darüber, weil sie ihrem Sohn nichts zu erklären brauchte, andererseits ärgerte es sie auch ein bisschen, weil sie es als Indiz dafür ansah, dass Johannes ihre Trennung nicht ernst nahm. Manchmal wusste sie selber nicht, was ihr lieber gewesen wäre. Nicolas fragte bei jedem Telefongespräch, wann sie denn endlich wieder nach Hause käme. Über sein Leben erfuhr sie fast nichts, weil er meistens keine Lust hatte, länger mit seiner Mutter am Telefon zu sprechen.

»Tja, das ist nicht mein Problem. Glaubst du, du würdest mehr Informationen von ihm bekommen, wenn er wüsste, dass seine Mutter dem Ruf ihres Herzens gefolgt ist, der leider nicht in seine Richtung führt?«, meinte Johannes nur, als Meret sich bei ihm darüber beklagte.

»Wie kannst du so etwas sagen? Sei nicht so geschmacklos!«, empörte sie sich.

»Das trifft ja wohl eher auf dich zu«, erwiderte er mit einem leicht bitteren Unterton. »Wie gesagt, du bist diejenige, die Nicolas im Unklaren lässt. Aber«, fügte er in versöhnlicherem Tonfall hinzu, »vielleicht ist es auch besser so. Wenn er wüsste, dass du nicht wiederkommst …« Er machte eine vielsagende Pause. »So hast du noch ein bisschen Zeit, dir alles zu überlegen. Schließlich ist Nicolas daran gewöhnt, dass seine Mutter längere Zeit abwesend ist. Bei Nina hat er alles, was er braucht, und ich bin ja auch noch da.«

Meret schwieg. Noch vor ein paar Tagen hätte sie geantwortet, dass es nichts mehr zu überlegen gäbe. Sie dachte an das Gespräch mit Johannes, das dem Auszug vorausgegangen war. Hatte sie ihm nicht ausführlich erklärt, dass sie nur dieses eine Leben hatte und es mit ihrer einen großen Liebe verbringen wollte? Dass sie dafür, zum Wohl ihres Sohnes, sogar auf Nicolas verzichten würde? Aber jetzt, schon nach wenigen Wochen, war sie sich gar nicht mehr so sicher. Immer häufiger regte sich in ihr das Verlangen, in ihr altes Leben zurückzukehren.

Sie schluckte. »Ich rufe morgen wieder an«, sagte sie kleinlaut.

»Ja, tu das.« Johannes hörte sich immer so gleichmütig an.

Meret fluchte innerlich. Oft hätte sie ihn am liebsten geschüttelt, damit er einmal heftiger reagierte, aber manchmal hätte sie auch gerne ein wenig von seiner Gelassenheit gehabt.

Das Zusammenleben mit Lorenz gestaltete sich schwierig. Er war launisch, und Meret wurde immer klarer, dass sie ihn eigentlich gar nicht kannte. Sie hatte sich ein Idealbild von ihm geschaffen, das sie all die Jahre gehegt und gepflegt hatte, und jetzt merkte sie, dass es in vielen Punkten gar nicht der Realität entsprach. Er konnte ein großartiger, zärtlicher Liebhaber, ein interessanter, kluger Gesprächspartner sein, aber manchmal war er von einer Sekunde auf die andere verschlossen, mürrisch, in sich gekehrt und schenkte ihr so gut wie keine Beachtung. Das war sie von Johannes nicht gewohnt. Wenn sie in ihrer Hilflosigkeit mit ähnlichem Verhalten reagierte, spielte er dermaßen übertrieben den Clown, um sie wieder für sich einzunehmen, dass Meret sich nicht nur im übertragenen Sinn veralbert vorkam.

Er hatte einen unbändigen Freiheitsdrang, verschwand oft mitten am Tag, ohne dass sie wusste, was er machte. Ständig klingelte und piepte sein Handy, und Meret, die zunächst geglaubt hatte, nur seine Frau würde ihm nachstellen, merkte schnell, dass er mit zahlreichen anderen Frauen Kontakt pflegte.

Sie hatte bisher geglaubt, Eifersucht sei ihr fremd, aber jetzt erkannte sie erschrocken, dass sie immer häufiger das Bedürfnis verspürte, Lorenz nachzuspionieren. Hinzu kam die belastende Situation mit ihrer Familie. Außerdem lief es auch in beruflicher Hinsicht nicht zufriedenstellend. Sie war nicht bei der Sache, hatte keine Ideen und erhielt kaum Aufträge, die sie umsetzen konnte. Wenn nicht bald etwas passierte, würde sie Johannes um finanzielle Unterstützung bitten müssen, was sie eigentlich nicht wollte.

Seit der angeblichen Recherchereise waren vier Wochen vergangen, ohne dass sie das Thema wieder angeschnitten hatten. Natürlich waren sie auch nicht in Lorenz' Wohnung gewesen, um seine Sachen zu holen.

Meret spielte mit dem Gedanken, wenigstens für ein paar Tage nach Hause zu fahren, weil Nicolas immer drängender fragte, wann ihre Reise denn endlich vorbei sei und sie nach Hause käme. Noch bevor sie mit Lorenz darüber reden konnte, erklärte er ihr, er müsse Anfang nächster Woche für zehn Tage nach Island reisen. In seinem Blick lag etwas Lauerndes, als ob er fürchtete, sie würde mitkommen wollen.

»Fährst du allein?«, fragte sie betont gleichmütig. Jetzt nur nicht andeuten, wie gerne du auch nach Island fliegen würdest, dachte sie. Die Insel war schon lange eines ihrer Sehnsuchtsziele. Gleichzeitig ging ihr durch den Kopf: So weit ist es mit uns schon gekommen.

»Nein!« Lorenz lachte auf seine charmante Art. »Mit sieben Frauen, Bella. Sie stehen im Treppenhaus und warten schon sehnsüchtig auf mich.«

Meret verzog die Mundwinkel zur Andeutung eines Lächelns. »Nein, ich meine, was ist das für ein Auftrag?«

Auf diese Frage hatte er sich offensichtlich nicht so gut vorbereitet. »Äh … ein Dokumentarfilm über die Vulkane auf der Insel«, sagte er hastig. »Du weißt schon, wegen des Ausbruchs von Eyjafjalladingsbums …«

»Jökull …«, warf Meret hilfsbereit ein.

»Was?«, fragte Lorenz irritiert.

»Eyjafjallajökull«, sagte Meret. »Der Vulkan auf Island, der ausgebrochen war. Aber eigentlich ist das doch gar nicht dein Thema.«

»Bella, man muss immer bereit sein, etwas Neues in Angriff zu nehmen«, sagte Lorenz.

»Was für eine Rolle spiele ich dabei?«, fragte sie vorsichtig.

Er blickte sie erstaunt an. »Gar keine, wieso?«

»Du hast nicht zufällig daran gedacht, mich mitzunehmen?«

»Nein.« Er schüttelte den Kopf. »Das ist eine berufliche Reise, Meret. Meine Arbeit musst du mich schon alleine tun lassen. Du lenkst mich dabei nur ab.« Er streckte die Hand aus, um ihr über die Wange zu streicheln, aber sie wandte sich ab.

»Ich verstehe«, sagte sie steif. »Na ja, vielleicht nutze ich die Gelegenheit und besuche Nicolas«, fügte sie hinzu.

Lorenz lächelte sie erleichtert an. »Ja, mach das, mein Mäusezahn«, sagte er. »Es sind ja nur knapp zwei Wochen.«

17

Blätter ab!

(Die Blätter werden flach aufs Wasser gelegt.
Dadurch wird das Boot stabilisiert.)

Und dann kam der Abend, der alles veränderte.

Lorenz war auf dem Weg nach Island – wohl tatsächlich, denn Meret hatte das Flugticket gesehen –, und sie saß auf der Terrasse ihrer kleinen Wohnung und blätterte gelangweilt in einer Zeitschrift. Vielleicht sollte ich morgen tatsächlich einfach nach Hause fahren, dachte sie. Ich habe Nicolas so lange nicht mehr gesehen.

Ihr Sohn fehlte ihr. Sie war seit fünf Wochen nicht mehr zu Hause gewesen, und mittlerweile empfand sie die Sehnsucht nach ihrem Kind wie einen körperlichen Schmerz. Auch Johannes und Nina vermisste sie, ebenso wie das gesamte Umfeld mit all ihren Freunden und Bekannten. Seit sie in München wohnte, hatte sie sich mit niemandem über ihre Situation austauschen können, wenn man den Nachmittag bei Anna einmal ausklammerte. Mit der ehemaligen Kollegin hatte sie sich nicht noch einmal getroffen.

Und mit einem guten Freund konnte sie sowieso nicht

sprechen. Michael war tot, und von Barbara hatte sie seit dem unseligen Gespräch nichts mehr gehört. Ich muss mich mit ihr versöhnen, nahm Meret sich vor. Sie hatte mittlerweile eingesehen, dass die Freundin in vieler Hinsicht recht gehabt hatte. Beim nächsten Mal würde sie auf Barbara hören – wenn sie nur ihre Funkstille endlich beendeten.

»Ach was«, murmelte sie vor sich hin, »vielleicht rufe ich sie morgen einfach mal an.«

Die Melodie ihres Handys riss sie aus ihren Gedanken. Sie blickte auf ihre Armbanduhr. Viertel vor elf. Wer rief denn um diese Uhrzeit noch an? Hastig stand sie auf und ging nach drinnen, wo das Handy auf dem Esstisch lag.

»Da bist du ja«, sagte Johannes. Seine Stimme klang ungehalten. »Ich habe mich schon gewundert, dass du nicht rangehst.«

»Was ist los? Warum rufst du so spät noch an?«, fragte Meret besorgt. »Ist irgendwas mit Nicolas?« Hoffentlich war nichts passiert.

»Ich habe gerade mit Bruno gesprochen. Barbara ist heute Abend mit dem Notarztwagen ins Krankenhaus gebracht worden. Er will, dass du nach Heidelberg kommst.«

»Um Gottes willen! Was hat sie denn?«

Gerade hatte sie noch daran gedacht, ihre Freundin anzurufen. Dass Johannes sich genau in diesem Augenblick wegen Barbara meldete, kam ihr vor wie ein Zeichen. Sie wusste, dass die Männer ab und zu miteinander telefonierten, aber da Johannes nie etwas erzählte, hatte sie auch nie nachgefragt. Und jetzt war Barbara im Krankenhaus …

»Sie wissen es noch nicht genau. Sie hatte starke Bauchschmerzen und ist wohl heute Abend ohnmächtig geworden. Da hat Bruno den Notarzt gerufen. Du wusstest doch, dass sie trinkt, oder?«

»Was?«, fragte Meret entsetzt. »Nein, ich hatte keine Ahnung. Um Himmels willen …«

»Na ja, das wundert mich nicht. Du hast ja von nichts mehr eine Ahnung gehabt«, sagte Johannes mit sarkastischem Unterton. »Auf jeden Fall ist ihr Zustand sehr ernst, und Bruno bittet dich, so schnell wie möglich nach Heidelberg zu kommen.«

»Ja, ja, natürlich. Wie mache ich es am besten?«, überlegte sie laut. »Züge fahren heute Abend nicht mehr, dazu ist es zu spät.«

»Nimm dir einen Leihwagen«, riet Johannes ihr. »Und sag mir Bescheid, wenn du angekommen bist. Ich habe keine Lust, mir auch noch Sorgen um dich machen zu müssen.«

Bei aller Aufregung bewunderte sie ihn für seine Gelassenheit und seine Langmut. Gerade wollte sie sich bei ihm bedanken, aber er hatte schon aufgelegt.

Vier Stunden später stand sie vor dem Haus der Freunde in Schlierbach. Während der gesamten Fahrt hatte es in Strömen geregnet, und sie hatte nur langsam fahren können, weil sie streckenweise kaum etwas gesehen hatte.

»Na, ein Gutes hat es gehabt«, murmelte Meret, als sie von der Autobahn abfuhr und die vertraute Landstraße am

Neckar entlangfuhr. »Da habe ich wenigstens nicht so viel über Lorenz nachgedacht.«

Erstaunt stellte sie fest, dass er auf einmal geradezu unwichtig geworden war. Jetzt ging es nur um Barbara. Meret machte sich heftige Vorwürfe, dass sie so wenig auf die Signale der Freundin geachtet hatte. Wenn sie ehrlich war, hatte Barbara immer wieder kleine Hilferufe ausgesandt. Wie oft hatte sie ihr erzählt, dass ihr der Haushalt mit den drei kleinen Kindern über den Kopf wuchs. Meret hatte sie einfach nicht ernst genommen, weil sie im Grunde ihres Herzens davon überzeugt war, dass ein Haus, ein Ehemann und drei Kinder mit einer »echten Berufstätigkeit« gar nicht zu vergleichen waren. Zudem hatte sie sich selbst und ihre Probleme immer in den Vordergrund gestellt und der Freundin eigentlich nie richtig zugehört.

Letztendlich hatte Barbara ihre Sorgen meist auch weggelacht und gesagt: »Na, und wenn es mir zu viel wird, dann trink ich mir ein Sektchen, und schon sieht alles viel leichter aus.«

Meret hatte mit ihr gelacht und sich weiter keine Gedanken gemacht. Irgendwann hatte Barbara gar nichts mehr gesagt, aber da war Meret schon so mit sich selbst beschäftigt gewesen, dass sie sowieso nichts anderes wahrgenommen hatte als ihre eigenen, dummen Beziehungsprobleme. Wie hatte es ihr nur entgehen können, dass Barbara trank? Dass sie offensichtlich ihre Probleme als so ernst empfunden hatte, dass sie zur Flasche greifen musste? Was war da schiefgelaufen?

Ratlos schüttelte Meret immer wieder den Kopf. Sie konnte es sich beim besten Willen nicht erklären.

Im Haus der Freunde war alles dunkel, aber es war wahrscheinlich auch niemand da. Die Familie war bestimmt im Krankenhaus. Meret holte tief Luft, bevor sie Brunos Nummer auf dem Handy wählte. Es läutete endlos lange, und Meret wollte gerade auflegen, als ein verschlafener Bruno sich meldete.

»Ich stehe vor eurem Haus«, sagte Meret. »Wohin soll ich kommen?«

»Ich bin im Klinikum. Barbara wird gerade operiert, und ich wollte nicht nach Hause fahren. Ich sitze im Wartebereich der Chirurgie.«

»Ich mache mich sofort auf den Weg«, sagte sie. »Sind die Kinder bei dir?«

»Nein«, erwiderte Bruno. »Sie sind bei meinen Eltern. Ich konnte sie nicht alleine zu Hause lassen.«

»Okay«, sagte Meret. »Das kannst du mir alles gleich erzählen. Ich bin in einer Viertelstunde bei dir.«

Der Regen hatte nachgelassen, aber über dem Fluss hingen schwere Nebelschwaden. Meret fuhr viel zu schnell durch die nächtliche Stadt, sodass sie kaum zwanzig Minuten später neben Bruno im Flur vor dem OP stand. Er hatte auf einer Bank an der Wand gesessen und sich erhoben, als sie die Treppe heraufgeeilt war.

»Ist Barbara noch im OP?«, fragte sie.

Er nickte. »Ja, es wird wohl auch noch eine Weile dauern. Ich habe eben nur kurz mit einem der Ärzte sprechen können. Anscheinend hat sie einen Tumor an der Bauchspeicheldrüse, den sie gerade entfernen. Sie wissen noch nicht, ob er bösartig ist.«

Meret umarmte ihn. Einen Moment lang legte er müde den Kopf an ihre Schulter, dann setzte er sich wieder.

»Wartest du mit mir?«, fragte er. »Wenn Barbara etwas passiert …« Er stützte die Ellbogen auf den Knien auf und ließ den Kopf in die Hände sinken.

»Bestimmt geht alles gut«, sagte Meret mechanisch. »Barbara ist stark, sie schafft das schon.«

Bruno richtete sich auf und schüttelte den Kopf. »Du hast sie eine Weile nicht gesehen, Meret. Ich weiß nicht, worum es in eurem Streit ging, sie hat nie etwas darüber gesagt, aber ihr hattet schon länger keinen Kontakt, oder? Sie hat in den letzten Wochen ganz plötzlich gewaltig abgebaut.« Erneut schüttelte er den Kopf, als er ihren erschrockenen Blick sah. »Nein, das hat nichts mit dir zu tun, das glaube ich zumindest nicht. Sie hat schon lange vor eurem Zerwürfnis oft mehr getrunken, als gut für sie war. Und in den letzten Jahren ist es immer schlimmer geworden.«

»Aber warum hat sie mir nie etwas gesagt? Mir ist nicht aufgefallen, dass sie besonders viel getrunken hat«, sagte Meret langsam. »Klar, wir haben alle hin und wieder Alkohol getrunken, eine Zeit lang, während des Studiums, vielleicht sogar ein bisschen mehr, aber übermäßig? Hast du denn nichts gemerkt?«

»Mir ist es zum ersten Mal vor fünf Jahren aufgefallen. Die Kinder waren noch klein. Immer, wenn ich nach Hause kam, roch sie nach Alkohol, und immer gab es einen Grund dafür. Ein Nachbarschaftskaffee, bei dem es Sekt gegeben hatte; eine kaputte Waschmaschine, die ihr den letzten Nerv geraubt hatte, sodass sie sich erst einmal einen Cognac hatte genehmigen müssen; Ärger mit Tobias in der Schule, was weiß ich. Sie war sehr erfindungsreich, und ich habe mir zuerst nicht wirklich etwas dabei gedacht.«

Meret nickte nachdenklich. »Ja, das war zu der Zeit, als sie mir öfter mal berichtet hat, wie anstrengend sie alles findet. Aber ich hätte im Traum nicht daran gedacht, dass sie das so kompensiert.«

»Na, und du warst ja auch eher mit dir selber beschäftigt, oder?«, sagte Bruno.

Meret wurde rot. »Ja, du hast recht«, sagte sie kläglich.

In seiner präzisen Art schilderte Bruno ihr die Entwicklung einer Trinker-Laufbahn. Meret hörte ihm, zunächst ungläubig, dann mit wachsendem Entsetzen zu.

»Hast du nichts gesagt? Nicht versucht, sie daran zu hindern?«, fragte sie.

Bruno verzog verbittert die Mundwinkel. »Doch, natürlich, was glaubst du denn? Aber ich bin nicht zu ihr durchgekommen. Ich weiß auch nicht, warum sie so viel getrunken hat. Dass ihr alles über den Kopf gewachsen ist, Haushalt, Kinder und so weiter, das ist mir ehrlich gesagt als Erklärung zu einfach.«

»Es spielt keine Rolle, ob es dir zu einfach erscheint. Barbara hat es als schwierig empfunden«, sagte Meret. »Das allein zählt. Du hättest auch mit Johannes oder mit mir darüber reden können. Ihr habt euch nie etwas anmerken lassen, wenn wir euch gesehen haben.«

Bruno hob die Schultern. »Ach, ich weiß ja auch nicht. Vielleicht habe ich mir zu lange etwas vorgemacht und geglaubt, es würde schon nicht so schlimm sein.« Er fuhr sich mit einer Hand durch die dünnen Haare, die sowieso schon wirr um seinen Kopf standen. »Aber es muss ihr auf jeden Fall was gefehlt haben, Meret. Vielleicht war ich zu wenig zu Hause.« Er schaute sie gequält an. »Und wie willst du jemanden am Trinken hindern? Ich konnte sie doch nicht festbinden. Natürlich habe ich versucht, mit ihr zu reden. Sie hat es abgestritten. Sie hat gesagt, eine Zeit lang hätte sie tatsächlich mal mehr getrunken, aber jetzt habe sie sich wieder unter Kontrolle. Sie wisse selbst, wie gefährlich es sei. Und weil sie auch nicht mehr nach Alkohol gerochen hat, habe ich ihr geglaubt.«

Meret nickte langsam. »Sie hat bestimmt Wodka getrunken, oder?« Sie hatte mal irgendwo gelesen, dass man von Wodka keine Fahne bekam.

Bruno zuckte mit den Schultern und blickte sie durch seine dicken Brillengläser, hinter denen seine blauen Augen viel kleiner wirkten, bekümmert an. »Wodka, oder was weiß ich. Das muss wohl so gewesen sein. Jedenfalls ist sie auf einmal immer dünner geworden. Sie war ja sowieso immer zierlich, auch nach den Kindern, aber plötzlich wurde sie ganz zart, wie ein Vögelchen.« Er setzte die Brille ab und rieb sich die Augen.

»Ja.« Meret nickte. »Ich habe sie beim letzten Mal noch gefragt, ob du neuerdings auf hyperschlanke Frauen stehst, weil sie so dünn war.«

»Und sie hat immer einen roten Kopf gehabt. Daran hätte ich es eigentlich erkennen müssen. Meret, ich mache mir solche Vorwürfe. Ich habe doch die Anzeichen wahrgenommen. Ich hätte sie zwingen müssen, einen Entzug zu machen. Was soll ich bloß den Kindern sagen?«

Sie legte ihm den Arm um die Schultern. »Darüber machst du dir erst einmal gar keine Gedanken, Bruno. Die Kinder sind bei deinen Eltern gut aufgehoben. Und Barbara konntest du gar nicht helfen. Das kann sie nur alleine. Jetzt muss sie erst einmal gesund werden. Dann können wir uns den nächsten Schritt überlegen.«

Eine Schwester kam aus der Tür zum OP-Trakt. Hastig eilte sie an ihnen vorbei. Die Gummisohlen ihrer Schuhe quietschten auf dem Linoleumboden.

»Hast du Johannes schon angerufen?«, fragte Bruno.

»Oh, das habe ich ganz vergessen.« Schuldbewusst sprang Meret auf. »Ich gehe rasch vor die Tür und rufe ihn an.«

»Gott sei Dank, ich habe mir schon Sorgen gemacht. Das Wetter ist ziemlich schlecht, oder?« Johannes hörte sich verschlafen an. »Ich nehme an, du bleibst erst einmal bei Barbara im Krankenhaus?«

»Das hängt davon ab, wie es ihr geht«, antwortete Meret.

»Vielleicht komme ich auch für ein paar Tage nach Hause. Johannes, wir müssen reden.«

Seine Stimme wurde kühler. »Das habe ich mir auch schon gedacht. Du kannst ja schauen, ob du für ein, zwei Tage aus Heidelberg wegkommst. Am besten, solange Nicolas noch auf Abschlussfahrt ist.«

»Ja«, sagte sie kleinlaut. Sie kam sich auf einmal abgrundtief schlecht vor. Was tat sie ihrem Mann, ihrem Kind an? »Ich rufe dich an, sobald ich Näheres weiß. Leg dich wieder schlafen«, fügte sie hinzu. »Ich gehe zurück zu Bruno.«

Ihre Hand zitterte, als sie das Handy in die Tasche steckte. Jetzt erst merkte sie, wie sehr sie sich verkrampft hatte.

Als Meret durch die Schwingtür den Wartebereich betrat, redete Bruno mit einem Arzt. Abwartend blieb sie ein paar Schritte entfernt stehen, um die beiden Männer nicht zu stören. Erst als Bruno sie bemerkte und sie zu sich winkte, trat sie zu ihnen.

»Dr. Farahani sagt, sie haben Barbara ins künstliche Koma versetzt«, berichtete Bruno. »Das ist im Moment die beste Lösung. Sie liegt auf der Intensivstation, und ich gehe jetzt zu ihr. Willst du hier warten?«

»Ja, selbstverständlich.« Meret schluckte. Wenn Barbara nicht mehr aus dem Koma erwachte, würden sie sich nie aussöhnen können. Sie musste, sie musste einfach wieder gesund werden.

»Ich lasse dir mein Handy da«, sagte Bruno. »Falls irgendwas mit den Kindern ist.« Er ließ die Schultern hängen, und einen Moment lang sah er wie ein verlorener kleiner Junge aus. »Ich gehe dann mal.«

Meret umarmte ihn. »Gib ihr einen Kuss von mir«, bat sie ihn. Sie ließ sich auf die Bank sinken und kämpfte gegen die aufsteigenden Tränen an.

Epilog

Alles fließt

Die Sonne war kräftiger geworden, und die zunehmende Wärme in Verbindung mit der ungewohnten Bewegung trieb Meret den Schweiß auf die Stirn. Ich hätte viel früher wieder anfangen sollen, regelmäßig zu rudern, dachte sie. Anscheinend kann ich nur beim Rudern wirklich klar denken. Für mich ist das besser als jede Therapie oder Meditation.

Ich gehe zu Johannes zurück.

Das wusste sie auf einmal mit absoluter Sicherheit. Der Satz stand wie mit Leuchtschrift geschrieben in ihrem Kopf. Und dieses Mal würde sie nicht so wie sonst nach einer Weile wieder rückfällig werden.

Ihr unmögliches, egoistisches Verhalten stand ihr plötzlich glasklar vor Augen. Von Anfang an hatte sie sich Johannes gegenüber unfair verhalten, weil sie im Grunde ständig nur an Lorenz gedacht hatte. In Gedanken hatte sie ihren Mann immer mit Lorenz betrogen und ihm nie die Chance gegeben, ihr wirklich nahezukommen. Sie war um nichts besser als Lorenz. Rücksichtslos, mutwillig, ichbezogen. Hoffentlich konnte sie das Ruder noch herumreißen.

Barbaras schwere Erkrankung hatte ihr endgültig klargemacht, was sie vage schon lange gespürt hatte: Was sie mit Lorenz lebte, war nicht das Leben. Es war im besten Fall ein Traum. Ihre Familie aber, ihr Sohn, Johannes, sie waren Realität. Mit ihnen konnte sie ein erfülltes Leben führen. Sie konnte nur hoffen, dass Johannes nichts dagegen hatte, wenn sie zurückkam. An seiner Stelle würde sie sich wahrscheinlich nicht mit offenen Armen wieder aufnehmen.

An Lorenz verschwendete sie kaum noch einen Gedanken. Auf einmal konnte sie nicht mehr verstehen, was sie all die Jahre bei ihm gehalten hatte. Natürlich würde er Teil ihres Lebens bleiben, das wusste sie, aber lediglich als Erinnerung, die mit den Jahren immer blasser werden würde. Mit jedem Ruderschlag hatte sie ihn weiter hinter sich gelassen, sodass er jetzt nur noch ein Punkt am Rande ihres Bewusstseins war. Er wusste es noch nicht, aber wenn er aus Island zurückkam, würde er die Wohnung in Schwabing nicht mehr vorfinden. Und sie, Meret, würde nicht mehr dort sein.

Meret schloss für eine Sekunde die Augen und atmete tief durch. Das Rauschen des Verkehrs auf den Uferstraßen hatte zugenommen, aber es störte sie nicht. In ihr war eine tiefe Stille.

Sie hatte die ganze Nacht, schon die dritte, im Krankenhaus zugebracht, und seit ein paar Stunden wusste sie, dass Barbara gesund werden würde. Der Tumor war gutartig gewesen und erfolgreich entfernt worden. Vielleicht würde die Freundin einen Entzug machen müssen, auf jeden Fall musste sie psychologische Hilfe bekommen. Meret hatte sich geschworen, dass sie in jeder Beziehung für die Freundin da sein wollte.

Und nicht nur für die Freundin. Sie wollte endlich nach Hause. Sie sehnte sich mit jeder Faser ihres Seins nach ihrem Kind, nach ihrem Mann, nach Nina und nach allem, was zu ihrem Zuhause gehörte.

Nie wieder würde sie die Menschen, die ihr das Wichtigste im Leben waren, im Stich lassen.

Als sie sich vor der Theodor-Heuss-Brücke umdrehte, um sich zu vergewissern, dass sie freie Bahn hatte, sah sie aus den Augenwinkeln eine vertraute Gestalt auf der Brücke stehen.

Gleichmäßig zog sie die Blätter durchs Wasser, rollte weit vor und stieß kraftvoll zurück. Sie warf einen letzten, abschließenden Blick auf die Vergangenheit – dann war sie unter der Brücke hindurch, blickte hinauf und sah ihn: Oben am Geländer stand Johannes. Er lächelte, als er grüßend die Hand hob.

Meret atmete tief durch.

Das war ihre Zukunft.

Anmerkungen und Quellenangaben

Als Kind habe ich mit Begeisterung das Buch »Das weiße Wildpferd« von René Guillot gelesen, das auf dem Film »Crin Blanc« von Albert Lamorisse und Denys Colomb de Daunant beruht. Die tiefe Verbundenheit der Menschen in der Camargue mit der Natur und den Tieren hat mich damals beeindruckt und fasziniert mich noch heute. Vor zwanzig Jahren hatte ich das Glück, Denys Colomb de Daunant persönlich kennenzulernen. Seine Hotelanlage, das Gut »Mas de Cacharel«, ist das Vorbild für Merets Aufenthaltsort in der Camargue. Fernand de Mauriacs Lebensgeschichte allerdings ist – ebenso wie die aller anderen Personen – frei erfunden und hat nichts mit dem Leben des französischen Schriftstellers zu tun.

Der Wortlaut der Ruderbefehle in den Überschriften der einzelnen Kapitel stammt aus den Richtlinien des Deutschen Ruderverbands (DRV).